11月に去りし者

ルー・バーニー

加賀山卓朗 訳

NOVEMBER ROAD
BY LOU BERNEY
TRANSLATION BY TAKURO KAGAYAMA

ハーパー
BOOKS

NOVEMBER ROAD
BY LOU BERNEY

Published by K.K. HarperCollins Japan, 2019

アダム、ジェイク、サムに

11月に去りし者

おもな登場人物

フランク・ギドリー――犯罪組織の幹部
カルロス・マルチェロ――ニューオーリンズの犯罪組織のボス
セラフィーヌ――カルロスの側近
ポール・バローネ――カルロスの手下。殺し屋
セオドア――バローネの運転手
ビッグ・エド・ツィンゲル――ラスヴェガスの犯罪組織のボス
レオ――エドの助手
シンディ――エドの屋敷にいる娘
モー・ダリッツ――米国東部を拠点とする犯罪組織のボス
ジョーイとシェリー――ダリッツの手下
シャーロット(チャーリー)・ロイ――オクラホマに暮らす主婦
ジョアンとローズマリー――シャーロットの娘
ドゥーリー・ロイ――シャーロットの夫
ビル――ドゥーリーの兄。弁護士
ホッチキス――写真屋の店主。シャーロットの雇用主
マルゲリート――シャーロットのおば

1963

1

見よ！　邪悪な光輝に包まれたビッグ・イージーの街を！

フランク・ギドリーは、トゥールーズ・ストリートの角で足を止め、加熱炉色のネオンの光を浴びた。人生三十七年の大部分をニューオーリンズですごしているが、フレンチ・クォーターのいかがわしいきらめきと活気は、いまだに麻薬さながら血に流れこんでくる。田舎者に地元民、路上強盗にペテン師、火食い男、マジシャン。二階のバルコニーの鉄細工の手すりに、ゴーゴー・ガールがひとり寄りかかっていた。スパンコールつきのネグリジェからぽろりとこぼれた片方の胸が、店内のジャズトリオのリズムに合わせてメトロノームのように揺れている。ベース、ドラム、ピアノが大音量で演奏する『夜も昼も』。だがそこはさすがにニューオーリンズ、街でいちばん汚らしいぼったくりの店のバンドでも、スイングできるのだ。そう、まさにスイング。

男がひとり狂ったように叫びながら通りを走ってきた。すぐうしろから、女が肉切り包丁を振りまわして追ってくる。こちらも叫んでいた。

ギドリーは静かに道を空けた。見まわりの警官が通りの角であくびをした。〈500クラブ〉の外にいたジャグラーも、ボールひとつ落とさなかった。バーボン・ストリートはいつもどおりの水曜の夜だ。

「おいでよ、あんたたち！」バルコニーのゴーゴー・ガールが、酔っ払った水兵ふたりにおっぱいを振ってみせた。ふたりは連れの水兵が溝《どぶ》にゲロを吐いているあいだ、体を揺すりながら路肩に立っていた。「紳士らしくレディに一杯おごって！」

水兵たちは彼女にいやらしい視線を送った。「いくらだ？」

「いくら持ってんの？」

ギドリーは微笑《ほほえ》んだ。こうして世界はまわる。ゴーゴー・ガールはふんわりした髪に黒いビロードの猫の耳をピンで留めていて、つけまつげは、あれでまえが見えるのかと思うほど長い。それとも、見えなくなるのが狙いなのか。

ビアンヴィル・ストリートに入って、人混みのなかをゆっくり進んだ。グレーのネイルヘッドの織柄のスーツは濡《ぬ》れたアスファルト色で、軽いウールとシルクの混紡だ。生地はひいきの仕立屋が特別にイタリアから仕入れた。白いシャツに深紅のネクタイ。帽子はなし。アメリカ大統領に帽子が不要なら（一九六一年の大統領就任式でケネディは通例の中折れ帽子をかぶらなかった）、ギドリーにも必要ない。

ロイヤル・ストリートで右折。〈ホテル・モンテレオーネ〉のベルボーイがあわててドアを開けてくれる。「ご機嫌いかがです《ハウズ・トリックス》、ミスター・ギドリー?」

「教えようか、トミー?」ギドリーは言った。「新しい芸《トリック》を憶《おぼ》えるには歳《とし》をとりすぎたが、昔のでうまくやってる」

〈カルーセル・バー〉は大盛況だった。ギドリーはなかを進みながら、**よう、よう、よう、元気か、元気か**と挨拶していった。握手し、背中を叩《たた》き、太っちょ《ファット》フィル・ロレンツォには、もう夕食はやっつけたか、それとも食い物を持ってきたウェイターをやっつけただけか、と訊《き》いた――笑い。サム・サイアの部下のひとりが肩に寄りかかってきて、耳元でささやいた。

「話がある」

「なら話そう」

店の奥の隅にあるテーブル。ギドリーはそこが好きだった。人生の不朽の真実だ――追われる者は、近づいてくる相手を先に見つけたい。

ウェイトレスがマッカランのダブルと、氷を別に添えて持ってきた。サム・サイアの部下が話しだした。ギドリーはグラスに口をつけ、店のなかを見渡した。男が女に言い寄り、女が男に言い寄っている。微笑みと、嘘と、流し目に、紫煙のベールがかかっている。ドレスの縁から手がなかに入り、唇が耳をくすぐる。ギドリーはこういう雰囲気が大好きだった。誰もが相手に取り入る方法や、相手の弱みを探っている。

「場所は確保したんだ、フランク。完璧だ。例の男が建物の所有者で、地下にバーもある。端金《はしたがね》でそいつが表に立ってくれる。無料《ただ》で贈られるようなもんだ」

「カジノってことか」ギドリーは言った。

「隅から隅まで最高級のな。カーペットを敷きつめた本物のナイトクラブだ。けど、警察が話に乗ってこない。あんたにあのくそお巡り、ドーシーと話をつけてもらいたい。あいつのコーヒーの好みまで知ってるんだろ?」

賄賂を使いたいということだ。ギドリーはそれぞれの人間の値段を知っていた。取引の鍵を握る人間の値段を。女を使うか? 男にするか? それとも女と男の両方? 八分署のドーシー警部補には、たしか〈アドラーズ〉のダイヤモンドのイヤリングを喜びそうなかみさんがいた。

「カルロスの同意が必要なのはわかってるな?」ギドリーは言った。

「同意するさ、あんたがいい話だって言えば、フランク。あんたの取り分は五パーセントな」

バーカウンターにいる赤毛の女がギドリーを見ていた。ギドリーの黒髪とオリーヴ色の肌、引き締まった体、窪《くぼ》みのある顎、ケージャン人らしく吊《つ》り上がった緑の眼《め》が気に入ったようだ。その眼で、イタ公たちにはギドリーが仲間でないのがわかる。

「五だと?」

「なあ、フランク。仕事は全部おれたちがやるんだ」

「だったらおれは必要ないだろ、え？」

「頼むよ」

〈カルーセル・バー〉の名物カウンターがメリーゴーラウンドのようにゆっくりとまわるたびに、赤毛が勇気を出そうとしているのがわかった。隣にいる女友だちが、がんばれと焚《た》きつけている。各席の柔らかい背もたれには、シルクの生地にジャングルの獣の絵が描かれている――トラ、ゾウ、ハイエナ。

「〝歯と爪を血に染めた自然よ〟」ギドリーは言った。

「は？」サム・サイアの部下が言った。

「テニスン卿《きょう》の詩だ。無教養の野蛮人め」

「十パーセントだ、フランク。それがめいっぱい」

「十五。それと、気が向いたら帳簿も見させてもらう。さあ、もう行け」

サム・サイアの部下はギドリーを憎々しげに睨《にら》んだが、それが需要と供給の苛酷な現実というものだ。ドーシー警部補はニューオーリンズでいちばん頑固な警官で、彼を多少なりと懐柔することができるのは、ギドリーだけだった。

ギドリーはスコッチのお代わりを頼んだ。赤毛が煙草《たばこ》をもみ消して、近づいてきた。眼は現代版クレオパトラのようで、肌は黄金色に日焼けしている。客室乗務員だろうか。マイアミかヴェガスで乗り継ぎ待ちをして帰ってきたところか。女は何も断らずにギドリーの横に坐《すわ》り、自分の大胆さに感心していた。

「あそこの友だちは、あんたに近づかないほうがいいって言ったんだけど」

心のなかでいったい何種類の切り出し方をリハーサルして、これに決めたのだろう。

「だが、来たわけだ」

「あんたには、とっても興味深い友だちが何人かいるって」

「退屈な友だちも大勢いるけどな」

「例の人の下で働いてるって話ね」

「悪名高いカルロス・マルチェロ?」

「本当なの?」

「聞いたこともない」

赤毛は自分の飲み物のチェリーを、これ見よがしに弄んだ。十九歳か、二十歳。数年以内に、山の手の住人で預金残高がいちばん多いやつを見つけて結婚するだろう。しかしいまは、冒険がしたい。ギドリーは喜んで応じるつもりだった。

「不思議だと思わない?」赤毛が言った。「どうしてあたしが友だちの言うことを聞かずに、こうやって会いにきたか」

「手に入れたいものが手に入らないと言われるのが嫌だからだ」

　彼女は、知らないうちにハンドバッグをのぞかれたかのように眼を細めた。「そうね」

「おれもだよ。人生は一度きりのぶっつけ本番だからな。一瞬一瞬を愉《たの》しみ、腕を広げて喜びを迎え入れるかどうかは、本人の責任だ」

「あたしは人生を愉しみたい」

「大いにけっこう」

「アイリーンっていうの」

　マッキー・パガーノがバーに入ってくるのが見えた。ガリガリに痩せ、肌は灰色で、ひげも剃《そ》っていない。身を隠しているような雰囲気だった。ギドリーを見ると、顎を上げて挨拶した。

　おお、マッキー。なんというタイミングの悪さ。とはいえ、マッキーは利に聡《さと》く、儲《もう》け話以外は持ってこない。

　ギドリーは席を立った。「ちょっと待っててくれ、アイリーン」

「どこへ行くの？」赤毛が驚いて尋ねた。

　ギドリーは店内を横切り、マッキーを抱き寄せた。なんてこった。マッキーは見た目と同じくらい、においもひどかった。いますぐシャワーを浴びてスーツを着替える必要がある。

「すごいパーティに行ったみたいだな、マック。いい話を聞かせてくれ」

「ひとつ提案がある」マッキーが言った。

「だろうと思った」

「ちょっと歩こう」

マッキーはギドリーの腕を取り、ロビーのほうへ引き返した。シガー・スタンドをすぎ、誰もいない通路から、また別の通路へ。

「このままキューバまで行くのか、マック?」ギドリーは言った。「おれは、ひげが似合わないんだが」

　ふたりはようやく裏の通用口のまえで止まった。

「さあ、用事はなんだ?」とギドリー。

「用事はない」

「なんだと?」

「話したかっただけだ」

「おれにはほかにやるべきことがある。あんたも気づいたろ」

「悪かったな。けど、困ってるんだ、フランキー。本気でまずい」

　ギドリーはどんな場合にも笑みを用意している。このときには、背筋を這《は》いのぼる不安を隠すための笑みだった。彼はマッキーの肩をぎゅっとつかんだ。**だいじょうぶだ、相棒、たいしたことじゃないさ**。そう言いたかったが、マッキーの声が震えているのが気になった。しがみつくようにスーツの袖をつかんでくるのも。

　ふたりで〈カルーセル・バー〉から出るところを誰かに見られただろうか。いまそこの壁の向こうから人が現れて、ふたりがこそこそ話し合っているのを目にしたら？　この商売のトラブルには感染力がある。風邪か淋病《りんびょう》のように広がるのだ。まちがった人間と握手したり、運悪く何かを見たりすると、うつる。

「この週末にあんたの家に行くよ」ギドリーは言った。「そこで解決策を話そう」

「いますぐ解決しないと」

　ギドリーは聞き流そうとした。「いまはつき合えない。明日だ、マック。約束する」

「家にはもう一週間戻ってないんだ」

「好きな場所を言ってくれ。どこでも行くから」

　マッキーはギドリーを見つめた。まぶたが垂れた眼は、光の当たり方によっては、やさしくも見える。マッキーは、明日会うというギドリーのことばが嘘なのを知っていた。当然だ。ギドリーはもともと人をだます才に恵まれているが、そんな彼に微妙な駆け引きを教え、才能に磨きをかけて完成させたのはマッキーだった。

「おれたち、知り合ってどのくらいになる、フランキー？」マッキーは言った。

「見え見えだぞ。感情に訴える手だ」

「おまえは十六歳だった」

十五歳だ。ギドリーはルイジアナ州アセンション郡から出てきた田舎者で、フォーバーグ・マリニー（ニューオーリンズのダウンタウンの一部）のあたりをうろついていた。その日暮らしで、〈A&P〉スーパーマーケットの棚からポークビーンズの缶詰を万引きして食いつないでいた。マッキーはそんな彼に目をつけ、初めて仕事らしい仕事を与えたのだ。ギドリーは一年間、毎朝セント・ピーター・ストリートで女たちから金を集め、伝説のポン引き、スネーク・ゴンザレスのもとに届けた。取り分は一日五ドル。それまで人類に抱いてきたなけなしのロマンティックな考えは、跡形もなく消えた。

「頼むよ、フランキー」マッキーは言った。

「何をしろと？」

「セラフィーヌと話してくれ。おれのために状況を確認してほしいんだ。狂ってると思うかもしれんが」

「いったいどうした？　いや、まあいい。おれには関係ない」ギドリーはマッキーの苦境をくわしく知りたいとは思わなかった。興味があるのは、いまマッキーがもたらした自分の苦境だけだ。

「憶えてるか」マッキーは言った。「一年ほどまえ、おれがサンフランシスコに行って、ある男に会い、例の判事の件について話したろ。ほら、カルロスがあとで取り消した――」

「やめろ。聞きたくない。なんてこった、マック」

「悪いな、フランキー。信頼できるのはおまえだけなんだ。ほかの誰にも頼めない」

マッキーは答えを待っていた。ギドリーはネクタイの結び目を引きおろしてゆるめた。こんな人生しかないのか？　急いで計算し、重りを移して天秤《てんびん》の釣り合いをとるような。唯一まずい決定は、自分のために誰かにやらせる決定だ。

「わかった。わかったよ。だが、あんたのことに首は突っこめないぞ、マック。おれの身の安全もある。わかるだろ？」

「わかる」マッキーは言った。「おれは街から出るべきかどうか、そこだけ教えてくれ。今夜にでも逃げ出すつもりだ」

「こっちから連絡するまで待ってろ」

「フレンチメン・ストリートのダーリーン・モネットのところにいる。あとで来てくれ。伝言はするなよ」

「ダーリーン・モネット？」

「おれに借りがあるんだ」マッキーは、まぶたが垂れた眼でまたじっとギドリーを見た。懇願している。ギドリーに、いい、おまえもおれに借りがあると伝えている。

「連絡するから待ってろ」

「恩に着るよ、フランキー」

ギドリーはロビーの公衆電話からセラフィーヌにかけた。自宅にはいなかったので、街はずれのメテリーのエアライン・ハイウェイにある、カルロスの専用オフィスにかけてみた。この番号を知っている人間は何人いるだろう。せいぜい十数人だ。出世したぜ、ママ！

「金曜に会うんじゃなかったかしら、愛しい人《モン・シエール》？」セラフィーヌが言った。

「会うよ。けど、たまにはおしゃべりするために電話してもいいだろう？」

「わたしの大好きな暇つぶし」

「噂《うわさ》を聞いたんだ、落としたペニー硬貨をアンクル・カルロスが探してるって。友だちのマッキーだ。おれの聞きちがいか？」

シルクの生地がこすれる音がした。セラフィーヌは体を伸ばすときに猫のように背を反らす。グラスに角氷が当たるカランという音がした。

「聞きちがいじゃないわ」

ちくしょう。マッキーの恐怖が裏づけられた。カルロスは彼を殺したがっている。

「まだつながってる、モン・シェール？」

ちくしょう。マッキーは数えきれないほど夕食を作ってくれた。ギドリーをマルチェロ兄弟に紹介したのもマッキーだった。ギドリーという人間の存在を世界じゅうの誰も知らなかったときに、マッキーはうしろ盾になってくれた。

だが、それも昨日までの話だ。ギドリーは今日のこと、明日のことだけを気にする。

「カルロスに、フレンチメン・ストリートを探せと伝えてくれ」彼は言った。「ランパートとの交差点に、緑のシャッターの家がある。ダーリーン・モネットの家だ。その最上階の奥の部屋」

「ありがとう、モン・シェール」セラフィーヌが言った。

ギドリーは〈カルーセル〉にゆっくり歩いて戻った。赤毛の女は待っていた。ギドリーは彼女を入口からしばらく見つめた。陪審員の皆さん、判決はどちらですか？　ギドリーは、彼女が少しくたびれているのが気に入った。クレオパトラのアイライナーがにじみ、ふくらませた髪もしぼんできている。赤毛は、つき合えよと寄ってきたチンピラを追い払い、空《から》になったハイボールのグラスの縁に指を走らせた。ギドリーにあと五分だけ与えることにしたのだ。それ以上は待たない、ぜったいに。

ギドリーは、マッキーの件がほかの展開になっていればよかったと思った。セラフィーヌが、**聞きちがいよ、モン・シェール、カルロスはマッキーと喧嘩《けんか》してない**、と答えていれば。けれどこうなった以上、肩をすくめるしかない。重さ、長さ、単純な計算の問題だ。今晩、マッキーといっしょにいるところを誰かに見られたかもしれない。危険を冒すわけにはいかなかった。なぜ冒さなければならない？

ギドリーは赤毛を家に連れ帰った。住まいはカナル・ストリートを見おろす近代高層ビルの十五階だ。鋼鉄とコンクリートのなめらかな尖塔《せんとう》は、内側から封じられ、冷やされている。街のほかの場所が暑さにうだる夏のあいだも、ギドリーは汗ひとつかかない。

「わあ」赤毛が言った。「すごい」

床から天井まで広がる眺め、黒い革張りのソファ、ガラスとクロムの移動式カウンター、高価な音響装置。赤毛は窓辺に立ち、片手を腰に当て、片方の足に体重をのせて、体の線を見せつけた。雑誌で見たモデルをまねて、肩越しにちらっと振り返った。

「こういう高いところにいつか住みたいな。あふれるこの光。降るような星。宇宙船に乗ってるみたい」

ギドリーは、会話をする気があると誤解されたくなかったので、彼女を窓に押しつけた。ガラスが揺れ、星が踊った。彼女にキスをした——首に、顎と耳のあいだの敏感な部分に。女は〈ランバン〉の香水に浮かんだ吸い殻のようなにおいがした。

女の指が彼の髪をかき上げた。ギドリーはその手をつかみ、彼女の体のうしろに留めた。そしてもう一方の手をスカートのなかに入れた。

「ああ」女が言った。

サテンのパンティ。すぐには脱がさず、その上から輪郭をそっと、軽くなぞった。二本の指をすべらせ、あらゆる繊細なふくらみとしわをたどった。同時に、首筋へのキスに力をこめ、歯を感じさせた。

「ああ」今度の声は本気だった。

ギドリーはパンティをずらして、指を彼女のなかに入れた。入れたり出したり、親指の腹をクリトリスに当てて、女の好きなリズムとちょうどいい力加減を探った。彼女の呼吸が変わり、腰をくねらせたときに、ふっと力を抜いた。女の首筋の筋肉が驚きで強張《こわば》った。ギドリーは数秒待って、また始めた。安心したのだろう、電気ショックのような震えが女の体を駆け抜けた。また力を抜くと、彼女は蹴りつけられたようにあえいだ。

「やめないで」

ギドリーは体を離して相手を見た。眼はとろんとして、表情には至福と渇望がにじんでいた。「お願いと言え」

「お願い……」

「もっとしっかり」

「お、お願い」

ギドリーは彼女をいかせた。女はみないき方がちがう。眼を細める、顎を突き出す、唇を半開きにする、鼻孔を広げる、ため息をつく、うなる。だがつねに共通しているのは、白い核爆発の閃光《せんこう》とともにまわりの世界が消える瞬間があることだ。

「ああ、どうしよう」砕け散った赤毛の世界がまたひとつになった。「脚が震えてる」

重さ、長さ、単純な計算。マッキーも、もしギドリーと立場が逆だったら同じ計算をしたはずだ。疑問の余地なく受話器を取り、ギドリーと同じことを伝えただろう。そしてギドリーのほうも、電話をかけたマッキーを尊敬しただろう。それが人生《セ・ラ・ヴィ》。少なくとも、自分の人生はそうだ。

ギドリーは赤毛をくるりとまわしてうしろを向かせ、スカートをまくり上げて、パンティを引きおろした。女のなかに突き入れると、またガラスが揺れた。この建物の窓はハリケーンにも耐えられると家主は言っていたが、本当にそうなのか、まだわからない。

2

シャーロットは、船橋《ブリッジ》にひとりでいるところを想像した。嵐のまっただなかで、波が身を投げ出すように甲板に打ちかかってくる。帆が破れ、ロープが切れる。割れた板が多少飛び散ってもいい。太陽の冷たい無色の光がにじみ、シャーロットはすでに溺れたような気がした。

「ママー」ローズマリーが居間から呼びかけた。「ジョアンとわたしから質問があるの」

「こっちに来て朝食を食べなさいって言ったでしょう、小鳥さんたち」シャーロットは言った。

「ママは秋のなかで九月がいちばん好きだよね？　十一月がいちばん嫌い？」

「早くこっちに来て食べなさい」

ベーコンが焦げていた。シャーロットは床のまんなかに寝そべっていた犬につまずいた。靴の片方が脱げて、キッチンを引き返す途中で――いまやトースターからも煙が出ている――今度は脱げた靴につまずいた。犬がビクッと動いて顔をゆがめた。発作が近いのか？

そうでないことを祈った。

皿。フォーク。シャーロットは片手で口紅を塗りながら、もう片方でジュースを注《つ》いだ。すでに七時半だ。時間はどこへ行ってしまったの？　ここにないことは確かだ。

「あなたたち！」シャーロットは呼んだ。

ドゥーリーがだらしないパジャマ姿でキッチンに入ってきた。顔色は緑がかり、エル・グレコの描いた聖なる殉教者のような恰好《かっこう》だった。

「また仕事に遅れるわよ、ハニー」シャーロットは言った。

ドゥーリーは椅子にがっくりと腰かけた。「今朝は体がだるくてしかたがない」

そりゃそうでしょう。玄関のドアが開く音がしたのは夜中の一時すぎだった。そのあと、ドゥーリーがいろいろなものにぶつかりながら廊下をよろめいてくるのが聞こえた。ベッドに入るまえになんとかズボンは脱いだものの、酔っ払いすぎてスポーツジャケットのほうは脱ぎ忘れた。要するに、いつもどおりの酔っ払いだった。

「コーヒーは？　食パンを焼くわ」

「風邪かな。きっとそうだ」

悪びれもせずに夫がそう言うのには感心した。それとも本当にそう信じているのだろうか。何事も信じやすい人ではある。

ドゥーリーはコーヒーをひと口飲むと、キッチンを出てバスルームに入った。えずいて口をゆすぐ音が聞こえた。

娘たちが食卓の席についた。ローズマリーは七歳、ジョアンは八歳。ふたりはとても姉妹には見えない。ジョアンの小さなブロンドの頭は、いつもピンの頭のようにつるんと輝いているが、ローズマリーは栗色《くりいろ》の癖毛を鼈甲《べっこう》のカチューシャで留めていて、そこから何本か巻き毛が飛び出している。あと一時間もたてば、狼《おおかみ》に育てられたような外見になる。

「でも、わたしは十一月が好き」ジョアンが言った。

「ううん、ジョアン。九月がいちばん。だって毎年この月だけ、わたしたち同い年になるから」とローズマリー。「それに十月はハロウィーンがあるよ。感謝祭よりハロウィーンのほうがいいでしょ、もちろん。だから秋のなかで十一月がいちばんだめなの」

「わかった」ジョアンは言った。いつも妹に同意してやる。いいことだ。ローズマリーのような妹に対しては。

シャーロットはハンドバッグを探した。さっきまで持ってたはずだけど、勘ちがい？ドゥーリーがまた吐いて、口をゆすぐ音がした。犬はごろりと寝転んで落ち着いている。獣医によると、新しい薬で発作が減るかどうかはわからない。しばらく様子を見る必要がある。

脱げた靴は犬の下にあった。重くたるんだ体の下から掘り出さなければならなかった。

「パパ、かわいそう」ローズマリーが言った。「また気分が悪いの？」

「そうね。そう言ってよさそう」シャーロットは認めた。顔色は少しよくなったが、ますます殉教者めいていた。

ドゥーリーがバスルームから戻ってきた。

「パパ！」娘たちが言った。

ドゥーリーは顔をしかめた。「しーっ。頭が」

「パパ、ジョアンとわたし、秋のなかで九月がいちばん好きで、十一月がいちばん嫌いなの。なぜか教えてほしい？」

「十一月に雪が降らなきゃね」ジョアンが言った。

「あ、そうだ！」ローズマリーが言った。「雪が降ったらいちばん好き。ジョアン、いま雪が降ってることにしようか。風がびゅーびゅー吹いて、雪が首で溶けてるの」

「いいよ」

シャーロットはドゥーリーのまえにトーストを置き、ふたりの娘の頭にキスをした。娘たちへの愛情は理解を超えている。思いがけないときに突然爆発するように湧き起こって、頭のてっぺんから爪先まで震えるのだ。

「チャーリー（シャーロットの愛称）、目玉焼きは食べられるんだけど」ドゥーリーが言った。

「また仕事に遅れたくないでしょう、ハニー」

「知るかよ。おれがいつ行こうとピートは気にしない。病欠にしたっていいんだし」

ピート・ワインミラーは町で金物店を営んでいた。ドゥーリーの父親の友人で、その父親に頼まれて、わがまま息子を雇い入れた。そういう友人や顧客の長いリストの最後の人だ。ドゥーリーに早々と愛想を尽かした雇用主の長いリストの最後にもいる。

けれども、シャーロットは慎重に話を進めた。まちがったことば遣いや声音、タイミングの悪いしかめ面でドゥーリーが傷つき、その後何時間も落ちこむことがあるのを、結婚して間もないころに学んでいたからだ。

「先週ピートから、毎朝早く明るい気分で出てきてほしいと言われなかった？」

「いや、ピートのことは心配するな。口だけだから」

「でも、きっとあなたを頼りにしてると思うけど。たとえば、もう少し――」

「おいおい、チャーリー。おれは具合が悪いんだぞ。見てわからないか？　石から血を絞り出そうたって無理だろ」

ドゥーリーの扱いがそれほど簡単だったらいいのに。シャーロットはためらい、眼をそらした。「いいわ。目玉焼きを作ってあげる」

「ちょっとソファで寝てるから、できたら声をかけてくれ」

シャーロットは夫が出ていくのを見つめた。本当に時間はどこへ行ってしまったの？　ほんの一瞬前まで、彼女は十一歳だった――二十八歳ではなく。ほんの一瞬前まで、いつまでも続く夏に草原でこんがり日焼けし、丈が腰ほどまでもあるウシクサやススキのなかを裸足《はだし》で走りまわり、レッドバッド川の高い土手から砲弾みたいに水のなかに飛びこんでいた。親はいつも子供に、浅瀬から先へ行かないように、川の町側で遊ぶようにと注意していたが、シャーロットは友だちの誰よりも泳ぎがうまく、流れに負けずに対岸まで泳いでいけた。なんの心配もなく、知らないところを探検できた。

泳いだあとは太陽の下で大の字に寝そべり、ニューヨークの摩天楼や、ハリウッド映画のプレミア上映、アフリカのサバンナを走るジープを夢見て、風変わりで輝かしい無数の未来のどれが実現するか考えたものだった。実現しないことなどなかった。どんなことも可能だった。

シャーロットはジョアンの皿を取ろうとして、ジュースのグラスを倒してしまった。グラスは床に落ちて割れた。犬がまた引きつり、顔をゆがめた。今度はさっきよりずっと強く。

「ママ？」ローズマリーが言った。「泣いてるの？　笑ってる？」

シャーロットは屈《かが》んで犬の頭をなでた。もう一方の手で、尖《とが》って輝くガラスの破片を拾った。

「そうね」彼女は言った。「たぶん、両方」

八時十五分にようやくダウンタウンに着いた。〝ダウンタウン〟というのは誇大広告だ。

一辺がわずか三区画の四角い土地で、ヴィクトリア朝風の円屋根と、粗い石灰石の飾り枠がついた赤煉瓦《あかれんが》の建物が、ひと握り並んでいるだけだから。どれも高さは三階まで。簡易食堂《ダイナー》、衣料店、金物店、パン屋が一軒ずつに、オクラホマ州ウッドロウ・ファースト（そして唯一の）銀行。

メイン・ストリートとオクラホマ・ストリートの角、パン屋の隣に写真屋があった。シャーロットはそこで五年近く働いていた。店主のホッチキス氏は、フォーマルな肖像写真が専門だ。結婚を控えた満面の笑みの娘たち、糊《のり》のきいたセーラー服の幼児、生まれたての赤ちゃん。シャーロットは暗室で薬品を調合し、フィルムを現像し、コンタクトプリントを作り、白黒写真に彩色する。何時間も退屈に耐えて机のまえに坐り、リンシードオイルと絵具で髪の毛に金色の輝きを加え、虹彩《こうさい》に青い光を与えていた。

彼女は煙草に火をつけ、リチャードソン家の幼い双子の作業に取りかかった。よちよち歩きの一卵性双生児が、おそろいのサンタ帽をかぶって唖然とした表情を浮かべている。

ホッチキス氏がふらっと近づいてきて、シャーロットの仕事を確認しようと身を屈めた。六十代の男やもめで、リンゴ風味のパイプ煙草と写真の定着剤のにおいがする。大事なことを告げるときには、前置きとしてズボンを引き上げる癖があった。

さっそくズボンを引き上げた。「ふむ、いいだろう」

「ありがとうございます」シャーロットは言った。「帽子の赤の色合いが決められなくて。

頭のなかで大議論になるんです」

ホッチキス氏は、棚の上にあるシャーロットのトランジスターラジオを一瞥《いちべつ》した。彼女の好きなAM局はカンザスシティの放送で、電波がウッドロウに届くころには不鮮明になり、雑音が混じる。いくらダイヤルとアンテナを調節しても、ボブ・ディランの『くよくよするなよ』は、井戸の底で歌っているように聞こえた。

「教えようか、チャーリー。この男はボビー・ヴィントンみたいな名歌手じゃないな」

「同感です」

「ぼそぼそぼそぼそ。何を言っとるかまったくわからん」

「世界は変わってるんですよ、ミスター・ホッチキス。新言語を話してるんです」

「ここローガン郡でそれはない。ありがたいことだ」

そう、ここローガン郡でそれはない。シャーロットは自分の誤りを認めた。

「ミスター・ホッチキス、このまえお渡ししたあの新しい写真、見ていただけました？」

ホッチキス氏は写真屋の仕事のほかに、地元紙ウッドロウ・トランペットの写真編集も請け負っていた。シャーロットはその新聞のフリーランスの写真家の求人にどうしても応募したいと、数カ月前に彼を説得して、低機能のカメラの一機を貸してもらっていた。

最初のころの撮影は無残な出来映えだった。しかし、彼女はあきらめなかった。ランチ休憩中の用事の合間の数分間や、娘たちが起きるまえの早朝などに練習を積んだ。土曜にふたりを図書館に連れていったときには、雑誌やアート本を見て研究した。写真を撮って、それまで思いつきもしなかった視点で世界について考えると、ボブ・ディランやルース・ブラウンを聞いているときと同じ気持ちになった――自分のちっぽけな人生が、その瞬間だけもっと大きなものの一部になったような、明るく生き生きとした気持ちに。

「ミスター・ホッチキス？」シャーロットは言った。

ホッチキス氏は朝届いた郵便に気を取られていた。「ん？」

「わたしのこのまえの写真を見ていただけたかと訊いたんですけど」

ホッチキス氏はズボンを引き上げ、咳払《せきばら》いをした。「ああ、そうだ。うむ。見たよ」

シャーロットが渡したのは、アリス・ヒバードとクリスティン・クリガーが日暮れどきにオクラホマ・アベニューを渡ろうとしている写真だった。逆光で、コントラストが強くて……シャーロットの眼を惹《ひ》いたのは、ふたりの影が本人以上に実体のあるリアルな存在に見えたことだった。

「それで、どう思われました？」

「ふむ。三分割法の説明はしたかな？」

たった数十回ほど。「ええ、わかっています。でも、あの写真でとらえようとしたのは――」

「シャーロット。いいかね。きみは美人で頭もいい。ここで働いてくれて、とても助かっている。まえにいた娘は……なんというか、不器用で、脳みそがこれっぽっちもなかった。元気にしてるといいが。きみがいなくなったら、どうしたらいいかわからんのだよ、チャーリー」

ホッチキス氏は彼女の肩をぽんと叩いた。シャーロットはよほど最後通牒《つうちょう》を突きつけてやろうかと思った。ウッドロウ・トランペット紙でチャンスをくれるか——どんな仕事でもいい、どれほど下働きでも——さもなくば本当にわたしがいなくなったときにどうするか確かめることだ。

わたしには写真の才能があるのだろうか。自信はないが、あるかもしれないとは思っていた。少なくとも、興味深い写真とつまらない写真のちがいはわかる。ページから飛び出してきそうなライフ誌やナショナル・ジオグラフィック誌の写真と、板の上にだらりと寝た死体のようなウッドロウ・トランペット紙の写真のちがいは。

「ミスター・ホッチキス」シャーロットは言った。

相手は離れていきながら振り返った。「なんだね？」

だがもちろん、この写真屋の仕事を辞めるわけにはいかない。ここの毎週の給料でわが家の船は浮かんでいるのだ。それに、ミスター・ホッチキスは正しいのかもしれない。写真に関するかぎり、たぶんわたしは不器用なのだ。どうこう言っても、彼はプロだ。額入りのオクラホマ・ジャーナリスト協会の表彰状も飾ってある。これも彼の好意と考えるべきなのか。何年ものちに振り返って、**ありがたい**、と思うのかもしれない。**ありがたい、あんなことにあれ以上時間を無駄遣いせずにすんで**、と。

「なんでもありません」シャーロットはホッチキス氏に言った。「いいんです」

リチャードソン家の幼い双子の作業に戻った。この子たちの両親はハロルドとヴァージニア。ハロルドの妹のビーニーは、小学校でシャーロットのいちばんの親友だった。ハロルドの父親は、シャーロットの中学校の聖歌隊の指揮者。母親はパイナップルののったケーキが大好きで、毎年、シャーロットは彼女の誕生日にそのケーキをかならず焼いて持っていく。

ヴァージニア・リチャードソン（旧姓ノートン）は、シャーロットといっしょに高校のイヤーブックを作った。写真のキャプションにスペルミスがないか、ぜったいダブルチェックしてね、とシャーロットに念を押したものだ。ヴァージニアの兄のボブは、とびきりハンサムな運動選手で、陸上、野球、アメリカン・フットボールの学校代表に選ばれるスターだった。いまは、大学卒業の一年後に醜いアヒルの子から美しい白鳥に変身したホープ・カービーと結婚している。ホープ・カービーの母アイリーンは、シャーロットの母親の花嫁付添人だった。

シャーロットは生まれてからずっと、リチャードソン家、ノートン家、カービー家を知っていた。思えば、生まれてからずっと、町の全員を知っている。そして町の全員が彼女を知っているのだ。これからも永遠に。

人生にもっと多くを求めるのは、わがままなのだろうか。シャーロットは考えた。ローズマリーやジョアンのためにもっと多くを求めるのは？　ウッドロウはあらゆる意味で牧歌的な町だ。古風で、安全で、友好的。だが、同時に果てしなく退屈でもある。頑迷で偏狭な考えに囚《とら》われ、新しいものや発想を受け入れようとしない――ミスター・ホッチキスのように。シャーロットは、せめて過去と未来の区別がつく町で暮らしたいと願わずにはいられなかった。

数カ月前、ドゥーリーに引っ越しを提案してみたことがあった――たとえば、カンザスシティや、シカゴに。ドゥーリーは呆気《あっけ》にとられて彼女を見つめた。素っ裸で大声をあげて通りを走りましょうと提案されたかのようだった。

この日のランチ休憩は、写真を撮るどころではなかった。シャーロットは大急ぎでサンドイッチを食べ、動物病院で犬の薬を受け取り、そのまま銀行に駆けこんだ。ドゥーリーは今度こそ自分がジム・フィーニーと話すと約束していたが、不愉快な仕事を巧みに避ける技術において、彼の右に出る者はいない。あいにくシャーロットにはそんな贅沢《ぜいたく》は許されなかった。

「あ、しまった、忘れてた」夫は言うだろう。気まずそうに微笑むが、謝るつもりはない。生まれてからずっと、そうしてたびたび言い逃れをすることに慣れてきた子供なのだ。

シャーロットは、銀行のなかでジム・フィーニーの電話が終わるのを待たなければならなかった。

リトル・ジミー・フィーニー。彼とは幼稚園から同じクラスだった。小学校でジムは算数ができず、一年遅れた。ハイスクールでは牛を押し倒そうとするいたずらで腕の骨を折った。それがいまは副店長の机についている。男だからだ。シャーロットは机の反対側にいる。男ではないからだ。

「やあ、チャーリー」ジムは言った。「今日はどんな用件かな?」

わかってるくせに。この人はわたしが困っているのを見て愉しんでいるのだろうか、それとも、たんに忘れてるだけ?

「こんにちは、ジム。じつは、今月の住宅ローンの支払いを少し延ばしてもらえないかと思って」

「なるほど」

出納窓口からボニー・バブリッツがこちらを見ていた。小切手を現金に換えているヴァーノン・フィップスも。ホープ・ノートン(旧姓カービー)がせわしなく通りすぎ、戻ってきてジムにフォルダーを渡した。

懇願はしないわよ、とシャーロットは思った。そうする心の準備はできていたが。

「ほんの短い期間でいいの、ジム。一週間か二週間で」

「こっちの立場も悪くなるんだ、チャーリー」

「ごめんなさい」

「今年で三度目だろう、わかってると思うけど」

「わかってる。このところちょっと厳しいの。でも、よくなってきてる」

ジムは万年筆を台帳の端にトントンと打ちつけた。考えている——あるいは、彼にできる範囲で、考えることに近づいている。

「一セントでも節約しないとな、チャーリー」ジムはドゥーリーを知っている。家計が苦しくなる本当の理由もわかりすぎるほどわかっている。なのに言った。「家計簿をつけることだ。すごく役に立つ。出費から何から、すべてね」

「あと二週間。それだけでいいから。お願い、ジム」

台帳を叩く音が先細りになった。**トントントン、トントン、トン**。弱まっていく心臓の鼓動のように。「そうだな、もう一度だけなら……」

アール・グリンドルが店長室から出てきた。銀行内で坐ったり立ったりしている人がみなどうして平然としているのか、わからないかのように。

グリンドルは眼鏡をはずし、またかけた。「誰かが彼を撃った。誰かがケネディ大統領を撃ったんだ」

シャーロットは写真屋に歩いて帰った。大統領に関するニュースはまだホッチキス氏に伝わっていなかった。暗室をのぞいてみると、〈ベセラー〉の引き伸ばし機で満足げに作業していた。知らぬ者は幸いなり。

彼女は自分の机につき、新しい写真に色をつけはじめた。ムーア家の三カ月の男の子が、カーネーションの花びらを象《かたど》ったサテンの上にのせられている。布は淡いアイボリーがいいだろう。

大統領が撃たれた。自分はそのことをきちんと理解しているのだろうか。銀行では、ホープ・ノートンが腕いっぱいに抱えたファイルの束を取り落とした。出納係のボニー・バブリッツは、わっと泣きだした。ヴァーノン・フィップスはカウンターに五ドル札の山を残したまま、茫然《ぼうぜん》と銀行から出ていき、ジム・フィーニーは、「ジョークですか、アール？　これは何かのジョーク？」と尋ねつづけていた。

リンシードオイルと、リンゴ風味のパイプ煙草のにおい。暖房機のうなりとカチカチ鳴る音。シャーロットは働きつづけた。ダラスからのニュースに不思議と動揺せず、遠い世界のことのように感じていた。しばらく今日が何曜日かも、今年が何年かもわからなくなった。どの年のどの日でもありえた。

電話が鳴った。ホッチキス氏が自室に戻って受話器を取った。

「なんだって？　え？　まさか！　ありえん！」

ムーア家の赤ん坊は彼で三人目だ。両親はティムとアン。シャーロットが初めてベビーシッターをしたのは、ティムの弟たちだった。アンの姉は、ほかでもないホープ・ノートンだ。ヴァージニア・リチャードソンの兄ボブと結婚した本人である。そして、そう、鎖の輪がもうひとつ。アンの母方のいとこは金物屋のドゥーリーの上司、ピート・ワインミラーだ。

「ありえない」ホッチキス氏が言うのが聞こえた。「信じられない」

大統領が撃たれた。人々がショックを受け、狼狽《ろうばい》している理由はわかる。先が見えない未来を怖《おそ》れているのだ。自分たちの生活がいままでどおりでなくなることを。

たしかに、いままでどおりではなくなるのだろう。しかしシャーロットには、自分の生活が少しも変わらないことがわかった。自分の——そして娘たちの——未来は決まっている。何百キロも離れたところで発射された銃弾にそれを変える力はない。

シャーロットはブラシに絵具をつけ、ムーア家の坊やの白黒の頬をピンクに塗った。子供のころ、いちばん好きな映画は『オズの魔法使い』だった。なかでもドロシーが白黒の農家のドアを開け、奇妙ですばらしい土地に足を踏み出す場面が大好きだった。

幸運なドロシー。シャーロットはまたブラシに絵具をつけ、このときが初めてではないが、竜巻が空からおりてきて自分を吹き飛ばし、極彩色の世界に連れていってくれるところを想像した。

3

太陽の光がギドリーの上を流れ、見ていた夢が急にがくんと揺れてぼやけた。映写機の歯車《スプロケット》からフィルムが弾《はじ》け飛んだかのように。五秒後には、夢のことをあまり思い出せなかった。橋。そのまんなかにある一軒の家。そんなところに建てないほうがいい。ギドリーはその家の窓辺に立っていた。あるいは、バルコニーだったか。下をのぞいて、川面《かわも》に立つさざ波を見つけようとしていた。

ベッドから飛びおりた。頭が腐ったカボチャのように大きく柔らかくなった感じがする。アスピリン。二杯の水。ズボンをはいて、どうにか廊下を歩く用意ができた。アート・ペッパー。二日酔いをこうやって治すのが好きだった。『スマック・アップ』を厚紙のジャケットから抜き取り、ターンテーブルにのせた。『ハウ・キャン・ユー・ルーズ』は、このアルバムのなかでもいちばん好きな曲だ。気分はもうよくなっていた。

午後二時、フレンチ・クォーターの住民にとっては〝夜明け〟の時刻だった。ギドリーはポットで火傷《やけど》するほど熱いコーヒーを作り、ふたつのマグカップに注いだ。自分のコーヒーにはマッカランをたっぷり足した。スコッチで二日酔いを治すのも好きだ。ごくりとひと口飲み、ペッパーのサックスが、車の往来から身をかわす犬のようにジグザグのメロディを奏でるのを聞いた。

　赤毛の女はまだぐったりしていた。ベッドの上でシーツを蹴飛ばし、片腕を枕に振り上げている。ん、ちょっと待て。髪は赤毛ではなく、ブルネットだ。唇も厚いし、そばかすも消えている。いったいこれは？　ギドリーは戸惑った――まだ夢か？――そのとき、今日は木曜ではなく金曜だということを思い出した。赤毛とすごしたのはおとといの夜だった。

　残念だ。これから何週間も、外で食事をするたびに、セックスがすごすぎて女の顔からそばかすを吹っ飛ばしたと自慢するつもりだったのに。

　ジェイン？　ジェニファー？　ブルネットの名前は思い出せなかった。ト《T》ランスワ《W》ールド航《A》空に勤めている。いや、それは赤毛のほうだったか。ジュリア？

「ほら、起きろ、お日様だ」ギドリーは言った。

　女は眠たげに微笑みながらギドリーのほうを向いた。口紅が乾いてはげている。「何時？」

　ギドリーはマグカップを渡した。「帰る時間だ」

　彼はシャワーを浴びながら、石鹸《せっけん》を泡立て、一日の予定を立てた。まずはセラフィーヌだ。彼女がどういうつもりか見きわめる。そのあと、あの夜〈カルーセル・バー〉でサム・サイアの部下が持ちかけてきた仕事に取りかかる。あいつは信用できるのか？　これまで耳にしたことからすれば信用できそうだが、仕事を始めるまえに、いろいろ訊いて確かめておくほうがいい。

ほかには？　裁判所の向かいのバーに寄って何杯か引っかけ、ゴシップを集める。夕食はアル・ラブルッツォと。やれやれ。アルはゴーゴー・クラブを買うつもりだった。あの男の扱いには注意しなければならない——サムの兄で、サムはカルロスの運転手だから。食事が終わるまでにアルを説得し、ギドリーの金なんかいらないという気にさせなければ。こっちがひざまずいて受け取ってくれと頼んでも断られるくらいに。

ギドリーはひげを剃り、爪を切り、クロゼットのなかを見た。ウィンドウペーン柄の茶色いスーツを選んだ。細いノッチド・ラペルのコンチネンタル・スタイル。クリーム色のシャツに、緑のネクタイ。緑のネクタイ？　だめだ。感謝祭まで一週間足らずなのだから、この時期の雰囲気を取り入れよう。緑のネクタイから、秋の夕焼けのような深くくすんだオレンジのネクタイに替えた。

リビングルームに入ると、ブルネットがまだいた。ソファの上で体を丸め——なんと、まだ服すら着ていない——テレビを見ていた。

ギドリーは窓のほうに行き、昨夜脱いだまま床に落ちていたスカートとブラウスを見つけた。ブラジャーはバー・カートに引っかかっていた。みな拾って女に放った。

「一ミシシッピ、二ミシシッピ……五まで数えてやる」

「死んじゃった」女は見向きもしなかった。「信じられない」

ギドリーは女が泣いていることに気づいた。「誰が？」

「撃たれたの」

「だから誰が？」

ギドリーはテレビを見た。画面ではニュースキャスターがデスクの向こうに坐り、煙草を深々と吸っていた。見るからに疲れ、茫然として、バケツの冷水でもかけられたかのようだった。

「自動車パレードがダラスのダウンタウンにあるテキサス教科書倉庫ビルを通過したときでした」ニュースキャスターは言った。「記者がラルフ・ヤーボロー上院議員から聞いた話では、上院議員は大統領《プレジデント》の車に続く三台のうちの一台に乗っており、はっきりと三発、ライフルの銃声を聞いたそうです」

　なんのプレジデントだ？　ギドリーはまず思った。どこかの石油会社の社長《プレジデント》か？　誰も聞いたことのない、どこかのジャングルの共和国の大統領《プレジデント》か？　ブルネットがこれほど打ちひしがれている理由がわからなかった。

　そこで、はっと気づいた。ギドリーは女の横で身を屈め、原稿を読んでいるニュースキャスターを凝視した。ディーレイ・プラザにあるビルの六階から狙撃手が発砲し、リンカーン・コンチネンタル・コンバーチブルの後部座席に乗っていたケネディが撃たれた。ケネディはパークランド病院に運ばれ、司祭によって告別の儀式がとりおこなわれた。午後一時三十分、いまから一時間半前に、医師団が大統領の死を発表していた。

犯人は拘束されている、とニュースキャスターは言った。教科書倉庫で働いていた男だった。

「信じられない」ブルネットが言った。「彼が死んだなんて」

一瞬ギドリーの動きが止まった。呼吸もしていない。ブルネットはギドリーの手を取って、ぎゅっと握った。彼も信じることができずにいると思ったのだ。銃弾が〝ジャック〟・ケネディの頭を吹き飛ばすなんて。

「服を着ろ」ギドリーは背を起こし、女を引っ張って立たせた。「服を着て出ていけ」

女は彼を黙って見つめた。ギドリーは女の腕をつかんでブラウスの袖に通した。ブラなど知るか。女が騒いだり警察に泣きついたりする怖れがなければ、裸のまま玄関から放り出すところだった。

女のもう一方の腕はだらりと垂れていた。彼女はすすり泣きを始めた。ギドリーは、落ち着け、落ち着け、と自分に言い聞かせた。街では、何があってもびくともしない男と言われている。だからあわてるな、兄弟。

「おい」ギドリーは手の甲で女の頰をなでた。「悪かったよ。おれも信じられない、大統領が死んだなんて」

「そうよね」女が言った。「わかる」

女は何もわかっていなかった。ニュースキャスターの説明によると、ダラスのディーレイ・プラザは、ヒューストン、エルム、コマースの三つの通りに囲まれている。それがどこか、ギドリーにはわかりすぎるほどわかった。一週間前にそこにいたのだ。コマース・ストリートから二区画先の立体駐車場に、スカイブルーの一九五九年式キャデラック・エルドラドを置いてきた。

ふだんセラフィーヌがその種の仕事をギドリーに頼むことはない。いわば彼のいまの地位にはふさわしくない仕事だ。だが、ギドリーはそのときダラスにいた。カルロスの懐に引き入れたい警視正を酒や食事でもてなし、苛立《いらだ》ちを慰めてやっていたのだ……断る理由はなかった。いいとも。みんなはひとりのために、ひとりはみんなのために。

ねえ、ところでモン・シェール、ダラスにいるあいだに、ちょっとしてもらいたいことがあるの……。

あぁくそ、ちくしょう。逃走用の車の手配は、カルロスが有名な暗殺事件で何度もやってきた基本的な段取りだ。ガンマンは仕事を終えたあと、近くに隠してある足のつかない車にまっすぐ向かい、それで逃げる。

スカイブルーのエルドラドをディーレイ・プラザから二区画のところに駐《と》めたとき、ギドリーは、暗い未来が待ち受ける不幸な人物は誰なのだろうと考えた――両賭けで帳簿をごまかした賭け屋か、慰められても苛立ちがおさまらなかった警視正か。

まさかそれがアメリカ合衆国大統領だったとは……。

「家に帰れ」ギドリーはブルネットに言った。「いいな？　さっぱりして、それから……どうしたい？　いまはお互いひとりでいないほうがいい」

「そうね」女は同意した。「わたしがしたいのは……なんだろう。別に……」

「家に帰ってさっぱりして、うまいランチを食べよう。いいな？　どこに住んでる？　一時間後に迎えに行く。食べ終わったら教会を見つけて蠟燭《ろうそく》をともし、ケネディの魂に捧《ささ》げる」

そう言ってうなずくと、女もうなずき返した。ギドリーは女がスカートをはくのを手伝い、あたりを見まわして彼女の靴を探した。

ただの偶然だろう、おれが逃走用の車をディーレイ・プラザから二区画のところに隠したのは。ギドリーは自分に言い聞かせた。カルロス・マルチェロがこの地上でケネディ兄弟ほど目の敵にしている人間はいないが、それもたぶん偶然だ。ジョンとロバート――ジャック&ボビーのケネディ兄弟は、かつてカルロスを上院に引きずり出し、国じゅうのさらしものにした。その数年後には、カルロスをグアテマラに国外追放しようとした。

たぶんカルロスはすでに赦《ゆる》しているし、忘れている。きっと。それにたぶん、倉庫で本の箱を運んで生計を立てている男でも、ああしてライフルを撃つことはできる——六階から、動く標的を狙い、風が吹いていて、あいだに木もあったが。

ギドリーはブルネットをなだめながらエレベーターに乗り、おりたあとロビーを抜けて、タクシーの後部座席に乗せた。運転手はまえのめりになってラジオのニュースを聞いていて、ギドリーが指を鳴らすまで、客が来たことに気づきもしなかった。

「家に帰ってさっぱりしろ」ギドリーはブルネットの頬にキスをした。「一時間で迎えに行く」

フレンチ・クォーターでは、大の男が歩道に立って泣いていた。女も急に盲《めし》いたように通りをさまよっていた。〈ラッキー・ドッグ〉では、ホットドッグの売り子が靴磨きの少年とラジオを聞いていた。文明が生まれてからこっち、こんなことがあっただろうか。かくて彼らはその剣《つるぎ》を打ちかえて鋤《すき》となし（『旧約聖書』イザヤ書第二章）、豹《ひょう》は子山羊《こやぎ》とともに伏す（同イザヤ書第十一章。どちらも戦いをやめて平和に暮らすという意味）。

十五分の余裕があったので、〈ギャスパーズ〉に寄った。昼間に入ったことはなかった。明かりがあっても薄暗いナイトクラブだ。床や天井は汚れ、ビロードの舞台幕には絶縁テープの継ぎはぎがある。

カウンターのそばに人が集まっていた。ギドリーと同じく、店内のテレビの青白い画像を求めて入ってきた人たちだった。ニュースキャスターが――さっきとは別人だが、やはり茫然としている――ジョンソンの声明を読み上げた。いまやジョンソン大統領だ。

「ミセス・ケネディとご家族の悲しみを世界が分かち合っています」ジョンソンは言った。「最大限の努力をする。私にできるのはそれだけです。皆さんの助けが必要です――神の助けも」

バーテンダーがウイスキーをグラスに注ぎ、客に無料でふるまった。ギドリーの隣に、ガーデン地区の未亡人という風情の上品で小柄な人がいた。かなりの高齢で、雪片のようにはかなげだが、グラスを取って、ぐいっとあおった。

テレビの画面がダラス警察署に切り替わった。スーツや白いカウボーイハットの警官、記者、野次馬《やじうま》がひしめき合っていた。その中心に、小突きまわされている男がいた。小柄で、ずる賢そうな顔つきで、片眼《かため》が腫れ上がって閉じている。リー・ハーヴェイ・オズワルド。それがアナウンサーの告げた彼の名前だった。ふらつき、うろたえ、真夜中にベッドから引きずり出されて、これはただの悪い夢であってくれと願っている子供のようだった。

警官が部屋に押し入れたオズワルドに、現地のリポーターが大声で何か問いかけたが、ギドリーには聞き取れなかった。ほかのリポーターが画面に入り、カメラに向かって話した。

「オズワルド容疑者は、誰にも恨みはなく、なんの暴力行為もしていないと言っています」

ガーデン地区の未亡人は二杯目のウイスキーを飲み干した。唾でも吐きそうな勢いで怒っていた。「どうしてこんなことが起きるの」とひとり言をつぶやいている。「どうしてこんなことが」

断言はできないが、ギドリーはこれまでの経験から悟っていた――プロの狙撃手だ。カルロスが雇った一匹狼の請負人。オズワルドに罪を着せるために、テキサス教科書倉庫ビルの六階かその下の階から狙ったのだ。あるいは、ディーレイ・プラザの反対側にある、人のいない高所で待ち構えていたのか。本当の犯人は撃ったあとライフルをしまい、用意されたスカイブルーのエルドラドへとコマース・ストリートを歩いていった。

ギドリーは〈ギャスパーズ〉から出て、ジャクソン・スクウェアに向かった。大聖堂の階段で司祭が群衆に慰めのことばをかけていた。植えるのに時があり、植えた物を引き抜くのに時がある（『旧約聖書』伝道之書第三章）。いつもどおりのでたらめだ。

歩くのが速すぎる。**落ち着け、兄弟**。

警察がカルロスの手配した狙撃手を逮捕し、エルドラドと結びつければ、エルドラドをギドリーと結びつけることができる。ギドリーがあの車を手に入れたのは、ダラスの黒人が多い地区にあるスーパーマーケットの駐車場だった。ドアはロックせず、鍵は日よけの下に入れておいた。車に指紋はついていない――馬鹿ではないから運転用手袋をはめていた――が、ギドリーを憶えている人がいるかもしれない。スカイブルーのキャデラック・エルドラド。黒人の居住区にいた白人の男。誰かが憶えているだろう。

路地裏で靴磨きが撃たれるようなつまらない殺人事件ではないから、刑事や検事はすでにカルロスに抱きこまれていると考えるべきだろう。なんといっても殺されたのはアメリカ合衆国大統領だ。ボビー・ケネディ司法長官とＦＢＩは、あらゆることを調べ尽くすまで捜査をやめない。

じめじめした霧雨がやみ、雲の向こうから太陽の光が射《さ》した。セラフィーヌはオールド・ヒッコリーの像の横に立っていた。第七代大統領アンドリュー・ジャクソンは、うしろ脚で立つ馬の上で帽子を持ち上げている。像の影がセラフィーヌを半分に分けていた。ギドリーに微笑む一方の眼は澄んで輝き、愉快そうだが、もう一方は濃い緑の石のようだった。

ギドリーはセラフィーヌにつかみかかって持ち上げ、像の台座に押しつけたかった。自分をこんな状況――世紀の犯罪――に放りこんだ理由を問《と》い質《ただ》したかった。しかし、賢明なことにそうせず、笑みを返した。セラフィーヌと話を進めるには慎重さが必要だ。そうでないと長くは進めない。

「ハロー、坊や」セラフィーヌが言った。「森は暗くて狼が吠《ほ》えてる。わたしの手につかまれば、いっしょに帰り道を見つけてあげるわよ」

「それはどうも。おれは狼のほうに賭けるよ」ギドリーは言った。

セラフィーヌは唇を尖らせ――**わたしのことをそんなふうに見てるの？**――笑った。もちろんギドリーはそう見ている。見なければ馬鹿だ。

「秋は大好き」セラフィーヌは言った。「あなたは？　空気がとても爽やかで哀愁の香りがする。秋は世界の真実を教えてくれる」

誰もセラフィーヌを〝きれい〟とは言わない。王者の風格があるからだ。広い額とくっきりした鼻筋、黒い髪はマルセルウェーブをかけて横分けにしている。肌の色はギドリーより少しだけ濃い。ニューオーリンズ以外なら、どこへ行っても白人として通用するだろう。

セラフィーヌはいつも教師のようにきちんとした身なりだ。この日はモヘアのセーターと細身のスカートのアンサンブルに、真っ白な手袋をはめていた。自分ひとりのジョークなのだろうか。つねに誰かに微笑んでいるように見える。

「早く本題に入れ」ギドリーは言った。場にふさわしい笑みを浮かべながら、ギドリーはセラフィーヌにそんなことを言えるのだ。カルロスにだって言える。

セラフィーヌは微笑み、煙草の煙を吐いた。ディケイター・ストリートで、痩せこけた馬車馬がいなないた。甲高くてわびしく、まるで悲鳴のようだった。耳にしたとたんに忘れたいと思う音。

「大統領のニュースを見たわね」セラフィーヌが言った。

「おれの不安を想像してみるといい」

「心配しないで、モン・シェール。来て、一杯おごるから」

「一杯だけか?」

「いいから来て」

ふたりはシャルトル・ストリートへ歩いていった。〈ナポレオン・ハウス〉が開くまであと一時間あった。バーテンダーは彼らを店内に入れ、飲み物を注いで、いなくなった。

「ひどい話だぜ、セラフィーヌ」ギドリーは言った。

「あなたの不安はわかる」

「刑務所まで会いにきてくれ」

「心配しないで」

「もう一度言われれば、少し信じられるかもしれない」

セラフィーヌは手袋をはめた手を気だるげに動かして、煙草の灰を落とした。

「わたしの父親はここで働いてたの。知ってた? 床にモップをかけたり、トイレを掃除したり。小さいころ、たまに連れてこられたわ。あれが見える?」

〈ナポレオン・ハウス〉の壁は長いこと漆喰《しっくい》が塗り直されておらず、飾られた古い油彩の肖像画はどれも少し曲がっていた。意地悪く、偉そうな顔が、暗がりから睨みつけている。

「小さいころは、あの絵の人たちに見張られてると思ってた。わたしがまばたきするのを待って、襲いかかろうとしてるって」

「たぶんそのとおりだ。J・エドガー・フーヴァーFBI長官の部下だろう」

「昔なじみとしてもう一度言うけれど、心配しないで。警察は容疑者を捕まえたでしょ？」

「しょせんダラス市警だ。あいつらが捕まえたと思ってるだけさ」

ギドリーには、FBIがオズワルドの犯行だとは一瞬たりとも考えないのがわかっていた。見てろ。FBIが捜査を始めれば、オズワルドはわけのわからないことをしゃべりだす。いや、FBIはすでに捜査し、オズワルドはすでにしゃべっているだろう。

「彼なら問題ない」セラフィーヌが言った。

オズワルド。あのずる賢そうな小さい顔には、どことなく見憶えがあった。いつか街で見かけたのかもしれない。「つまり、きみには未来がわかるんだな？」

「彼の未来はね」

「エルドラドはどこだ？」ギドリーは言った。セラフィーヌが懸命に安心させようとしても、車が永久に消えてしまわないかぎり、FBIから逃れられたとは言えない。エルドラドは、ギドリーとケネディ暗殺を結びつける重要な物証だった。

「ヒューストンに向かってる」セラフィーヌは言った。「ちょうどいま」

「その用心深い仲間が警察に捕まったら……」

「そんなことにはならない」セラフィーヌの今度の微笑みは、まえほど穏やかではなかった。エルドラドはカルロスとケネディ暗殺を結びつける物証でもある。

「ヒューストンに着いてからは？」

「信用できる人が海の底へ沈めるの」

ギドリーはカウンターのスコッチのボトルに手を伸ばした。気分がよくなっていた——ほんの少し。「本当なのか、きみの父親がここで働いてたというのは？」

セラフィーヌは肩をすくめた。〝ええ、もちろん〟という意味だ。それとも〝いいえ、馬鹿なこと言わないで〟か。

「誰がヒューストンで車を処分する？」ギドリーは言った。「運転してる仲間か？」

「いいえ。彼にはほかの用事がある」

「だったら誰だ？」ギドリーは組織で高い地位——セラフィーヌより少しだけ下——にいるので、カルロスの部下ならたいてい知っていた。なかには信用できる人間もいる。「誰が捨てるにしろ、まちがいなく信用できるやつにしたほうがいいぞ」

「当たりまえじゃない。アンクル・カルロスが完全に信用してる人よ。一度だってわたしたちの期待を裏切ったことがない」

誰だ？　ギドリーはまた訊きかけて口を閉じ、セラフィーヌをじっと見つめた。「おれ？」彼は言った。「だめだ。そんな厄介な車には近づかない」

「だめ？」

「そんなくそ車に近づくもんか、セラフィーヌ」今度は笑顔を忘れなかった。「いまだけじゃない。百年先までお断りだ」

セラフィーヌはまた肩をすくめた。「でもね、モン・シェール、この件であなたほど信用できる人がほかにいる？　誰かいるなら教えて」

ギドリーはようやく気づいた。息を切らして険しい山の頂にたどり着いたと思ったら、たんにセラフィーヌの望んだ場所だったのだ。最初から彼女の計画どおりに進んでいた。暗殺前に逃走用のエルドラドを手配することで、ギドリーにはその後の車の処分もしたくなる完璧な動機ができた――自分の身が危うくなるからだ。

「ちくしょう」と言ったものの、セラフィーヌの見事な立ちまわり、エレガントな策略には感心せざるをえなかった。自分で未来を作れるなら、未来を占う必要はない。

通りに出ると、セラフィーヌが航空券を差し出した。

「ヒューストン行きの飛行機は明日出発よ。申しわけないけど、土曜の朝のアニメ番組は見られない。車はダウンタウンに置いてある。〈ライス・ホテル〉の向かいの有料駐車場に」

「そのあとは？」

「航行水路沿いに、もう使われてないタンカー停泊所がある。ラ・ポルテ・ロードを東に行って。〈ハンブル・オイル〉の製油所をすぎてそのまま一・五キロくらい走ると、標識のない道路があるから」

　FBIがすでにエルドラドを見つけていたとしたら？　公表するはずがない。そして、哀れなまぬけが現れるのを待って逮捕するのだ。

「夕方には、あなたが望む自由はすべて手に入るわ。運河は十メートル以上の深さがある。終わったら、ラ・ポルテ・ロードを一キロくらい歩くと、ガソリンスタンドに公衆電話がある。そこでタクシーを呼べるから。あと、わたしにも連絡して」

　セラフィーヌはギドリーの頰にキスをした。彼女から漂う高価そうなにおいは、昔からまったく変わらない――爽やかなジャスミンと、鉄のフライパンの底に焦げついたスパイスが混じったにおいだ。セラフィーヌとギドリーは恋人同士だったことがある。とはいえ、ごく短期間だったし、はるか昔のことなので、ギドリーはたまにしか思い出さず、あまり思い入れもなかった。セラフィーヌに至っては、当時のことをまったく憶えていないのではなかろうか。

「きみとカルロスは、ボタンひとつかけ忘れないな」ギドリーは言った。

「いまごろ気づいた、モン・シェール？　心配しないで」

フレンチ・クォーターを歩いて戻るうちに、セラフィーヌのにおいは薄れ、ギドリーの頭が働きはじめた。たしかにセラフィーヌとカルロスはボタンひとつかけ忘れない。しかし、おれがそのボタンだとしたら？　ＦＢＩに気を取られているうちに、カルロス、セラフィーヌという真の危険がすぐうしろに迫り、笑みを浮かべて立っていたら？

エルドラドを処分する。

そのあと、エルドラドを処分した人間を処分する。ダラスの件を知っている人間も処分する。

セント・ルイス大聖堂の階段にいる司祭は、相変わらずの熱の入れようだった。まだ若いから、神学校を出て間もないのだろう。ずんぐりした体型で、頬が赤い。体のまえで手を組み、望みどおりの目を出そうとサイコロに息を吹きかけているかのようだった。

「あなたが水の中を過ぎるときも、わたしはあなたとともにおり」司祭は集まった人たちに説いていた。「火の中を歩いても、あなたは焼かれず、炎はあなたに燃えつかない」（『旧約聖書』イザヤ書第四十三章）

ギドリーの体験とはちがった。彼はあと少しだけ司祭のことばを聞き、立ち去った。

4

バローネは九時に電話を受けた。意外ではなかった。セラフィーヌは、三十分後に〈コルブズ〉で食事をしましょうと言った。遅れないで。

くそ女《あま》め。「いままでおれが遅れたことがあったか？」バローネは言った。

「冗談よ、モン・シェール」

「答えろ。いままで遅れたことがあったか？」

〈コルブズ〉はセント・チャールズ・アベニューのドイツ料理店で、カナル・ストリートから入ってすぐだ。暗色の板張りの壁、ビールジョッキ、酢漬けのビーツが添えられたシュニッツェルの大皿。カルロスはイタリア系だが、ドイツ料理が大好きだった。あらゆる種類の食べ物を愛していた。そして、バローネはニューオーリンズでカルロスほどの大食いを見たことがなかった。

「坐れ」カルロスが言った。「何か食うだろ？」

客はほとんどいなかった。誰もが家であの大ニュースを見ている。「いらない」バローネは言った。

「何か食え」カルロスが言った。

〈コルブズ〉の天井にはファンがついていて、革のベルトがキーキーうるさかった。革の半ズボン《レーダーホーゼン》をはいた、とろくさい小男がハンドルをまわして、ベルトとファンを動かしているにちがいない。

「あれを動かしてるのはルートヴィヒ」セラフィーヌが言った。「根気があって信頼できるの。あなたみたいに」

彼女はバローネに微笑んだ。相手の心が読めて、すべての動きを予測していると思わせるのが好きなのだ。おそらく本当にできる。

「褒めてるのよ、モン・シェール。そんなにぶすっとしないで」

「これを食べてみろ」カルロスが言った。

「いらない」

「どうした。ドイツ料理は嫌いか？　昔のことは忘れろ」

「腹が減ってないんだ」バローネはドイツ人に含むところはない。戦争はずっとまえのことだ。

　セラフィーヌも食べていなかった。煙草に火をつけると、ブックマッチをテーブルに置いた。置く場所をいろいろ変えて、さまざまな角度から眺めていた。

「そろそろ進めてもらうわ」彼女はバローネに言った。愚かだから自分で判断できないでしょうと言わんばかりに。「まえに話し合った件を」

「ヒューストンの件か?」彼は言った。

「そう」

「マッキー・パガーノはどうなった? あれをやってる時間はないぞ」

「心配しないで」セラフィーヌは言った。「そっちはもう片づいてるから」

「心配だと言ったか?」

「ヒューストンの件は明日の夜の約束よ。話し合ったとおり。でも、まずはアルマンに会いに行って。今夜」

　カルロスはひと言も話さずに食べつづけ、すべてをセラフィーヌにまかせていた。身なりがよくて話がうまい有色人種のセラフィーヌをカルロスが重用しているのは、フェラチオや口述筆記をさせるためだと、ほとんどの人間が考えている。だが、バローネにはわかっていた。カルロスが思いつくすべての問題について、セラフィーヌは解決策を持っている。

「いいだろう」バローネは言った。

　彼のインパラは、デュメーヌ・ストリートに駐めてあった。バーボン・ストリートから一区画のところだ。金曜の夜で、まわりの人影はまばらだった。通りの角に年寄りの黒人の男がいて、数人の旅行客を相手にアルトサックスで『ラウンド・ミッドナイト』を吹いていた。バローネは聞こうと近づいた。時間は少しある。

堂に入った演奏だった。嬰《えい》ニ音を鳴らし、長く伸ばすと、音は上昇し、堤防を越える水のように広がった。

隣にいた男がバローネに軽く当たった。バローネは、ズボンのポケットに手がさっと触れたのを感じた。腕を伸ばして、その手をつかんだ。手の主は、頬にあばたのある痩せこけたチンピラだった。腕の内側の青白い肌に並ぶ針の痕。

「なんなんだよ、あんた」薬物中毒者は素知らぬ顔で言った。「誰かの手を握りたいんなら、ここじゃなくて――」

バローネは若者の手の関節を逆方向に曲げた。人の手首はもろい。血管と腱《けん》でできた鳥の巣だ。薬物中毒者の顔色が変わった。

「うわっ」

「しーっ」バローネは言った。「最後まで演奏させてやれ」

初めて『ラウンド・ミッドナイト』を聞いたのはいつだったか、思い出せなかった。たしかピアノだった。それから長年たつうちに、五十通りもの演奏を聞いた。百通りかもしれない。ピアノ、サックス、ギター。トロンボーンも一、二度聞いたことがある。今夜のこの年寄りの黒人の演奏は、また新しい曲のように聞こえた。

音楽が終わった。薬物中毒者は膝から崩れ、バローネは手を離してやった。相手はつまずきながら、振り返らずに去っていった。背中を丸め、風で消えそうな火を守るかのように手を抱えて。

バローネはサックスのケースに一ドル札を入れた。この男は五十歳かもしれないし、八十歳かもしれない。白眼《しろめ》がビリヤードの古い白球のように黄色く、両腕の上から下まで針の痕があった。この老人と薬物中毒者はグルで、ひとりが人々を引き寄せ、もうひとりが盗みを働くのかもしれない。おそらくそうだ。

黒人の男はバローネが入れた一ドル札を見おろし、また顔を上げた。アルトサックスのマウスピースを調節して、バローネには何も言わなかった。

バローネのほうから言うこともなかった。インパラまで歩いていき、その運転席に乗った。

ミシシッピ川西岸、ニューオーリンズの真向かいの薄汚い地区には、スクラップ置場、自動車修理工場、木材が腐って傾いた共同住宅が並んでいる。〝抜き場《ワンク》〟と呼ばれているが、バローネにはその理由がわかった。においがひどい。昼も夜もふたつの製油所が操業していて、油の焼けるにおいが服や肌につく。ニューオーリンズ側で船から捨てられたゴミが、こちらの岸に打ち上げられる。死んだ魚も打ち上げられるが、カモメですら触ろうとしない。

バローネは幹線道路から離れ、線路と平行に延びる、砕いた牡蠣《かき》殻を敷きつめた狭い道をインパラで進んだ。タイヤがバリバリと音をたて、ヘッドライトが上下に揺れて、道路脇に連なる廃車の割れたフロントガラスとへこんだフロントグリルを照らし出した。クロムめっきのバンパーが、三メートルの高さに積み上げられていた。

夜中すぎだったが、事務所にはまだ明かりがついていた。予想どおりだ。何事も習慣になると、やめられないものだ。

アルマンの事務所は、壁四枚と薄い波板のトタン屋根でできた、ただの掘っ立て小屋だった。正面の部屋には、机と、片方の肘かけを取り除いて無理やりすえつけたソファ、コーヒーを沸かすのに使うキャンプ用のコンロがあった。奥の部屋に入るドアはなんの変哲もなく見えるが、堅牢《けんろう》なスチール製で、蹴破ろうとすれば死ぬまで足を引きずって歩くことになる。

アルマンはバローネを見て満面の笑みを浮かべた。会えて喜んでいる。当たりまえだ。バローネは最上級の商品を買い、しつこく値切ることもないからだ。

「どうしてた、ベイビー?」アルマンは言った。「どこにいた? ずいぶん久しぶりだな。三カ月か?」

「二カ月だ」バローネは言った。

「何か飲むか？　いやあ、相変わらずすらっとしてかっこいいな。おれとは大ちがいだ。おれなんか、ビーンズ・アンド・ライスの皿を恨めしく見てるだけなのに太っちまう」アルマンは両手で腹をつかみ、揺すってみせた。「な？　それで、最近はどこに住んでる？　まだバーガンディ・ストリートの近くか？」

「いや」

「ダラスの事件はどう思う？　本当に残念だ、な？　おれに言わせれば、裏にソ連がいる。百パーセント。まあ見てろ。ソ連に決まってる」

「新しい仕事が入った」バローネは言った。

アルマンは笑った。「さっそく仕事の話か。いつでもそうだ」

「今夜必要だ」

「何を探してる？」

「何があるか教えてくれ」

アルマンは鍵束を取り出した。「そうだな。スナビー（スナブノーズ。銃身が短いリボルバー）がある。二インチでも四インチでも、好きなのを選べ。足はつかない。保証する。それとも、もっと怖ろしいのがいいか。二二口径マグナムをまた手に入れた。銃身を切りつめてある」

「その二二口径はいくらだ？」

「このまえよりちょっと高くついた」

バローネは信じなかった。「足はつかないな？」

「保証する」

「高くついた分は払わない」

「おい、おれを失業させるつもりかよ」

「ものを見せてくれ」

アルマンは奥の部屋につうじるドアの鍵を開けた。なかの広さは表の部屋の半分しかなく、いくつかの箱と大きなトランクがひとつ置いてあるだけでいっぱいだった。アルマンはしゃがんでトランクの鍵を開けた。その動きがつらそうで、うなり声をあげた。

「ラブルッツォとか、ほかの連中は元気か？」彼は言った。「こないだ誰に出くわしたと思う？〈カーリーズ・ジム〉のでかくて気色悪いやつさ。憶えてるだろ？ 全身筋肉の。憶えてるはずだ。いま誰んとこで働いてると思う？ 教えてやろうか。あいつは……」

アルマンは顔を上げ、バローネの手に銃が握られているのに気づいた。三五七口径のブラックホーク。

一瞬後、銃口がアルマンに向けられた。アルマンの顔は仮面がはがれたように無表情になった。彼は立ち上がった。

「おれが売った銃だ。ちがうか？ 三八口径ショートコルト弾もひと箱つけてやった」

「二年前だ」バローネは言った。

こんな夜中に車は走っておらず、掘っ立て小屋は隣家の庭からもだいぶ離れている。しかし、バローネは、可能なかぎり危険は冒さない主義だった。川を艀《はしけ》が通りかかって警笛を鳴らすまで待つことにした。

「なあ、聞いてくれ」アルマンが言った。「あんた、見当ちがいだよ。カルロスも。おれには何がなんだか、さっぱりわからない」

アルマンの片手は体の横にあり、もう一方の手は腹をゆっくりなでていた。バローネに不安はなかった。アルマンは銃を持っていない。トランクの銃に弾は装填《そうてん》されていない。

「頼むよ」アルマンは言った。「おれは誰にも何も売っちゃいない。ダラスで起きたことについては、ぜんぜん何も知らない。神様のまえで誓ったっていい」

つまりアルマンは状況をちゃんと理解している。バローネは驚かなかった。

「なあ、お願いだ。おれの口が堅いのは知ってるだろ。ずっと秘密を守ってきたし、これからだってそうだ。カルロスと話をさせてくれ。誤解を解きたいんだ」

「〈マンディーナズ〉で開かれた大きなクリスマスパーティを憶えてるか？」バローネは言った。「戦争が終わって数年後の」

「ああ、あったな」アルマンは言った。なぜバローネが大昔のクリスマスパーティについて訊くのかは、わからなかった。なぜまだ撃たないのかも。これはチャンスかもしれない。

「もちろん。あのパーティは憶えてる」

一九四六年か一九四七年の冬だった。バローネは、カルロスからまかされた仕事をしに行っただけだった。あのころは〈ルーズヴェルト・ホテル〉の先にある、湯が出ないアパートメントに住んでいた。

「ピアニストがいた」バローネは言った。その〈マンディーナズ〉のパーティで、初めて『ラウンド・ミッドナイト』を聞いたのかもしれなかった。「シルクハットをかぶったピアニストだ」

「クリスマスツリーがあった」アルマンは言った。うなずき、笑みを浮かべ、ついに希望が訪れたと確信していた。やさしく包みこむような希望が。「そうそう。てっぺんに天使の飾りがついた、古くて大きなクリスマスツリーだった」

バローネは、昼間にアルトサックスで『ラウンド・ミッドナイト』を演奏していた年寄りの黒人の男のことを考えた。キーの上を舞う指。才能を持って生まれてくる人間もいるのだ。

ようやく艀が警笛を鳴らした。大きく低く響き、奥歯がうずくほどだった。バローネは引き金を引いた。

アルマンの廃品置場から五百メートルほど東へ走り、橋まで戻った。反対方向へ向かう車が一台いた。野球帽のつばのような日よけがついた、古いハドソン・コモドア。

運転しているのは女。すれちがうとき、バローネの車のヘッドライトが彼女の顔を照らした。向こうの車のヘッドライトは彼の顔を照らした。

バローネはブレーキを踏み、ぐるりと車の向きを変えた。コモドアに追いつくと、ヘッドライトを点滅させて合図した。コモドアは路肩に停《と》まった。バローネはそのうしろに停車した。コモドアの運転席の窓に向かいながら、飛び出しナイフの刃を出し、すばやく後輪のタイヤをひと突きした。

「なんなの。死ぬほどびっくりしたじゃない」女はカーラーをいくつもつけて髪を上げていた。この女は何者だ？　どうしてこんな夜中にここを走っている？　何者で、どんな理由があろうと関係なかった。「警察かと思ったわ、まったく」

「ちがう」バローネは言った。

女は前歯が一本欠け、笑顔が人懐っこかった。「いまこの世でいちばんお呼びでないのが警察なの」

「パンクしてるぞ」バローネは言った。

「ひどい。それって、この世で二番目にお呼びでないものだわ」

「見てみろ」

女は車からおり、うしろにまわった。身につけた古い部屋着は、皿を洗ったあとの水みたいな色だった。彼女はタイヤから空気がもれる音を聞いて笑った。

「あーあ、アイスクリームにチェリーがのった」また笑った。ポケットのなかでコインがチリンチリン鳴っているような愉快な笑い方だった。「こんな一日のあとで、ほんと最高だわ」

「トランクを開けろ」バローネは言った。「タイヤを交換してやるから」

「わたしのヒーローね」女は言った。

バローネは道にまちがいなく誰もいないことを確認すると、女の喉を切り裂き、スーツに血がつかないように彼女の体の向きを少し変えた。まもなく女はハンガーからすべり落ちるシルクのドレスのように、だらりとした。あとは車のトランクに落としこめばよかった。手間はまったくかからない。

5

家族はみなリビングルームでテレビのまわりに集まっていたが、シャーロットは、用意し忘れたものはないかと食卓を確かめていた。今朝は五時半に起きて食材を焼き、味つけし、おろし、ミンチにした。昨夜は銀食器を磨いたり、結婚祝いにドゥーリーの両親がくれたアイリッシュレースのテーブルクロスにアイロンをかけたりして、真夜中近くまで寝られなかった。

少しは眠ったのだろうか。よくわからなかった。暗くうつろな夜更けのどこかで、仰向けに寝ていて、口の近くで犬のひげの生えた鼻先がピクピク動いているのを感じた。それで自分がまだ息をしていることがわかった。

ドゥーリーの母親のマーサがキッチンに入ってきた。「何か手伝うことはある、チャーリー？」

「だいじょうぶです」シャーロットは言った。「だいたいできたので」

「本当に？」

「ええ」

マーサも、ドゥーリーの父親のアーサーもすてきな人だった。親切で、つねに信頼できる。シャーロットが銀食器を磨かなくても、テーブルクロスにアイロンをかけなくても、ロールパンやクランベリーソースを用意し忘れても、気づかなかったと言ってくれるだろう。

どういうわけか、そのせいでシャーロットはいっそう居心地の悪さを感じた。義理の両親がもっと不親切で、親しみを持てない人たちならよかった――ずけずけと嫌なことを言ったり、冷淡に接したり、なだめる気も起きないほど敵対心をあらわにする人たちなら。ドゥーリーの父親は親身になって様子を尋ね、母親は励まそうと積極的に手助けしてくれるが、シャーロットには彼らの思いやりがつらいときもあった。

リビングルームはしんとして、重苦しい雰囲気だった。テレビのリポーターは、大統領の棺《ひつぎ》をのせた二輪馬車がホワイトハウスから国会議事堂まで馬に牽《ひ》かれていく様子を伝えていた。別のリポーターが割りこみ、リー・ハーヴェイ・オズワルドが今朝早くに撃たれて死んだと言った。

ジョアンとローズマリーは、テレビを見ようとこっそり家のなかに戻っていた。

「ローズマリー」シャーロットは言った。「ジョアン」

ローズマリーは反論を用意していた。「でも、ママ――」

「でもじゃないの。いとこのお兄ちゃんたちと外で遊んでなさいって言ったでしょ」

娘ふたりはすでにあまりにも長い時間、テレビの不穏なニュースにさらされていた。あいうものを見るには幼すぎる。悪者がアメリカ大統領を暗殺したということは理解してもいいが、身の毛のよだつ細部まで知る必要はない。

「でもみんな、砦《とりで》ごっこしてるの」ローズマリーが言った。

「だから？」シャーロットは言った。

「わたしたちは女の子だから、いっしょに砦で遊べないんだって」

シャーロットが返事をするまえに、ドゥーリーの兄のビルがビールの空き壜《びん》を差し出した。「もう一本もらえるとうれしいな、チャーリー」

食前の祈りのあいだ、シャーロットは眼を閉じて頭を垂れながら、十七年前に川を突き進んで果敢に対岸をめざした十一歳の少女をまた思い出していた。その年の冬、三十二歳になったばかりで絵に描いたように健康だった父親が、心臓発作で死んだのだ。シャーロットは打ちのめされた。人生の流れは思っていたより危険で、自分はそれほどたくましい泳ぎ手ではないことを初めて知った。

それから……何があった？　母親はもとからよそよそしく臆病な女性だったが、さらにひどくなった。娘が思いきったことをしたり、目立ったり、大きな期待を抱いたりするのをやめさせようとした。やがてシャーロットは、うしろ向きな行動をとるのがかなり得意であることを示した。家に近い小さめの大学ではなく、（母の反対を押しきって）オクラホマ大学に入学したが、キャンパスに足を踏み入れたとたんに心がくじけ――十七歳になったばかりで、ウッドロウを出たこともなく、知り合いはひとりもいなかった――学期が始まって六週間後の十月には、荷物をまとめて家に逃げ帰っていた。

その後パン屋で働き口を見つけた。ある日の午後、店でハンサムな客と会話をした。ドゥリーは三歳年上なので、学校ではよく知らなかったが、気さくでおもしろく、町のほかの男たちほど自意識過剰ではなかった。シャーロットはデートに誘われ、すぐにつき合いはじめた。すぐに結婚し、育った家から三区画先に引っ越した。すぐにジョアンを身ごもった。すぐにローズマリーを身ごもった。そしてすぐに現在になる。

「ママ」ローズマリーがささやき声で言った。「ママの番よ」

「わたしの番？」シャーロットは言った。

わたしの番。せめて人生がこのゲームみたいならよかったのに。自分の番が来るたびにルーレットをまわすことができて、カードの山から新しい一枚を引ける。もっとも、ルーレットのひとまわしや新しいカードで盤上の形勢がよくなるとはかぎらない。

いまあなたが走ってる道より悪い道はかならずある――母はいつもシャーロットにそう言い聞かせていた。つまり、いまあるもので満足しろということだ。代わりに手に入るもののほうが、おそらくもっと悪いのだから。八年生のとき、数学の教師がクラスの女子にいっさい質問をさせなかったとシャーロットが不満をもらすと、母はこの哲学を口にした。パン屋の店長が奥の部屋までついてきて、シャーロットを壁に押しつけたときにも。当時婚約していたドゥーリーが酒を飲みすぎることを、シャーロットが心配しはじめたときにも。

「今度はママが感謝してることを言って」ローズマリーが言った。

「ええと、そうね。ふたりのすばらしい娘に感謝してる。今日いっしょにいられる家族にも。この美味《おい》しそうな日曜日のディナーにも」

ドゥーリーがローストビーフを切り分けた。手に握られたナイフは震えていない。一枚ずつ皿にのせられる肉のスライスは、輝きを放って文句のつけようがなかった。両親が食事をしに来ると、ドゥーリーはビールかワインを一杯までにする。しかし、最後の客が帰って五分後には彼も出ていくことを、両親も含めてみなが知っている。煙草を買ってくる、手紙を出してくる、車にガソリンを入れてくる、すぐ戻る、と言いわけして出ていくのだ。

午後早く、ダイニングルームの窓から入る光は、冬らしく殺伐として人を寄せつけなかった。興味深い光だ。ローズマリーが塩に手を伸ばし、ドゥーリーの父親がロールパンに手を伸ばし、ドゥーリーはグレイビーソースの器を向かいの母親に渡す。腕と腕が重なり、絡まり、フレームのなかにいくつものフレームを作る。それぞれが完璧な小さい静物写真だ。眼、ネックレスの真珠、ネクタイの縞《しま》。手元にカメラがあればよかった。身を屈め、テーブルの天板からレンズを上に向けて撮影するのだ。

「くそみたいな世界になるぞ」ドゥーリーの兄が話していた。「汚いことばを使ってすまない、ご婦人たち。だが真実だ。ケネディ、オズワルド、ルビー（ジャック・ルビー。オズワルドを射殺した人物）、公民権。男にできることはみな自分にもできると思ってる女たち」

「でも、女も挑戦することは認められるべきじゃない？」シャーロットは言った。「何か問題がある？」

ビルは彼女の話を聞かずに自説を主張しつづけ、何か強調するたびにフォークを高く上げていった。

「これは文明化の戦いなんだ、映画みたいな。『アパッチ砦』だよ。まさにあれはウッドロウみたいな場所じゃないか。残されたおれたちでインディアンを撃退するしかない。守りを固めて、むちゃくちゃなやつらが世の中をむちゃくちゃにしてしまわないように、国の根本を維持する。たとえば、黒人だ。みんな気づいてないが、黒人はおれたちと同じように人種の分離を望んでるんだ！」

ドゥーリーと父親もうなずいた。シャーロットは、いつ黒人が望みをビルに伝えたのか知りたかったが、それを訊く気力――それとも勇気？――はなかった。ビルはローガン郡で二番目に成功している弁護士で、敗訴したことがない。いちばん成功している弁護士は、父親だ。シャーロットが政治の議論にちょっとでも口を挟もうものなら、彼らは懇切丁寧に彼女の論理の欠陥を暴いていく。魚から骨を一本残らずつまみ取るように。

　義姉がシャーロットの腕に触れ、新しい型紙——胴部にプリーツが入ったゆるやかな線のオーバーブラウス——を見つけたとしゃべり立てた。

「最悪の悲劇だ」ドゥーリーの父親が言った。「しかし希望の光は、ジョンソンがケネディよりいいということだな。ジョンソンはケネディほどリベラルじゃない。南部出身で、中庸が大切だってことを知っている」

「格子柄の軽いウールにするか、控えめな市松模様のコットンにするか迷ってるの」義姉がシャーロットに言った。「どっちがいいと思う?」

　娘たちに眼をやると、ジョアンがじっと見ていた。何を見ている? シャーロットは不思議に思った。何に気づいた?

　食事が終わると、男たちはリビングルームに移動し、子供は外に遊びに行った。シャーロットは皿洗いを始めた。ドゥーリーの母親がキッチンについてきた。皿洗いはわたしが、とシャーロットが言っても、マーサは無視して皿をこすりはじめた。

「最近はどう?」つまり、ドゥーリーはどうかという意味だ。

「元気です」シャーロットは言った。

「あの娘《こ》たちは小さな天使ね」

「ええ。人によって見方はちがうでしょうけど」

マーサは皿の山の上に自分が洗った皿をのせた。「わたしたち、ドゥーリーを甘やかしすぎたの」少し間を置いて言った。「末っ子だったから」

シャーロットは、「いいえ、お義母《かあ》さん」と首を振った。ドゥーリーがああなった責任が誰かにあるとすれば、それはわたし自身だ。恋人だったときには、愚かにも彼の欠点が見えなかった。妻になると、ほかにどうすればいいかわからなかったから、彼に好き放題させた。

「力になりたいの、アーサーとわたしは」マーサが言った。

シャーロットはまた首を振った。いつものことだ。「もう充分すぎるほどです」

「若い夫婦にとって、どれだけたいへんなことかわかるから」

突然シャーロットの眼に涙がこみ上げた。熱くひりひりする恥辱の涙だった。体の向きを変えて、コンロをふいた。マーサに気づかれないように。マーサが、折りたたんだ紙幣をそっと彼女のエプロンのポケットに入れられるように。

「本当に」シャーロットは言った。「もう充分いただいているので」

「そうは言ってもね、もっとしてあげたいの」

三十分後には、みないなくなった。ドゥーリーの両親も、兄夫婦と三人の息子たちも帰宅の途についた。それから五分後、シャーロットがオーブン用の鉄板に湯と洗剤をためていると、ドゥーリーがキッチンに入ってきた。もうコートと帽子と手袋を身につけている。

「明日の朝飲む牛乳がいるよな?」ドゥーリーはシャーロットの頰にキスをした。「店が閉まるまえに、ひとっ走り買ってくる」

「お義母さんからまた三百ドルもらったわ」シャーロットは言った。

ドゥーリーは首のうしろをさすった。慈悲の果実は、木や収穫のことを知らずに味わいたいのだ。

「まったく、困ったもんだな」ドゥーリーは言った。「親の金はいらない。必要ないよ」

シャーロットは笑いたかった。しかし笑わずに湯を止め、立ち昇る湯気から離れた。

「どうしてもって」

「じゃあ次は断れよ、チャーリー。わかったな?」ドゥーリーはドアのほうへ少しずつ進みはじめた。「とにかく、ひとっ走りして牛乳を買ってこなきゃ」

「早く戻ってきてね」シャーロットは言った。「一杯だけ飲んだら」

ドゥーリーがぴたりと立ち止まった。その表情を見て、シャーロットは午後ずっとテレビに映っていた写真を思い出した。腰を深く曲げたリー・ハーヴェイ・オズワルド。ジャック・ルビーの放った銃弾が腹に命中し、口をあんぐりと開けていた。

シャーロットもわれながら驚いた。だが、やりかけたことはやり通すしかない。「こんなの続けられない」

「何が続けられないって?」

「じっくり話し合いましょう。一度ちゃんと」

「何を話し合うんだ」

「わかるでしょ」

ドゥーリーの表情が曇った。嵐のまえのように正義の怒りがたぎっている。彼は、酔っているときには、この先一滴も酒を飲まないと誓う。素面《しらふ》のときには、いままで一滴も飲んだことがないと誓うのだ。

「わかってるさ、あの子たちが朝シリアルを食べるのに牛乳がいるってことはな」

「ドゥーリー……」

「なんだよ、チャーリー。みんなの日曜を台なしにしたいのか？」

シャーロットは体から力が抜けていくのを感じた。ドゥーリーはこれをやりつづける。彼女に同じことを言いつづける。そうしていられるかぎり。酒壜のまえに立ちはだかれば、崖を粉々に打ち砕く波となって襲ってくる。言いなりになることだけが賢い手段なのだ。

「いってらっしゃい」シャーロットは言った。

「朝あの子たちがシリアルを食べるときに、牛乳がなくてもいいのか？」

「いってらっしゃい。悪かったわ」

ドゥーリーは出ていった。シャーロットはテーブルクロスをたたんだ。食卓の下に落ちているパンくずを掃き、娘たちの部屋に行って様子を確かめた。ローズマリーは、ディズニーの『トゥルー・ライフ・アドベンチャーズ』の本を三冊も広げていた――『エヴァーグレーズの泥棒』『消えゆく草原』『半エーカーの自然』。ジョアンは色画用紙をきれいな四角に切り取っていた。二段ベッドの下の段にいるふたりのあいだには、いつもどおり犬がいた。

「何してるの？」シャーロットはジョアンに尋ねた。

「ジョアンがゲームを作ったの」ローズマリーが言った。「できあがったら、遊び方を教えてくれるって。パパは？」

「お店に行った」シャーロットは答えた。

ジョアンが顔を上げた。ローズマリーと目配せしたように見えたが、気のせいだろうか。状況を理解するには、娘たちは幼すぎる。

「ゲームはどんなルールなの、ジョアン？」シャーロットは訊いた。

「すごくややこしいの」ローズマリーが言った。「でしょ、ジョアン？」

「そうよ」ジョアンが言った。

「ママ？」ローズマリーが言った。「大統領が死んだから、ミセス・ケネディはとってもとっても悲しい？」

「ええ、そうだと思う」

「これからミセス・ケネディはどうするの？」

「どうするか？　わからない。あなたが知りたいのは――」

「誰と暮らすの？」ローズマリーは言った。「誰がお世話をしてあげるの？」

その質問にシャーロットは驚いた。「そうね、自分のことは自分でするんじゃないかな」

ローズマリーは疑っているようだった。またジョアンと目配せした。「ママ？」

「質問はあとひとつよ。それが終わったら、暗くなるまえに洗濯物を取りこまなくちゃ」

「パパが死んだら、ママはとってもとっても悲しい」ローズマリーは言った。「でしょ？」

「パパは死なないわ、ぜったいに」

「でも、とってもとっても悲しくなる」

「もちろんよ」シャーロットは言った。本当にそう思っていた。ドゥーリーは悪い人じゃない――ぜんぜんちがう。シャーロットを愛しているし、娘たちを愛している。怒ってシャーロットや娘たちに手を上げたことは一度もない。それに酒だって……心の底では本当にやめたいと思っている。それはわかっていた。いつか、たぶん、やめられるだろう。

けれど、酒をやめられたとして、そのあとは？　暮らしが楽になるのはまちがいないが、幸せになれる？　何秒、何分、何時間という時がチクタクと進みつづける。何週間、何カ月、何年と。手にしたかもしれない未来、なれたかもしれない自分、そういう幻影は遠くへ薄れていき、完全に消える。運がよければ、幻影に取り憑《つ》かれていたことも忘れられるだろう。

娘たちは？　ローズマリーとジョアンが今度は自分たちについて、さっきと同じ質問をするかもしれないと思うとつらかった。**これからどうするの？　誰がわたしたちのお世話をしてくれるの？**

ローズマリーはまた本を読み、ジョアンはまた画用紙を四角く切った。シャーロットはまだドアのところに立ちつくしていた。ケネディ暗殺のニュースを聞いて最初に感じたことについて考えた――こんな事件があっても、自分の生活は少しも変わらない。たぶんそれには修正が必要だ。たしかに自分の生活はまったく変わらない――変えるためにみずから行動しないかぎり。

ドロシーがカンザスからオズにたどり着いたのは竜巻に吹き飛ばされたからだが、農家のドアを開けて外に足を踏み出したのは、ドロシー自身だった。

エプロンのポケットに入っている金に、シャーロットの指が触れた。三百ドル。娘たちを大学にやるための貯蓄口座には、たしかこの倍の金額が入っている。ドゥーリーが知らず、無駄遣いもできない金だ。

九百ドル。とうてい充分とは言えないが、シャーロットには考え直す気などなかった。

「あなたたち、スーツケースに荷物を詰めて」

「どこかお出かけ？」ローズマリーが興奮して言った。「出発はいつ？」

シャーロットはときどき空を飛ぶ夢を見た。子供に戻り、スキップしながら学校へ向かっていると、突然、車や木々や家並みの上をすいすい飛んでいる。そういうときには、わが身に起きていること、いましていることを考えないのが秘訣《ひけつ》だ。ありふれた日常のようにふるまわないと、魔法がとけて地面に墜落してしまう。

「ママ」ローズマリーが言った。「出発はいつ？」

「いますぐ。五分後よ」

「パパも来る？」ジョアンが言った。

「いいえ。わたしたちだけ」

「ラッキーは？」ローズマリーが言った。

犬。ああ、困った。けれど、この哀れな生き物を残していくわけにはいかない。ドゥーリーは餌をやり忘れたり、薬をやり忘れたりする。犬の存在すら忘れてしまうかもしれない。

「ラッキーもいっしょ」シャーロットは言った。「さあ、急いで。スーツケースに荷物を詰めて」

「人形をひとつかふたつ持っていっていい？」ローズマリーが言った。

「ひとつにして」

「小さい人形ふたつで大きい人形ひとつと同じ？」

「だめよ」

「でも、ジョアンもひとつ持っていけるよ。それに本も一冊ずつ持っていく」

「わかった。さあ、行くわよ」

ローズマリーはベッドからさっと立ち上がった。ジョアンは険しい表情でシャーロットを見ていた。

「どこへ行くの、ママ?」彼女は言った。

シャーロットは手を伸ばし、なでつけなくてもきれいなジョアンの金髪をなでて整えた。

「これから見つけましょう」

6

金曜の夜、アル・ラブルッツォとの食事はだらだらと続いた。ギドリーはいつもどおり感謝を忘れず、快活にふるまったが、だいぶ骨が折れた。憶測ではあるが、セラフィーヌとカルロスに命を狙われているという考えが頭から離れなかったのだ。

そんな馬鹿な。

いや、理屈は通る。ギドリーは逃走用のエルドラドがケネディ暗殺にかかわったことを知っている。それは放置できないリスクだ。

しかし、ギドリーはカルロスの信頼がきわめて篤《あつ》い部下であり、セラフィーヌの親友だ。忠誠心はこれまで何度も示してきた。数えてみろ！　アル・ラブルッツォの指を全部使っても足りない。

もっと実用的な面からも、ギドリーは組織にとって重要な仕事をしていた。彼が開けたドアから、金や権力が流れこんでいる。カルロスはドケチで、歩けばきつすぎる靴がキューキュー鳴るほどの締まり屋だ。ギドリーほど価値のある人材を手放すはずがない。無駄がなければ不足もない、が口癖なのだ。

食事のあと、ギドリーはタクシーでカナル・ストリートからオルフェウム劇場に行って、上映中の映画の客席にそっと入った。ジョン・ウェインとモーリン・オハラが牧場で馬を乗りまわすコメディ西部劇で、客はほとんどいなかった。

エルドラドを処分する。

そして、エルドラドを処分した人間を処分する。ダラスの件を知っている人間も処分する。

映写機がカタカタ鳴っていた。紫煙が立ち昇り、映写室から出る光線に照らされて花弁のように広がった。劇場内には三組のカップルが離れて坐り、ギドリーのように連れのない客がふたりいた。ギドリーが腰をおろしてからは誰も入ってこなかった。カナル・ストリートでタクシーを追ってきた者はいないと確信した。

勝手に自分で想像して気が滅入《めい》っている。その可能性はある。ギドリーは、この世界に長くいすぎた連中がそうなるのを見てきた。塩水を吹きつけられた軟らかい木材のように、人生のストレスに苛《さいな》まれ、精神が崩壊しはじめるのだ。

狂ってると思うかもしれんが。マッキー・パガーノは、カルロスが彼の死を望んでいるかどうか確かめてくれと頼んできたとき、そう言った。**狂ってると思うかもしれんが**。

だが、マッキーは狂ってはいなかった。だろう？　カルロスは彼の死を望んでいた。そしていま、マッキーが死んでいることはまずまちがいない。水曜の夜、〈モンテレオーネ〉でマッキーはほかに何を言った？　ギドリーは思い出そうとした。サンフランシスコの男について何か言っていた。一年前、カルロスが暗殺を取り消した判事だ。

ここ数年、マッキーが手がけていたのはそういう仕事だった。カルロスの仕事をやれる人間が身近なところや地元にいないとき、マッキーがほかの町で専門家を調達していた。専門家。一匹狼の請負人。たとえば、アメリカ大統領を撃ち、スカイブルーのエルドラドに乗って逃走した狙撃手のような。

ギドリーは、スクリーン上の浮かれ騒ぎに耐えられなくなった。映画が終わるまえに劇場を出て、自分のアパートメントまで歩いた。尾行はないと、九十九パーセント確信していた。

去年取り消された判事の暗殺。あれもセラフィーヌが入念に仕組んだ煙幕だったのかもしれない。セラフィーヌのやり口はわかっている。煙幕の裏で、今日カルロスがディーレイ・プラザに送りこんだ狙撃手を手配していたのだ。

マッキーは数日前にこのパズルの一部を理解したにちがいない。そして自分が危険な情報を握っていることに気づいた。

いまギドリーも同じパズルの一部を理解し、同じ危険な情報を握っている。火に薪《まき》をもう一本くべる？　なんてこった。状況は悪くなる一方だった。

もっとも、まだ希望はあった。マッキーの身に起きたことと、たまたま時期が同じだった可能性もなくはない。カルロスは、大統領暗殺とはまったく関係のない理由でマッキーを殺したのかもしれないのだ。

ギドリーは、ヒントを与えてくれそうな人間を知っていた。アパートメント・ハウスに着くと、ロビーを通らず、直接ガレージに向かった。そこにチックが坐ってうなだれ、最愛の母がダラスで撃たれたかのようにラジオを見つめていた。黒人たちは、ケネディに愛されていると思っていた。けどな、チック、こんなことは言いたくないが、ケネディもほかの賢い連中と同じで、愛していたのは自分自身だけだ。

「チック、おれの車を出してくれ」ギドリーは言った。

「わかりました。ミスター・ギドリー」チックは言った。「ニュース、聞きました？　ああ、なんてことだ」

「聖書のことばを知ってるだろう、チック。〝火の中を歩いても、あなたは焼かれない〟」

「ええ、そのとおりです」チックはハンカチで鼻をかんだ。「そのとおり」

ギドリーは車で橋を西岸に渡った。まず廃品置場を訪ねてみた。小さな掘っ立て小屋の事務所にアルマンはいなかった。驚きだ。ギドリーは拳《こぶし》が痺《しび》れるほどノックした。まあいい。アルマンの住まいは知っていた。道を少し行ったアルジャーズ・ポイントにある、縦長《ショットガン》の平屋が並ぶこぢんまりとした地区だった。

アルマンの妻が玄関に出てきた。エスメラルダ、美貌が衰えたケージャン、かつて栄華を誇った文明がいまは崩れかけた遺跡だ。できれば昔、知り合いたかった。どうしてアルマンみたいな太っちょでおしゃべりの銃器屋がこれほどの美人を手にしたのかは、解明できない謎だった。

だが、いまはもっと優先すべき謎がある。ギドリーはアルマンが謎の解明に力を貸してくれることを祈った。アルマンは半世紀近くまえからマッキーを知っている。ふたりは幼なじみだ。マッキーが何をしていたのか、アルマンなら知っているはずだ。

「すまない、エスミ、こんな遅くに」ギドリーは言った。たしかに遅いが、家の明かりは煌々《こうこう》とともり、キッチンから淹《い》れたてのコーヒーのにおいが漂っていた。おかしい。

「ハロー、フランク」エスミが言った。

「アルマンを探してる。事務所にはいなかった」

「家にはいないわ」

「きみをアルマンから横取りできるといいな、エスミ。きみらがしばらく結婚してるのは知ってるが、計画を立ててくれれば、あとはおれがなんとかする」

「家にはいないわ」エスミはくり返した。

「いない？　どこにいるかわかるか？」

やはりおかしい。エスミがいまだに家のなかに入れてくれず、コーヒーを勧めもしないとは。もう何年も、この家にはときどき立ち寄っていたが、そのたびにエスミは彼を招き入れてソファに坐らせ、十七歳の少女のようにはしゃいでいた。いつもギドリーは、奇術師フーディーニのように身をよじって抜け出さなければならなかった。

それに、こんなに遅くまで起きているのに、なぜテレビやラジオがついていない？　エスミはジャッキー・ケネディのためなら、セント・チャールズの路面電車のまえに身を投げ出すことも厭《いと》わない女だ。

「釣りに行ってるの」エスミは言った。「何日か、アチャファラヤ川に。あそこが大好きなのは知ってるでしょ」

たしかに春にはバスが釣れる。だが、十一月だぞ？「いつ帰ってくる？」

「わからない」

エスミは微笑んだ。表情は強張っていない。しかし、ギドリーは感じた、何かを。恐怖か？　彼女越しに家のなかを見ると、キッチンのドアのそばにスーツケースがひとつあった。

「シュリーヴポートに妹がいるの」エスミはギドリーが質問をするまえに答えた。

「今週末、バスで妹のところに行くつもり」

「どうすればアルマンを捕まえられる？」

「わからない。さよなら、フランク」

エスミは玄関のドアを閉めた。ギドリーはゆっくり歩いて車に戻った。アルマンは死んでいる。受け入れがたいが、ほかの結論は考えられなかった。アルマンはマッキーのように殺され、エスミはそのことを知っている。ひと言でももらしてカルロスに追われるのを、ひどく怖れていた。賢い女だ。

マッキーが殺されたのは、狙撃手を手配したから。

アルマンが殺されたのは……単純な話だ。アルマンはカルロスの武器の調達先として、誰よりも口が堅く、信用されていた。本人や廃品置場の掘っ立て小屋を見てもわからないだろうが、どんな銃でも手に入れて、どこへでも運ぶことができた。

証拠がそろってきた。カルロスは自分とケネディ暗殺を結ぶ糸をどんどん切っている。次はギドリー以外に誰がいる？

やめろ。馬鹿なことを考えるな。おれは価値のある人材で、組織内の地位もセラフィーヌのすぐ下で……。だとしても、初めに考えていたほど希望は持てないことに、ギドリーは気づいた。いまやすべてが見えた。見えすぎるほどだった。全部のピースをきれいにはめることができた。

だとしたら、あの苛立った警視正はなんだったのか。セラフィーヌがおれをダラスへ行かせたそもそもの理由だ。あれもおれを追いつめる策略だったのだろうか。

ミシシッピ川にかかる橋を引き返していると、下を流れる黒い水が目に入り、昨夜見た夢を思い出した。前兆、先触れ。

カルロスとセラフィーヌは、ダラスで逃走用のエルドラドを準備する仕事を、組織の誰にでもやらせることができた。使い捨ての誰にでも。なぜギドリーにやらせたのか？　おそらく、もう用ずみと判断したからだ。

ギドリーはケナーの安モーテルに部屋を借りた。ヒューストンでエルドラドを処分するまで、セラフィーヌが動くことはないと思ったが、慎重を期したほうがいい。車にはつねにスーツケースをのせていた。歯ブラシ、着替え、現金二千ドル。土曜の朝になり、ギドリーはモワザン飛行場のターミナルに入って、出発時刻の表示板を確かめた。セラフィーヌが予約したヒューストン行きの飛行機は、十時出発だった。マイアミ行きは十時半。

マイアミ行きに乗って行方をくらましてもいい。だが、それもカルロスのリストにのっていなければの話だ。いま逃げたらリストの最上位まで一気に駆け上がる。おめでとう。

逃げるなら、すべてを置いていかなければならない。人生を。笑顔も、うなずきも、〈モンテレオーネ〉のドアを大急ぎで開けてくれるベルボーイも。店のなかで見つめてくる美しい赤毛やブルネットも。

貯《た》めた金は家にあった。財布に二千ドルしか入っていないのに、どうやって永遠に行方をくらますというのか。

セラフィーヌは空港に見張りを置いているかもしれない。ギドリーはその可能性を捨てていなかった。だから、さり気なくバーに入り、ブラッディマリーを注文して、カクテルウェイトレスに話しかけた。この世に悩みなどひとつもないかのように。

搭乗口で最後の呼び出しがあったあと、ヒューストン行きの飛行機に乗った。カルロスはおれを殺さない。セラフィーヌがそうさせない。アルマンとマッキー——彼らは荷役用の動物で、交換のきく部品だった。ギドリーは王の側近中の側近で、アンタッチャブルだ。そうあってほしかった。

メイン・ストリートとテキサス・ストリートの角に立つ〈ライス・ホテル〉は、ヒューストン一豪華なホテルだった。地下にはプール、屋上にはダンス・パビリオンがある。外側には感謝祭の飾りつけ——つば広帽子をかぶった張り子の七面鳥、レンブとカボチャがあふれる豊穣《ほうじよう》の角——がしてあったが、ロビーは葬式のようで、みな音をひそめて歩き、声を押し殺していた。暗殺前夜、ケネディはここのスイートルームに泊まっていた。ギドリーが聞いた話では、愉しい夜だったようだ。

九階のギドリーの部屋からは、通りの向こうの有料駐車場を見おろすことができた。スカイブルーのキャデラック・エルドラドは、奥の隅に駐めてあり、クロムの車体に太陽の光がキラキラ反射していた。ギドリーはしばらくエルドラドを見ていた。駐車場も。そしてもう一度手持ちの金を数えた。二千百七十四ドル。フロントに電話をかけてルームサービスを頼み、クラブサンドイッチ、マッカランのボトル、アイスペールに入れた氷を持って来させた。最後の晩餐《ばんさん》じゃないぞ。考えるな。スーツの上着をバスルームのドアの内側にかけ、熱いシャワーを浴びて、蒸気でウールのしわを伸ばした。

四時三十分に通りを渡り、イタリア製の牛革の運転用手袋をはめると、エルドラドの運転席に乗りこんだ。ラ・ポルテをめざして南へ。汗と〈キャメル〉の煙草とヘアオイルの残り香を消すために、窓をおろした。当人はいまどこにいるのだろう。狙撃を終え、このエルドラドでダラスから逃げてきたサンフランシスコの専門家は。どこへ向かったにせよ、とっくの昔に消えているはずだ。

制限速度を守り、あとを尾《つ》けられていないか注意した。ラ・ポルテまであと数区画というところで、メキシコ料理店の混雑した駐車場に車を駐めた。

後部座席には何もなかった。トランクも開けてみた。なぜか？　これといった理由はない。たんに知りうることはすべて知っておきたかった。おむつで走りまわっていたころから、そうしてきた。

古い軍用袋があった。くすんだオリーブ色のキャンバス地で、口を紐《ひも》で絞っている。その袋を開けてみた。デニムのワークシャツにくるまれた、四倍スコープつきのボルトアクション式ライフルが入っていた。ほかには六・五ミリ弾がひと箱、真鍮《しんちゅう》の薬莢《やっきょう》二個、双眼鏡。ワークシャツのワッペンには〝ダラス市輸送局〟と刺繍《ししゅう》が入っていた。

ギドリーは袋の口を絞ってもとの場所に戻し、トランクを閉めた。ラ・ポルテの東部、くしゃみをすれば崩れてしまいそうな新しいプレハブの建売住宅が並ぶなかを数キロ走った。家並みが途切れ、製油所や化学工場や造船所になった。その最後にある〈ハンブル・オイル〉の製油所をすぎると、マツの木が生えた足跡ひとつない湿地が長く続いていた。〝道なき森には愉しみがある〟と書いた、イギリスのいかれた伊達男《だておとこ》は誰だったか。思い出せなかった。コールリッジかキーツ。バイロンかシェリー。そのなかの誰かだ。〝われは人を愛さぬのではなく、自然をさらに愛す〟。

太陽がうしろに沈んだ。そもそも太陽らしくなかった。安いブレザーのすり減った肘のように、濃い灰色の空にくっついた光る灰色の継ぎ当てのようだった。〈ハンブル・オイル〉の製油所をすぎてから、ほかの車にはまったく出会わなかった。セラフィーヌが言った標識のない狭い道路は、でこぼこのアスファルトと黒い泥の一本道で、森をくり抜くように延びていた。

ギドリーはその道に入って、停まった。先へ進むか、引き返すか。エンジンをかけたまま考えた。彼の父親はよくゲームをしていた。少し酔っているとき、かなり酔っているとき、素面でたんに退屈なときに。両手で拳をふたつ作り、ギドリーか妹に右か左を選ばせる。そのゲームには勝てなかった。片方の手がパンチ、もう片方の手がビンタなのだ。怯《ひる》んで時間内に選べなければどちらかを食らい、あの父親は腹がよじれるほど笑った。

道を進むと、ゆがんだ金網のフェンスがあった。扉は開いている。扉に取りつけられた木の看板は、下半分が割れてなくなっていた。残っているのは、赤い字で大書された〝禁止〟の文字だけだった。

前兆、先触れ。ギドリーは運転しつづけた。道の両側には腐食したドラム缶がずらりと並んでいた。一つひとつが家のように大きい。波止場に着くと、ギアをパーキングに入れて外に出た。ドラム缶の下の雑草だらけのぬかるみから何かが漂ってきて、眼が焼けるように痛んだ。毒物を含む土が腐って濃厚なにおいを放っているのだ。

七、八歳になったころ、ギドリーは父親のゲームを拒否した。右手も左手も選ばない小さな反抗の代償は高くついたが、不意打ちよりはましだった。パンチとビンタの両方を食らうほうが、どちらが来るかわからないよりよかった。

あたりを見まわした。金属が光ることもなく、何かが動く音も聞こえなかった。とはいえ、見えたり聞こえたりするわけがない。だろう？

二本の鉄の支柱のあいだに重い鎖が張られていたが、南京錠《なんきんじょう》には鍵が刺さっていた。セラフィーヌがギドリーのために、仕事を簡単にしてくれたのだ。あるいは、彼を殺す目的で送りこむ男のために。仕事がすんだらギドリーをトランクに入れる。そして車を運河に沈める。

ギドリーは鎖を引きずって脇にどけ、エルドラドを波止場の端まで移動させた。大きな車は、少しのあいだ縁《へり》に引っかかっていた――ノーズを下げて、水を吸っているかのように。それから波をほとんど立てずに水のなかへすべり落ちた。

木々のあいだを歩いてラ・ポルテまで戻った。深く息を吸い、吐き出しながら。一歩進むごとに、鼓動が少しずつ、少しずつ落ち着いてきた。酒とステーキと女が必要だった。突然、猛烈にくそがしたくなった。

生きている。だいじょうぶだ。

ラ・ポルテのガソリンスタンドで、店員が訝《いぶか》しげにギドリーを見た。「車はどこです、お客さん?」

「この道の一キロほど先だ。時速六十キロで西へ向かってる。おれのかみさんの運転でな」ギドリーは言った。「あんたが結婚してなきゃいいが。結婚はジェットコースターだぞ」

「結婚はしてません」店員は言った。「できればいいですけどね」

「まっすぐ立て」

「え?」

「女運がよくなりたいなら、顔を上げて、胸を張れ」ギドリーは気が大きくなっていた。「自信を持つんだ。目当ての女に全力を注ぐ。電話を貸してくれるか?」

建物の脇の公衆電話。初めの十セントでタクシーを呼んだ。次の十セントでセラフィーヌに連絡した。

「問題ない」ギドリーは言った。

「もちろんそうよね、モン・シェール」

「なら、もういいな」

「今夜は〈ライス・ホテル〉に泊まるでしょ？」

「アンクル・カルロスが支払ってくれるなら」

「支払ってくれるわ。愉しんで」

建物のなかに戻ると、店員は正面の窓ガラスに映る自分を見ながら、ギドリーが教えた姿勢の練習をしているところだった。顔を上げ、胸を張る。たぶんこいつならやれるだろう。ギドリーはトイレの場所を訊いた。店員は、外だと言った。今度は建物の裏だった。〝白人専用〟。ギドリーは個室に入って腰をおろし、深く安堵《あんど》した。この二十四時間、ずっと胃酸で胸がむかついていたが、その症状から解放された。個室のコンクリートブロックの壁に、誰かがナイフの先でことばを刻んでいた。

〝傷ついてここに坐る
やってみたが――〟

そこで終わっていた。何も思いつかなかったのか、詩人がこれで完成としたのか。

トイレから出ると、タクシーが来ていた。ギドリーは〈ライス・ホテル〉でおり、そのまま〈キャピタル・クラブ〉に入った。期待できそうなテキサス娘がちらほらいたが、まずは食事だ。カウンター席に坐り、ダブルのマッカランをストレートで注文した。立てつづけにもう一杯と、ほうれん草のクリーム煮を添えたリブロース・ステーキ。

白く見えるほど明るいブロンドのバーテンダーが、こそこそと近づいてきて、マリファナを買わないかと小声で訊いた。買おう。夜を愉しめとセラフィーヌが言ってたろ？　バーテンダーは、十分後にホテルの裏の路地でと言った。

ギドリーはマッカランの最後のひと口を飲んだ。**今夜は〈ライス・ホテル〉に泊まるでしょ？**　セラフィーヌは電話でそう訊いた。なぜ訊く必要があった？　泊まるホテルを予約したのは彼女だ。帰りの飛行機が明日の朝出発することも知っている。なぜ訊く必要があったのか。なぜおれはいままで疑問に思わなかったのだろう。

「おれは大馬鹿だ」ギドリーは言った。

バーテンダーが彼を見た。「え？」

「階上《うえ》に財布を忘れてきた」ギドリーはバーテンダーにウインクした。「五分後に会おう」

バーから出てロビーを横切り、エレベーターのまえを通りすぎて回転ドアから外へ出た。車寄せにいたベルボーイが、一分待ってくれればタクシーを呼ぶと言った。ギドリーは一分も待てなかった。その区画の端まで歩き、角を曲がると、走りだした。

7

土曜の午後、バローネはヒューストン行きの飛行機に乗った。機内で前月のライフ誌をめくった。NASAが宇宙飛行士を新たに十四人選んでいた。丸刈り、明るい眼、角張った顎。バローネには彼らの見分けがつかなかった。神と母親と国のために自分を爆弾にくくりつけて宇宙を飛びたいなら、勝手にすればいい。

隣に坐っている男はダラス出身だった。ケネディのニュースを聞いたとき、職場の誰もが歓声をあげたとバローネに言った。いい厄介払いができたよ。カトリック教徒で、リベラルで、黒人を愛していて、これ以上欠点を思いつかないほどだ。ケネディもユダヤ人の血を引いていることは、まずまちがいない。大統領執務室にはローマ教皇庁とつながる特別な直通回線があると、確かな筋から聞いた。ジャック&ボビーはローマ教皇から直々に命令を受けていた。新聞社がそれを隠しているのは、オーナーがユダヤ人だからだ。驚いたかな？

「おれはカトリックだ」バローネは言った。嘘だった。いまはもうちがう。だが、この男がどんな顔をするか見たかった。

「ああ……」相手は言った。「そう……」

「それに、黒人の女と結婚してる。挨拶したいなら空港に迎えに来るぞ」

男の顔が強張った。しゃべらなくなった。「まあ、そんな言い方をしなくても。もめごとを起こすつもりはないんで」

「おれはかまわんぞ」バローネは言った。「もめごとになっても」

男はバローネの失礼な態度の証人になってもらおうと、客室乗務員を探して周囲を見まわした。咳払いをし、新聞をバサバサとめくったが、客室乗務員は現れなかった。そこからヒューストンに着くまで、バローネのほうを一度も見なかった。

五時四十五分、飛行機はミュニシパル空港に到着した。バローネがターミナルから出ると、太陽が地平線上で最後の輝きを放っていた。それとも、製油所がガスを燃やしているだけか。ヒューストンの空気は、ニューオーリンズにも増してじっとりと重たかった。

カルロス配下の者が、空港の駐車場に車を用意していた。バローネは後部座席にブリーフケースを放りこんだ。座席の下には二二口径ブローニング・チャレンジャーがあった。銃は必要ないと思っていたが、慎重になりすぎて死体保管所送りになることはない。スクリュー式の消音装置をはずして、銃身の詰まりはないか確かめた。弾倉、スライドも確認した。このブローニングは近距離ならよく当たり、かなり静かだ。

隣の席にいた男が駐車場を歩いていた。バローネは銃の照準を合わせ、男が自分の車を見つけて乗りこみ、走り去るまで狙いつづけていた。またいつかだ。

渋滞。少しずつしか進まなかった。オールド・スパニッシュ・トレイルに入るまで二十分かかった。〈バリ・ハイ・モーター・コート〉は、コンクリートブロックのL字型のモーテルだった。二階建てで、プールを囲む外壁がせり出している。プールの照明が数秒ごとに緑から紫、紫から黄、黄からまた緑へと変わっていた。

バローネは通りの向こうの取り壊されたバーベキュー店のまえに車を駐めた。国道90号線のこちら側はほとんど建設現場だった。新たにスタジアムと駐車場を造るために、いくつもの酒場やガソリンスタンド、モーテルが更地になっている。工事が終われば、スタジアムには数キロ先からも見える巨大なドーム屋根がつくはずだ。宇宙飛行士《アストロノーツ》に、アストロドーム――これぞ未来。いまのところ鋼鉄の梁《はり》が何本か山なりにかかっているだけで、巨大な手が大地に爪を引っかけて這い上がろうとしているように見えた。

〈バリ・ハイ〉には階段がふたつあり、どちらも二階の外廊下につながっている。先週、バローネは下見に来ていた。一方の階段は建物の北の端、もう一方は建物の裏側の中央、つまりL字に曲がっている部分にある。こちらはメイド専用で、プールからも、国道や事務所からも見えない。

標的は二階の部屋をとっていた。中央の階段にいちばん近い二〇七号室。セラフィーヌは、標的がチェックインするのは五時ごろだと言った。もう部屋にいるのかどうか、よくわからなかった。部屋の明かりはついているが、カーテンは閉まっている。バローネは車内で静かに待った。運がよければ、標的は新鮮な空気を吸いに外に出てくる。すぐ暗殺に取りかかる連中もいるが、バローネはちがった。可能なかぎり準備したいほうだ。セラフィーヌによると、標的は大男だという。どれだけ大きいのかを自分の眼で確かめたかった。

標的はサンフランシスコの一匹狼で、フィスクという名で通っていた。バローネが知っているのはそのくらいだった。あとは、スコープの扱いがうまいことだ。遠距離狙撃手には変わり者が多い。バローネが数年前に知り合った男は、自分で靴紐を結ぶことすらままならないのに、三キロ離れた茂みにいるドイツ人を狙って、撃ち抜いた。

三十分たった。一時間。バローネは相変わらず戦争のことを考えながら、あくびをした。ベルギーでは、ドイツ人が森から飛び出すのを仲間が待ち構えているあいだ、塹壕《ざんごう》のなかで眠っていた。軍曹に揺り起こされ、いつもこんなにのんきなのは、頭がいかれてるからじゃないかと言われた。

たぶん本当にいかれているのだ。その可能性について考えたことはあった。だが、どうしろと？　自分ではどうしようもない。人には生まれ持ったものがある。それはずっと変わらない。誰もがそのことの報いを受ける。

雨が降りだした。〈バリ・ハイ〉のネオンサインは、腰蓑《こしみの》を揺らすフラガールの模様だった。雨と、ネオンサインの光、通りすぎる車のヘッドライトが作り出す不思議な形――ゆっくり体をくねらせるダンサー――がバローネの車のフロントガラスに映った。バローネはその動きに合わせて、『チェロキー』でコルトレーンが吹いたソロをハミングした。

雨は九時十五分前にやんだ。一分後、二〇七号室のドアが開き、標的のフィスクが外廊下に出てきた。たしかに大男だ。セラフィーヌは大げさではなかった。百八十五、六センチはある。樽《たる》のような胸と分厚い腹まわりのせいで、腕と脚が細く見える。五十歳くらいだ。旅行者を装って、濃いマスタード色の半袖バンロンシャツに、市松模様のスラックスという恰好だった。

フィスクは煙草に火をつけ、木製の柵に寄りかかった。部屋の真下にプールの端があるので、反射した光が揺らめきながらフィスクを照らし、色を変えた。紫、黄、緑。フィスクは煙草を吸い終えると、吸殻を弾き飛ばし、櫛《くし》を取り出して薄い髪をとかした。左利き。ほらな？　セラフィーヌが言っていなかったことだ。だからバローネは時間をかけて自分で情報を集めたい。

この距離では、標的の表情は読み取れなかった。そわそわしているようには見えない。強い風が吹き、プール脇のヤシの木の葉がガサガサと揺れた。フィスクはそれには目もくれなかった。バローネより二十キロは体重がある。だが見方を変えれば、バローネが二十キロ分有利ということでもある。

フィスクは髪をとかすと、櫛の歯を確かめてから部屋に戻った。

プールには誰もおらず、廊下にも人影はなかった。ネオンサインのフラガールが腰を揺らしている。L字の長いほうの棟を見ると、二階で明かりがついているのは二〇七号室だけだった。短いほうの二階で明かりのついている部屋はない。一階はふたつの部屋が明るいが、どちらもカーテンは閉まっていた。

事務所はオールド・スパニッシュ・トレイルに面していた。フロントにいる夜間の受付係からは、通り、プール、短い棟、駐車場が見える。駐車場のほとんど。死角になっているのは、オールド・スパニッシュ・トレイルから入るところと、北東の角だ。

ダッシュボードの時計がチクタク進んだ。フィスクに気をもませろ。苛立たせろ。九時十五分、予定より十五分遅れて、バローネはオールド・スパニッシュ・トレイルに車を出した。ぐるりと戻って〈バリ・ハイ〉の駐車場に入ると、北東の角に駐車した。後部座席のブリーフケースを取り、切れた電球をスーツの上着のポケットに入れて、中央の階段をのぼった。ノック――コン、コン、コン。

ドアがわずかに開いた。フィスクの頭皮の薄い髪は、親指の指紋の渦のようだった。フィスクは長々とバローネを見た。「持ってきたか?」

「どう思う?」バローネが言った。

フィスクはバローネを部屋に入れてドアを閉めた。手にしていた三八口径ポリスポジティブの銃口をベッドのほうに振り、「確かめるあいだ、そこに坐ってろ」と言った。

「飲み物はあるか?」バローネは言った。

「ない」

「何も?　それとも、おれには何も飲ませたくないのか?」

フィスクはブリーフケースを開けた。ひとつ目の封筒を取り出し、破って開けた。パスポート。親指の爪で隅をいじり、念入りに調べている。

「どれくらいかかる?」バローネは言った。「ブリーフケースを置いて、さっさと帰るつもりだった」

「黙ってろ」

フィスクはパスポートをサイドテーブルに置き、ふたつ目の封筒を開けた。航空券。これも念入りに調べたあと、現金に手を伸ばした。分厚い札束がふたつ。

「昨日のダラスの狙撃は見事だったな」バローネは言った。「どのくらい離れてた?　二百メートルほどか?」

フィスクは札を数える手を止め、バローネを見上げた。死んだような空っぽの眼差《まなざ》し。

「なんの話かわからんな」

「そうか。おれの勘ちがいだ」

フィスクはしばらくバローネを見つめた。札を初めから数え直さなければならなかった。バローネは、フィスクがふたつ目の札束をほぼ数え終わったところで立ち上がった。

「もういいだろう」

「待て」フィスクが言った。

「いい旅を」

「千ドル足りない」

「おれにはわからん」バローネは言った。

「前払いで一万ドル、仕事が終わってから一万五千ドル」フィスクは言った。「そういう約束だった」

「おれはただの運び屋だ」バローネはドアから廊下に出た。「依頼人と話してくれ」

「待てと言っただろ、くそが」

バローネは歩きつづけた。フィスクが追いかけてくる気配がした。大男にしてはすばやい。階段の手前でフィスクがバローネの肩をつかもうとした。最初の攻撃に備えていたバローネは、さっと屈んで身をかわし、左へ二歩移動して、相手の顎の下に掌底を打ちこんだ。フィスクがもっと小柄だったら、その一撃で倒していただろう。続けて殴る必要はなかった。フィスクの頭はうしろに弾かれ、廊下の壁に激しくぶつかった。

その衝撃で彼はぼーっとなって、両手を体のまえに垂らした。バローネは自分のベルトでその手首を縛り、脚を体の下から払うように蹴った。フィスクは階段を転げ落ちた。巨体だから、落ちる速度は鈍らない。バローネは頭のなかですべての動きを百回も予行演習していた。自分たちを特別観覧席から見ているようなものだった。それはすでに終わったことのリプレイ映像に似ていた。

フィスクが階段の下に体を強く打ちつけた。バローネはおりていってベルトを回収した。フィスクは手足を伸ばして仰向けになった。上半身は左に、下半身は右に向かって走っているような恰好だった。呼吸はごくわずか。片眼は大きく開き、もう片方は充血している。バローネは、それをのぞきこむように身を屈めた。ここからは慎重に。落ちて頭を打ったと思われるように、とどめの一撃を加える。頭を持ち上げて、フライパンの縁で卵を割るように地面に叩きつけるのだ。バローネはフィスクの両耳をつかんだ。

ナイフを感じた。運がよかった。それとも守護天使がついているのか。どうにか手をまえに持ってきて、胸への攻撃を防いだ。飛び出しナイフの刃が掌《てのひら》を貫いて反対側に突き出た。

痛みはまだなかった。驚きだけだった。手を引きたい衝動を抑えた。手を引いたらナイフがまた相手に渡り、再度のチャンスを与えてしまう。フィスクが刃を引き抜こうとした。バローネは耐えた。痛みが訪れ、次第に増した。ライヴのまえに試し弾きをしているバンドのように、初めは楽器ひとつだったところに、ほかの楽器が加わっていく。バローネは耐え、使えるほうの手でフィスクの髪をつかんだ。フィスクが充血した眼で見ていた。フィスクの頭を持ち上げ、叩きつけた。眼の光が消えた。

いまや心配なのは血だった。手からナイフを抜いたら、至るところに自分の血がついてしまう。だからバローネは手にナイフを刺したまま階段をのぼった。フィスクの部屋のバスルームに入り、洗面台でナイフを少しずつ抜いた。冷水で手をすすぎ、タオルを巻いた。とりあえずできる最善の処置だった。めそめそしている暇はない。

すべてをブリーフケースにしまった。パスポート、航空券、現金、フィスクの三八口径、飛び出しナイフ。焦るな。時間の余裕はいつでも体感よりあるものだ。

バローネは部屋から出て、ドアに鍵をかけた。廊下の壁のフィスクが頭を打ちつけたところを確かめた。血はついていない。よし。

階段のまえで、頭上のソケットにはまった電球を、ポケットに入れてある切れた電球に交換した。誰がフィスクの死体を見つけようと、気の毒に不運な男が暗闇で足を踏みはずしたのだと思うだろう。本当はどのように死んだのかも、なぜ死んだのかも気づかれることはない。

階段の下に、自分の手から流れた血の痕はなかった。よし。彼はブリーフケースを車の後部座席に放りこみ、オールド・スパニッシュ・トレイルに出た。左手だけで運転しなければならなかった。ギアやウインカーの操作には、ハンドルの反対側まで腕を伸ばす。右手はタオルを巻いたまま、両腿のあいだに挟んでいた。

痛みは続いた。全バンドメンバーによる演奏だった。バローネは痛みを無視した。ヒューストンにはカルロスの部下がいる。メキシコ人地区に住む薬物中毒の医者だ。注射、錠剤、ちゃんとした包帯。必要なのはそれだけだった。それでもう次の仕事の準備は整う。

8

一時間近くシャーロットの気持ちは昂揚《こうよう》していた。宙をふわふわ漂っているようで、めまいがしそうだった。わたしは逃げている。**わたしは逃げ出した**。娘たちにも彼女の気分が移って、三人は歌を歌ったり――『スパゲッティの上に』、『デビー・クロケットの歌』――油井ポンプや、馬や、ほかの州のナンバープレートがついた車を数えたりした。犬は頭をローズマリーの膝にのせて満足そうに息をつき、舌なめずりしながら眠っていた。

しかし、オクラホマ・シティに近づくにつれ、シャーロットは自分がしたことの重みで現実に引き戻された。**わたしは逃げ出した**。翼を固める蠟が溶け、イカロスは墜落した（ギリシャ神話のイカロスは蠟で固めた翼でクレタ島から脱出するが、太陽に近づきすぎたせいで蠟が溶けて海に落ちる）。

離婚。今日という日までその可能性を想像したことすらなかった。ウッドロウのような場所で誰が離婚する？　男と出会い、結婚し、どちらかが死ぬまでいっしょにいるのだ。夫を捨ててリノ（離婚手続きが容易なネヴァダ州の都市）やメキシコに行くような女――そんな女は汚らしい大都会や、ゴシップ誌のなかだけだ。

友人たちがシャーロットのしたことを知ったら、愕然《がくぜん》とするだろう。知人はひとり残らず愕然とする。つまり、ウッドロウの全員だ。

シャーロットは頭に浮かぶ無数の疑問に圧倒された。離婚の申し立てに、リノかメキシコに行くべきだろうか。弁護士は必要だろうか。弁護士を雇うにはいくらかかる？　娘たちとどこに住む？　どうやってこの子たちを養っていけばいい？

国道66号線との交差点に来た。いまならまだ引き返せる。ここで引き返せば、夜中にドゥーリーがふらつきながら帰ってくるのに充分間に合う。ベッドにもぐりこみ、日常に戻るのだ。何もなかったかのように。

「ママ？」ローズマリーが言った。「青信号だよ」

「わかってる」シャーロットは言った。「ちょっと考えたいの」

うしろの車がクラクションを鳴らした。運転席の男が不愉快そうに腕を振り、シャーロットに合図していた。彼女は右折して66号線に入り、西へ向かった。

「マルゲリートおばさんのところに行く」名前が頭に浮かぶが早いか、口に出していた。

「カリフォルニアよ」

「誰？」ローズマリーとジョアンがそろって言った。

「わたしのおばさん」シャーロットが言った。「つまり、あなたたちの大おば。わたしのお母さんの妹よ」

顔を見合わせる娘たちの姿がバックミラーに映った。犬は突然の静寂に何事かと大きな頭を上げ、またどさりと落として眠りについた。

「お母さんにおばさんがいるんだ」ローズマリーが言った。

「ええ、もちろん」シャーロットは言った。「おばさんの話、したことあるでしょ。マルゲリートおばさん。ロサンジェルスに住んでる。サンタモニカの海のすぐそばにね」

マルゲリートはそこに住んでいた。シャーロットがまだ六、七歳のころ、カリフォルニアに引っ越して、オクラホマには一度も戻ってきていない。立ち寄ることすらなかった。その理由をシャーロットが母に尋ねると、母はいつも嫌な顔をして、「知らないし、気にもしてない」と言い、すぐに話題を変えた。

昔は毎年、誕生日になるとマルゲリートからおざなりなカードが送られてきた――挨拶のことばもメッセージもなく、フルネームが走り書きされているだけの。まるで大量にあるカードをできるだけ早く使いきろうとしているかのようだった。

五年前にシャーロットの母親が亡くなったときにも、マルゲリートは葬儀に来なかった。徐々に送られてこなくなった誕生日のカードは、そのころにはとっくに途絶えていた。最後におばから便りがあったのは……正確に思い出せない。ドゥーリーと結婚するよりまえだった。

マルゲリート本人のことも、はっきり思い出せない。ずっとまえから記憶はばらばらで、ひとつの形を結ばなくなっていた。おばはいつも黒い服を着ていた。手がとても冷たく、決して笑わなかった。草の葉のように体に厚みがなく、怖いほど上背があって――シャーロットの母より頭ひとつ分は高かった――黒いキャットアイフレームの眼鏡をかけていた。シャーロットの母に、「ちょっと、いい加減にしてよ、ドロレス」と言ったこともあった。

マルゲリートの住所はいまも同じだろうか。相変わらずカリフォルニアにいるのか。そもそも生きているのだろうか。同じところに住んでいるとしても、久しく忘れていた姪《めい》がふたりの幼い娘と発作持ちの犬を連れて玄関先に現れたら、どう思うだろう。

疑問はまだあった。いくらでも。

「ほかの歌を歌わない？」シャーロットは言った。

「ママ？」ローズマリーが言った。「カリフォルニアにはあとどのくらいで着く？」

「わからない」

「一日？」

「『オズの魔法使い』みたいに、黄色い煉瓦の道を進めばいいの」

シャーロットは深く考えて皮肉を言ったわけではなかった。もちろん、『オズの魔法使い』のドロシーが最後に学ぶ教訓は〝わが家にまさるところなし〟だ。

「わたし、案山子《かかし》がいいな」ローズマリーが言った。「ジョアンは、ブリキの木こりか臆病なライオンね」

「ジョアンも案山子がいいんじゃない？」シャーロットは言った。

「ジョアン、案山子がいい？　ブリキの木こりか臆病なライオンのほうがいいんじゃない？」

「ブリキの木こりか臆病なライオンでいいわ」ジョアンが言った。

「ほらね、ママ？」ローズマリーは言った。

夜の九時にテキサス州マクリーンに入ったところで進むのをやめ、一泊することにした。シャーロットはもう運転したくないし、娘たちもへとへとだった。すでにシャーロットは、人生でもっとも衝動的で破滅的な決断をしたことが怖くなりはじめていた。**わたしは逃げ出した。**やさしい人の顔と、勇気の湧くことばが必要だった。

ところがモーテルのフロントにいたのは、見るからに不機嫌なバプテスト派の女で、シャーロットをじろじろと見た。それから娘たちと、犬を。シャーロットには、自分たちの何がそんなに気に入らないのかわからなかった。

「犬は禁止」女は言った。「どんな事情があっても」

「わかったわ」シャーロットは言った。

「犬を車のなかに残しておくか、どこかほかに泊まるところを探して」

「この犬は車のなかでも寝られるから、だいじょうぶ」

「でなきゃ、ほかに泊まるところを探して。どっちでもいいけど。あと、男の訪問客も禁止ね。どんな事情があっても」

まったく、とシャーロットは思った。今朝は五時半起きで、この三時間半はひたすら運転してたのよ。男を待ってるように見えるとでも？

「わかった」シャーロットは言った。

女はルームキーを差し出したが、キーホルダーから手を離さなかった。さっきよりいっそう苦々しげにシャーロットを見た。「犬といっしょに寝てるんなら、ノミがついてるわね」

部屋は狭くてみすぼらしく、バスルームで誰かがキャベツを茹《ゆ》でたようなにおいがした。ローズマリーとジョアンはこれまでモーテルに泊まったことがなかったので、見るものすべてに引きつけられていた——小さな石鹸、トゥクムカリで催されるインディアンの出陣の踊りのパンフレット。

シャーロットはシャワーを浴びると、家から持ってきた残り物のローストビーフ・サンドイッチの包みを開いた。三人はひとつのベッドにあぐらをかいて坐り、それを食べた。

「ママ？」ローズマリーが言った。「ラッキーにノミはついてないよ」

「あれはたとえ話よ」シャーロットは言った。

「どういうたとえ？」

「つまり……そうね、友だちは賢く選びなさいってことかしら」

「友だちにノミがついてるかもしれないから？　そのノミが跳んできて自分につくかもしれないって？」

「まあ、そうね。そんなところ」

娘たちが風呂に入っているあいだ、シャーロットは、乾いていない髪のまま、コートをはおってボタンを留めた。ベッドカバーを外に運び、パンくずを振るい落とした。半分残っていた自分のサンドイッチを犬に与え、モーテルの裏にある轍《わだち》だらけの空き地を散歩させた。暗く寒いなか、犬をひと晩じゅう寂しい車に残しておきたくなかった。

モーテルのフロントは明かりが消え、不機嫌なバプテスト派の姿はどこにもなかった。シャーロットはふだん規則を破る人間ではないが、夫を残し、子供を連れて車でカリフォルニアへ行くような人間でもない。やりかけたことはやり通そうと決めた。

「ほら」シャーロットは犬に言った。「急いで」

犬は疑うようにシャーロットを見上げた。

「いいから早く」彼女は言った。

娘たちは就寝の祈りを捧げ、シャーロットはふたりを寝かせて、額と鼻と顎にキスをした。犬はもうひとつのベッドのまんなかにいたがり、シャーロットは犬を押しのけなければならなかった。

親指で距離を測りながら、『エッソ』の道路地図をすばやく見直した。マクリーンからロサンジェルスまでは千五百キロ以上ある。翌朝早めに出発し、途中であまり止まらなければ、日が暮れるまでにニューメキシコ州ギャラップに着けるはずだ。そこでひと晩すごし、マルゲリートおばに電話をかける。火曜もまた長い一日になるだろう。また長々と運転する。しかし、すべて順調にいけば、太平洋に日が沈むころサンタモニカに着くかもしれない。

シャーロットはベッド脇の明かりを消した。ローズマリーはいびきをかきはじめたが、ジョアンは暗闇のなかで何か考えごとをしているようだった。

「どうしたの？」シャーロットは小声で言った。

「パパには電話する？」ジョアンが小声で返した。

「明日電話するって伝えてある。メモを残しておいたの」

ジョアンは考えていた。「パパが見なかったら？」

「かならず見るところに置いといた」

バスルームの洗面台の上だ。頭痛薬〈アルカセルツァー〉の大きな箱の隣。ドゥーリーが今夜帰ってきたとき、歯を磨けないくらい酔っていたら、書き置きを見落とすかもしれないが、翌朝はまっすぐ薬を取りに行く。シャーロットは確信していた。

彼女の答えにジョアンは満足したようだった。呼吸がゆっくりになった。シャーロットは、ドゥーリーが書き置きを読んだときにどんな反応をするか、家族が出ていったと知ったときにどう反応するか、想像してみた。ある日家に帰ると娘たちがいなくなっていたら、自分はどうするだろう。きっと……跡形もなく消えてしまう。カラスがついばむものすら残らない。聖書にあるように、掌や足さえも（『旧約聖書』列王紀略下第九章）。ドゥーリーはそれほど気の利く父親ではないが、この子たちの父親なのだ。ローズマリーとジョアンを彼から奪う権利などあるのだろうか。娘たちを、なじみのあるすべての人や物――家、学校、父親、友だち――から引き離す権利など。ウッドロウでは決して得られないチャンスを与えてやりたかった……でも、ふたりの人生を救うどころか、破壊しているのでは？

駐車場から車のドアが閉まる音が聞こえた。人の小さな声も。シャーロットは母の警告をまた思い出した。**いまあなたが走ってる道より悪い道はかならずある**。シャーロットはベッドから出て、ドアにチェーンがかかっていることを確かめた。

9

ギドリーは、自分があわてて逃げることをセラフィーヌは見越していると思った。マイアミやロサンジェルスに到着するすべての飛行機、シカゴとカンザスシティに入るすべての鉄道、リトルロックとルイヴィルとアルバカーキに着くすべてのグレイハウンド・バスを見張らせ、ギドリーがおりてくるのを待ち構えているはずだ。

国外に出なければならなかった。メキシコ。それとも中央アメリカ。しかし、現金とパスポートが必要だった。世界はとてつもなく広い。地上から姿を消すのは、そんなにむずかしいことだろうか。まあ、カルロス・マルチェロに狙われたらむずかしいだろう。

ヒューストンには、ドリー・カーマイケルがいて、地元の人脈を築いている。船を持っている友人もいるのではないか？　ここ数年はビジネスから身を引いているので、セラフィーヌも彼女を見落としている可能性がある。ドリーなら安全かもしれない。

自分の命をそこに賭けようとしているのか？　ドリーに？　ギドリーは、通りに落ちる彼女の家の影のなかに立って考えた。

だめだ。ようやく心を決めた。危険は冒せない。いずれセラフィーヌはドリーを思い出す。そしてドリーはおれを裏切る。あらゆる人間の心は腐っているが、ドリーの腐りようは飛び抜けていた。

ギドリーは立ち去った。オールド・スパニッシュ・トレイルで、スコット・ストリートを走る最終バスからおりた。モーテルが十軒以上あるなかから、宇宙飛行士をテーマにしたモーテルを選んだ。フロント係から受け取ったルームキーには、バルサ材のロケットの模型がついていた。ロケットで月へ逃げろ！　こういうときこそユーモアのセンスを忘れてはいけない。

赤ん坊のように眠った。風が窓を揺らす音や、部屋のなかを飛ぶハエの羽音を聞くたびに、びくっと目を覚ます赤ん坊がいるとすればだが。朝が来ると、隣の安食堂に歩いていき、目玉焼きをふたつのせたコンビーフとジャガイモの炒《いた》め物を注文した。ホットコーヒーをブラックで。どんどん持ってきてくれ。隣のテーブルにいた男が、日曜紙を読みたいかと訊いてきた。いや、けっこう。今日のところはもう悪いニュースはいらない。

ギドリーは人と親しくなる方法を心得ていた。それが彼の才能であり、最大の資質だった。長年カルロスのもとで働いて、無数の飲み物をおごり、無数の人に袖の下をつかませ、無数のつまらないジョークで笑い、無数のお涙ちょうだい話にもっともらしく同情してきた。あちこちに自分の女もいる。女も、見習い給仕も、賭け屋も、地区検事補も。だが、カルロスに狙われているいま、助けてくれる者がいるだろうか。裏切るまえにまばたきのひとつでもする者が？

　地獄のタンタロスじゃないか。池のなかで首まで冷たい水に浸《つ》かりながら、渇きで死にかけている（ギリシャ神話のタンタロスは神々の秘密をもらし、地獄で首まで水に浸かるが、飲もうとすれば水が引き、渇きに苦しめられた）。

　飛行機も、鉄道も、バスも使えない。おかげで次の行動は単純になるしかなかった。

「このへんに車屋はあるか？」ギドリーはウェイトレスに訊いた。「中古車の店だ。新車じゃなくて」

「見に行ってくれれば？」ウェイトレスは言った。「料理は冷めないようにしとくから」

「きみは黄金に輝く太陽だ」

「ふたつ目の信号の左側にあるわ。それは食べない？」

「白パンのトーストをもらおう。何もつけずに」ギドリーはコンビーフの皿をどけた。胃は昨日から調子が悪いままだった。たぶんこの先も。

　ラスヴェガスのビッグ・エド・ツィンゲル。ほかの選択肢は思いつかなかった。どんなに考えても。ビッグ・エド・ツィンゲル。なんてこった。おれの人生はここまで来てしまった。エドには気に入られている。機嫌のいいときに声をかければ親切にしてくれるだろう。そして公然の事実ながら、カルロスがケネディ兄弟を憎んでいるのと同じくらい、エドはマルチェロ兄弟を憎んでいる。ギドリーを助けることでカルロスに一杯食わせるチャンスが生まれるとわかれば、飛びついてくるはずだ。

それとも、飛びついてこないか?

ギドリーはこれまでつねに単純な方法で人生に対処してきた——自由気ままという方法で。山あり谷ありに逆らわない。まあ、このごろは口で言うほどたやすくないが。とはいえ、いまの最低な状況について思い煩ってもいられない。

隣のテーブルの男が新聞を置き、見出しが見えた。〝「ケネディは何が命中したのかまったくわかっていなかった」ダラスの医師語る〟。ダラスのパークランド病院でケネディを診た外科医の記事だった。

日曜でも中古車店は開いていた。痩せた販売員が大股で駆け寄ってきた。この週末に来た最初の客だったのかもしれない。

「いらっしゃいませ。ボビー・ジョー・ハントです」

「ピッツバーグ・パイレーツのピッチャーのボビー・ジョー・ハントに似てるな」ギドリーは言った。

「似てるどころか」

「まさか」

「本人です」

数年前、ギドリーはワールドシリーズでボビー・ジョー・ハントが打ちこまれるのを見ていた。「引退したのか?」

「いいえ」ボビー・ジョー・ハントは言った。「シーズンオフはここで働いていて」

「野球選手は金を満足にもらってないわけだ」

「ぜんぜん足りませんね。何かお探しですか?」

ギドリーは車を見てまわり、一九五七年式ダッジ・コロネットに決めた。四つのタイヤはすり減り、エンジンがあるべきところにハムスターのまわし車のようなものがついているが、悪くはなさそうだった。すったもんだの末、二百ドル値引きさせた。ボビー・ハントはヤンキース相手に投げるより、値段交渉のほうがうまかった。ただ、コロネットにはほぼ新品のタイヤ一式を取りつけることと、エンジンの古いファンベルトを交換することには同意した。

ギドリーはその車でモーテルに戻り、スーツケースに荷物を詰めた。セラフィーヌがエアライン・ハイウェイの事務所にいるところを想像した。カーテンが閉まって日差しは入らず、卓上灯だけがついている。ひと晩じゅう眠らずに、ここまで計画を進めるのに必要な電話をあちこちにかけていた。煙草を吸い、思案し、ギドリーの姿を思い浮かべる。**どこにいるの、モン・シェール? どこに行くつもり?**

ラスヴェガスのビッグ・エド・ツィンゲルのところへ行くには、北と南のふたつのルートがあった。国道75号線をダラスへ向かい、それから287号線でアマリロまで行って、

66号線に入る。または、90号線を進み、新しい州間高速道路で西のサンアントニオやエルパソをめざす。コインを弾く――カルロスはテキサス州を隅から隅まで手中に収めている。コインの裏が上になった。北へ向かうぞ、若いの。いいとも。

日曜の午後、ダラスのダウンタウンは墓場のようだった。ディーレイ・プラザは依然として警察が封鎖しているので、ギドリーはぐるりと遠まわりした。アマリロから東へ六十キロほど離れたところで、ダッジにガソリンを入れて夕食をとることにした。グッドナイトという町だった。その名前が気に入らなかった。前兆、先触れ。

ガソリンスタンドの隣にダイナーがあった。ギドリーはカウンターにつき、チキンフライド・ステーキを注文した。話に聞いていたとおりのものが出てきた。小さく切ったステーキ用の牛肉をフライドチキンのように揚げ、ホワイト・グレイビーソースをかけて悪事を隠蔽しているのだ。本物のルー、つまり一日じゅう煮込んだレッドビーンズを二度と味わえない可能性については、考えないようにした。不思議なもので、そういう小さなことが気になった。

「もう立ち直れない」ウェイトレスがコーヒーを注ぎながら言った。ヒューストンのウェイトレスより若くて人懐っこく、美人だった。

「ケネディか?」ギドリーは言った。「ああ、怖ろしいことだよな」

ウェイトレスはギドリーをじっと見た。「聞いてないの？」

「何を？」

「今朝ダラスであったこと。ジャック・ルビーよ」

ジャック・ルビー？　ダラスでいちばん品のないストリップクラブを経営しているやつか？　隙あらばこそこそ寄ってきて、おれに取り入ろうとするあの男？　ジャック・ルビーがいったいどうした？

「オズワルドを撃ったのよ」ウェイトレスが言った。

「ジャック・ルビーが？」

「お腹《なか》にズドン。警察署の地下で、オズワルドが警官に連れられて歩いてたときに。ジャック・ルビーが近づいて、オズワルドを撃ち殺したの」

ギドリーはそれらしいショックと悲嘆の声をもらして、本当のショックと悲嘆を隠した。セラフィーヌは、オズワルドの残りの人生はあまりないようなことを仄《ほの》めかしていた。にしても、そんなことが……警察署で？　オズワルドは警官や記者の群れに取り囲まれていたのでは？　ギドリーは、思い出したくない不吉なことを、また念押しされた——カルロスは誰にでも近づくことができる。相手がどこにいようと、いつだろうと。

ドアが開いた。警官が入ってきて、ギドリーからふたつ離れたカウンター席に坐り、ホワイト・グレイビーソースと同じ、くすんだ白いカウボーイハットのつばに触れた。

ギドリーも会釈した。「保安官」

相手の大きな耳が赤くなった。まだ若く、痩せていて顎が細い。「代理です」

「え？」

「保安官じゃなくて、保安官補」

「それは失礼。でも、いつかは保安官になる。時間の問題だ」

保安官補は笑みを浮かべていいものか迷っていた。手元のナイフとフォークとナプキンに集中している。ギドリーはチキンフライド・ステーキをふた口しか食べていなかった。ルビーのニュースを聞いたと思ったら、今度は保安官補が二メートル横に坐るとは。

まだ立ち上がって外に出るわけにはいかなかった。間を置き、焦らず、気さくで陽気な男という印象を作り出す。保安官補が疑いを抱くはずはなかった。ただのありふれた警官で、町の外から来たよそ者——上等なスーツ姿の都会人——に、ありふれた警官らしく注意を向けただけだ。

「どこかへ行く途中ですか？」保安官補が言った。

「そのとおり」ギドリーは保安官補に名刺を見せた。「ヒューストンの〈グリーンリーフ中古車店〉のボビー・ジョー・ハントだ。アマリロで開かれる車のオークションに向かってる」

ウェイトレスが顔をしかめた。「日曜に？　嘘でしょ？　車のオークションが日曜にある？」

ほう、割りこんでくれてありがとう、愛《いと》しのきみ。ギドリーは思った。きみなしで何ができようか。

「いや、オークションは明日だ。今夜からアマリロに泊まる。早起きは三文の得だという し」

「日曜に働かされるなんて、まちがってるわ」ウェイトレスは言った。「日曜は教会に行ったり、愛する人たちと家ですごすべきよ」

「ごもっとも」

保安官補は眼を細めて名刺を見ていた。「ボビー・ジョー・ハント。パイレーツのピッチャーだ。彼もヒューストンの出身ですよね？」

ギドリーは黙々と食べつづけた。遅すぎず、早すぎず。コーヒーマグの把手を握りしめそうになり、力を抜いた。

「野球にくわしいんだな、保安官補。そう、そのとおり。残念ながら赤の他人だけど」

「彼の野球カードを持ってた。一九五七年から一九六三年までの野球カードは全部。〈トップス〉のカードですけどね。〈フリア〉のカードはテッド・ウィリアムズばっかりだから、興味がなくて。テッド・ウィリアムズのカードが通りの向こうに落ちていても取りに行きませんよ」

「料理を食べなさいよ、フレッド。この人、かわいそうにすっかり退屈してるじゃない」

ウェイトレスはギドリーがステーキをほとんど食べ終わったことに気づき、錫《すず》製のパイスタンドを持ってきた。「ペカンパイ。焼いたその日みたいに美味しいわよ」

「ああ、ありがとう」ギドリーは言った。

保安官補はスツールの上で向きを変え、ギドリーを観察した。「どこかへ行く途中と言いました？」

「さっきそう言ったじゃない、フレッド」ウェイトレスはギドリーにパイ用の新しいフォークを渡した。「この人のことは気にしないで、お客さん。ギアが上がるのに時間がかかるの」

ギドリーは保安官補のほうを向いた。「あんたも野球をやってたな？」

「ええ、やってました」保安官補は言った。

「上手《うま》いのか？」

保安官補の耳がまた赤くなった。「郡代表のサードに二年連続で選ばれた」

「この郡に高校がいくつあるか訊いてみて」ウェイトレスが言った。

「おい、アナベル。きみのせいで心がボロボロだ」

ギドリーはパイひと切れを四口で食べ終え、代金をカウンターに置いて立ち上がった。

少しも焦らない。アート・ペッパーのこんな逸話がある。スポーツジャケットのポケットに麻薬をひと袋入れたまま、のんびり警察署から出ていったのだそうだ。さすがはギドリーの英雄だ。

「さて、もう行かないと」ギドリーは言った。「まだ先だけど、愉しい感謝祭を。神の祝福あれ」

保安官補はまたしばらくギドリーを見て、帽子のつばに触れた。「ではまた」

大草原。太古の昔からあり、乾ききった革のように見渡すかぎり広がっている。天地創造において、神はここにも手を加えるつもりだったが、力尽きてしまったようだった。グッドナイトから三十キロほど離れると、地平線上で太陽が金色と赤に浸った。ギドリーは保安官補のことを気楽に考えだした。もとから心配しなくてよかったのだ。

一キロほど進むと、バックミラーにぐんぐん迫ってくるパトカーが映った。サイレンがうなり、警告灯が光っていた。

10

薬物中毒のメキシコ人医師のところを出ると真夜中近かったので、バローネは土曜の夜をヒューストンですごさなければならなかった。あまり眠れなかった。ナイフが突き抜けた手がずきずきと痛みつづけ、忘れるなとばかりに寝かせてくれなかったのだ。心配するな、忘れないから。医者から痛み止めの錠剤をもらったが、あまり効き目はなかった。指示された量の二倍のんでも、ほとんど変わらない。錠剤はただの砂糖の塊で、ちゃんとした薬は医者が自分用に取ってあるのかもしれなかった。

運がよかった、と医者は言っていた。ナイフの刃で腱が切断されることも、どこか大事なところが切り裂かれることもなかったようだ。医者は鼻から麻薬を吸って、バローネの手を縫いはじめた。麻薬は神経を鎮めてくれると説明した。父親も医者であり、チワワ州で革命家パンチョ・ビリャの脚から銃弾を摘出したこともある。バローネは医者に、黙って自分のやることに集中しろと言った。医者は、父親がビリャの手術をしているあいだじゅう、その悪名高い親友のロドルフォ・フィエロがそばに立ち、父親の頭に銃を向けていたと語った。フィエロは、のちに〝肉食獣《エル・カルニセロ》〟と呼ばれる殺し屋だ。

バローネは医者に、おまえの頭にも銃を向けようかと訊いた。そうすれば集中できるか？　医者はヒヒヒと笑った。いやいや、ご友人。そう言って、また鼻から麻薬を吸った。

日曜の朝、バローネは車で空港に戻った。彼の便は一時まで出発しなかった。家に帰るのが待ち遠しい。ニューオーリンズでは、コウモリの羽だの鶏の血だのを使わない本物の医者にかかることができる。ニューオーリンズにいるカルロス配下の医者は、カナル・ストリートに立派な診療所を構えていた。ガーデン地区の豪邸に住み、カーニバルのファット・チューズデーでは山車《だし》に乗る。あの男ならまともな薬を出してくれるだろう。

バローネは男子トイレに入り、包帯の下を確かめた。縫い目は問題なさそうだった。手の甲と掌の二箇所。

ターミナルでは、テレビからあまり離れていない席が空いていたので、ルビーがオズワルドを撃つところを見た。すぐに警官たちがルビーを取り押さえた。ルビーに逃げるチャンスはまったくなかった。警察署のなかなのだ。

そんなことはルビー自身も入るときにわかっていたはずだ。では、なぜやった？　なぜ身代わりに電気椅子送りになることを承知した？　カルロスが電気椅子よりずっとひどいもので脅したにちがいない。

搭乗時間の数分前、隣に男が坐った。バローネに視線を向けなかった。

「セラフィーヌに電話しろ」男は言った。「いますぐ」

そして立ち上がり、離れていった。バローネは立って公衆電話に向かった。

「昨夜電話してと言っておいたわよね」セラフィーヌが言った。

「何もなければ電話しない」バローネは言った。「何もなかった」

「〈シャムロック〉にいるはずだったでしょ」

「どこにいたっていいだろ」

マッチをすって火をつける音が聞こえた。「計画が変更になったの」セラフィーヌが言った。

「おれには関係ない。家に帰るところだ」

「あなたにはヒューストンにいてもらう」

バローネは、乗る飛行機の客室乗務員が現れ、ピルボックス帽を直し、ゲートのそばで待つ人々に微笑むのを見ていた。航空券を拝見します。彼は怪我《けが》をした手を公衆電話の上にのせた。ずきずきする痛みが一瞬和らいだ。

「あなたが働き者だってことは知ってるわ、モン・シェール」セラフィーヌが言った。

「へとへとでしょうけど、仕事だから」

「こっちはこれから飛行機に乗るところだ」

「ごめんなさいって言ったでしょ」

「いや、言ってない。おれをヒューストンに残したいのはカルロスか？　それともあんたか？」

「彼は昼寝してる。話し合いたいなら起こしてくる？」

くそ女《あま》が。「今度は誰だ？」

「フランク・ギドリー。面識はある？」

「何度も見かけた」バローネは言った。「あいつがリストに入ってたとはな」

「レミーが担当することになってたの。あなたにはほかの役目があったから。昨夜、〈ライス・ホテル〉でギドリーを捕まえるはずだったんだけど、彼は現れなかった。レミーはそう言ってる」

セラフィーヌもバローネと同じことを考えているようだった。レミーは言い逃れをしている。とんでもないまぬけだから、標的を怖がらせたのだろう。まあ、少なくともそこから仕事を始められるが。

「全部すっきりさせたいの」セラフィーヌは言った。「いまはこれがいちばんの優先事項よ」

あんたがおれの代わりにレミーを使ってしくじったせいでな。しかし、バローネはそう口にしなかった。セラフィーヌにはわかっている。カルロスがわかっていることも、わかっている。いい面の皮だ。冷や汗かいてろ。

「わかったかしら、モン・シェール?」セラフィーヌが言った。

「ギドリーにかみさんはいるか?」バローネは言った。

ギドリーに妻がいるなら簡単だ。妻を見つけ、ギドリーが電話をかけてくるのを待つ。いずれ電話するだろう——夫ならかならず。そのときバローネは受話器を妻の口元に持っていき、彼女の身に起きていることをギドリーに想像させる。早く戻らなければ、妻の身にさらに何かが起きると思わせる。

「いない」とセラフィーヌ。

「元かみさんは?」バローネは言った。「ガールフレンドは? 兄弟姉妹は?」

「どれもいない」

「この空港には、やつの見張りを何人置いてる?」

「昨夜からふたり。あと、駅にふたりと、ダウンタウンのバスターミナルにふたり。それから、組織の全員に知らせてある」

「新しい車が必要だ」バローネは言った。

「駐車場の奥に黒のポンティアックが駐めてある」

バローネは車でダウンタウンに戻った。〈ライス・ホテル〉の客室係が言うには、夜勤の従業員は午後四時に来る。バローネはバーで待った。二錠残っていた薬を冷たいビールで飲み下した。

夜勤のボーイ長は、肩章と真鍮ボタンがついたダブルの制服を着ていた。ええ、その人なら知っています、と答えた。ハンサムで、しゃれた服装で、髪が黒くて眼が明るい色の人ですね、昨夜見ました。八時ごろ大急ぎで外に出ていかれましたよ、悪魔にでも追われてるみたいに。

バローネは正しかった。レミーはギドリーを撃ち損ねたのだ。あばよ、レミー。知り合えてよかった。

「タクシーを呼んだのか?」バローネはボーイ長に訊いた。

「待ちたくないようでした」

「どっちの方向に行った?」

バローネはファニン・ストリートの角まで歩いた。左を見、右を見た。ファニン・ストリートを南へ二区画行けば、〈テキサス・ステイト・ホテル〉がある。自分が悪魔に追われて早くタクシーに乗りたければ、そこへ行く。

〈テキサス・ステイト・ホテル〉の外で最初に声をかけたタクシー運転手は、何も知らなかった。ふたり目の運転手も、別の運転手に訊いてくれと言った。

「ええ」三人目が言った。「昨日の夜、空港まで乗せていきましたよ」

「まちがいないか?」

「まちがいありません。料金が一ドルなのにチップを五ドルもくれたんで憶えてます。なんかいことでもあったんだろうなと思いました」

ならばギドリーはタクシーで空港に行き、最初の便に飛びついてヒューストンから出たのだ。空港にいたセラフィーヌの手の者は、見落としたにちがいない。だが、セラフィーヌなら、ギドリーがどの飛行機に乗り、どこへ向かったか調べられるはずだ。

「何時に空港でおろした？　正確に教えてくれ」

「えーと、そうだな。ちょっと待って。八時半かそれくらいです」

いや、焦るな。バローネは自分に言い聞かせた。もう一度考えてみろ。ギドリーは料金が一ドルなのにチップを五ドル払った。多すぎる。馬鹿なのか、利口なのか。それほどチップが多ければ、当然ながら運転手は憶えている。おそらくギドリーは、チップを多く払ったことを、そして彼自身のことを、運転手の記憶に残したかったのだ。

「なかに入るところは見たか？」バローネは言った。

運転手は困惑した。「なんですって？」

「そいつが入口を通って、ターミナルに入っていくところを見たか？」

「そりゃ入ったでしょう。わからないけど。あたしゃすぐその場を離れましたから。客をおろしたら、ぐずぐずできない。客待ちの列に並ぶには許可が必要なんです」

バローネは〈テキサス・ステイト・ホテル〉のロビーの公衆電話から、セラフィーヌにかけた。

「空港にいる連中に、タクシー乗場で訊きこみをさせろ。昨日の晩、ギドリーがタクシーで街に戻ったかどうか確かめるんだ」

「空港からタクシーで戻った？」セラフィーヌが言った。

「そうだ」

セラフィーヌはそれ以上何も訊かなかった。二十分後、電話がかかってきた。

「たぶん乗せたと言ってる運転手がいたわ。確信はないみたいだけど」

「どこで客をおろした？」

「ロックウッド・ドライブとシャーマン・ストリートの角」

しけた古臭いヴィクトリア様式の家が立ち並ぶ、ダウンタウン南東の地区。手がかりが見えてきた。

「まちがいないの、モン・シェール？」セラフィーヌが言った。「マイアミ行きの飛行機は九時発だったから……」

「やつは利口か？」バローネは言った。「ギドリーは」

「ええ」

「それならまだヒューストンにいる。ギドリーに借りのあるやつは？」

セラフィーヌは考えた。「ああ」

「誰だ？」

「ドリー・カーマイケルがセカンド・ウォードに住んでる。一、二年前まで、ヴィンセント・グリーリが所有するナイトクラブを経営してた」

セラフィーヌはドリーの住所を知っていた。エッジウッド・ストリート。そこまで歩いて十分で行けるのは？　ロックウッド・ドライブとシャーマン・ストリートの角だ。空港のタクシー運転手はそこで客をおろした。バローネはドリーの住所を控えて、電話を切った。外に出てあたりを見まわした。痩せた黒人の少年が、通りの向かいのバス停でぶらぶらしていた。バローネは通りを渡って、少年に近づいた。

「運転はできるか？」

「ふん」少年は言った。「運転はできるか？」

この先も怪我をしていない左手だけを使ってハンドルを切り、ギアを変え、ウインカーを操作していたら、遅かれ早かれポンティアックを壁に激突させる。

「セカンド・ウォードまで乗せていってくれたら一ドルやろう」バローネは言った。「車はある」

「ふん。一ドルやる？」

「二ドル。それで無理ならほかを当たる」

黒人の少年はぐっと背を伸ばして睨んだ。体重は五十キロを超える程度、年齢はせいぜい十六歳だろう。

「やらないぜ」少年は言った。「いま答えとく。そうしてもらいたいなら」

「セカンド・ウォードまでおれを乗せていく。それがおまえにしてもらいたいことだ。おまえは何歳だ?」

「十八」

嘘こけ。「行くぞ」

「その手、どうした?」少年が言った。

「掌を剃刀《かみそり》で剃ってるときに切った。行くぞ」

黒人の少年はまずまず運転ができた。バローネは厳密に制限速度を守らせ、曲がり角ではかならずウインカーを出させ、黄信号で停車させた。彼らはドリーの住まいがあるエッジウッド・ストリートの少し先に車を駐めた。

その家は二階建てのヴィクトリア様式で、青い壁に白の派手な装飾があった。花を植えたプランターが並び、庭の草木もそれなりに手入れされている。隣の家は黄色い壁に白い装飾だった。ポーチにメキシコ系の女が坐り、抱いた赤ん坊をあやしていた。

「メキシコ人め」黒人の少年が言った。

「メキシコ人に恨みでもあるのか?」バローネは言った。

「ふん。メキシコ人に恨み?」

「言えよ。メキシコ人に何をされた?」

「別に。あんたメキシコ人？　そうは見えないけど」

「おれはメキシコ人じゃない。それがどうした？」

数分後、ポーチの赤ん坊は眠り、メキシコ系の女は家のなかに入った。ドリー・カーマイケルの家は二階の明かりがひとつついているだけで、ほかは暗かった。バローネは少年に待っていろと言った。

大きなニレの木があるせいで、横のドアは通りから見えなかった。バローネは鍵をこじ開けた。チェーンがかかっていたが、財布には輪ゴムが入っている。家のなかに手を伸ばして輪ゴムの端をドアの把手に結びつけ、もう一方の端をチェーン先端の留め具に引っかけた。そして把手を下げれば——いとも簡単にチェーンがレールをすべってはずれ、下に垂れた。

ドリーは表寄りの寝室にいて、イヤリングをはずしているところだった。振り向いてバローネを見ても叫ばなかった。それでもバローネは指を唇に当て、ドアを静かに閉めた。

「坐れ」バローネは言った。

ドリーはベッドの端に腰をおろした。「ローブを着てもかまわない？」

「だめだ」バローネが思っていたよりドリーは歳をとっていた。少なくとも七十近い。肝がすわった、ぎらつく眼の老女。「やつはどこにいる？」

「なんですって？」

「やつはどこにいる?」

「誰のこと?」

バローネはドリーに近づき、隣に腰をおろした。「どの寝室だ? 廊下の左側か? 右側か?」

「この家にいるのはあたしだけよ。自分で見てきたら?」

「言え」

「あんたなんか怖くない」

同じ台詞《せりふ》はまえにも聞いたことがあった。しかし、それは話の初めにかぎったことで、終わりに聞くことはなかった。バローネはドリーの耳たぶのピアス穴に触れた。ドリーは怯むまいとした。昔、バローネに仕事のコツを教えてくれた古顔が言っていた。「苦痛に対する恐怖は、どんな苦痛よりも強力だ」それからウインクをして、つけ加えた。「何をしているかわからないときにはな」

隅の机の上に、携帯型レコードプレーヤーがあり、LPレコードが積み上げられていた。いちばん上のLPは『ラウンド・アバウト・ミッドナイト』。このアルバムの一曲目が『ラウンド・ミッドナイト』だ。

「マイルス・デイヴィスが好きなのか?」バローネは言った。

「さっさと用事をすませるか、でなきゃこの家から出ていって」ドリーが言った。

バローネは、神を信じているかと訊きそうになった。おそらくドリーは信じていないと答えるだろう。あるいは、さあね、と。バローネ自身は信じているかもしれない。白いひげを生やした神ではないが。ただ、人生に色や音や痛みがあるなら、裏にはそれを支えるものがあるはずだ。絵具を塗るキャンバスのように。金曜の夜、ニューオーリンズで年寄りの『ラウンド・ミッドナイト』の演奏を聞き、〈マンディーナズ〉で開かれたクリスマスパーティを思い出した。思えば、フランク・ギドリーを初めて見たのはそのときだった。そしていま、老女の寝室で、同じ曲のマイルス・デイヴィスのバージョンに出会った。

「やつはここにいた」バローネは言った。「どこに行った？」

「誰がいたっていうの？　まったくもう」

「ギドリーだ」

ドリーの困惑は本物だった。バローネにはわかった。額、眉間のしわ、唇の引きつりを見よ。これも古顔から教わったことだった。

「フランク・ギドリー？　フランク・ギドリーのことを言ってるの？」

バローネは立ち上がった。「ローブを着ていい」

「あきれた。フランク・ギドリーなんて最後にいつ会ったのかもわからない。三年はたってるよ」

バローネは念のためほかの寝室も確かめた。戻ってくると、ドリーはグラスにライウイスキーを注いでいた。手が震え、ウイスキーがこぼれている。

「アスピリンはあるか?」バローネは言った。

「バスルームの薬棚のなか」

バローネはアスピリンを四錠嚙《か》み砕き、ライウイスキーを自分で注いで飲んだ。「ギドリーが行きそうな場所に心当たりはないか? 協力してくれたら、カルロスも感謝する」

「国から出ようとするでしょうね」ドリーは言った。

バローネもそう思っていた。「ギドリーに借りのあるやつはいないか?」

ドリーは岩と岩がぶつかって砕けたような笑い声をあげた。「あのフランク・ギドリーが、これまで一度でも誰かの頼みを聞いたことがある?」

バローネは去ろうとした。

「ちょっと」ドリーが言った。

「なんだ?」

「ドクター・オルテガのところに行って、手を診てもらいなさいよ。ナビゲーション・ブルヴァードのはずれにいるから」

「もう行った」

バローネはスコット・ストリートの電話ボックスからセラフィーヌに連絡した。

「ギドリーはドリー・カーマイケルのところには行ってない。やつは頭がいいな」

「そのとおりね、モン・シェール」セラフィーヌが言った。「いい知らせがあるの。この先、道のりは長いわよ」

「どこへ行けと？」

「テキサス州グッドナイト」

「いい知らせとは？」

「一度なくしたものが、また見つかったの」

11

パトカーがギドリーの車のうしろに停まった。おりてきたのは、カウボーイハットをかぶった年配の警官だった。テキサスの忌々しい保安官。馬から飛びおりるような不自然な動きだった。ダイナーにいた保安官補のフレッドが、ショットガンを抱えて、反対側からギドリーの車に近づいた。

ギドリーは窓をおろした。「こんばんは、保安官」

保安官は、屈んで車のなかをのぞきこんだ。白髪交じりのカイゼルひげのせいで、口のほとんどと顎の一部が隠れている。保安官補のほうを見た。「おまえの言ったとおりかもしれんな、フレッド」

「やあ、フレッド」ギドリーは保安官補に手を振った。フレッドはショットガンの銃床から手を離して振り返しそうになったが、思いとどまり、鼻をかいた。「どうしました、保安官？　スピードの出しすぎですかね」

ギドリーは、よくある言いがかりであることを祈った。都会人が町を通りかかると、だまされ、金を巻き上げられ、追い払われる。だが、この保安官がカルロスの部下の部下の部下で、こんな特徴の都会人を見つけろという指示が伝わっていたら……？

「あんたはあれか？」保安官がギドリーに訊いた。

「あれとは？」

「聖書の箴言《しんげん》にある〝肉体の棘《とげ》〟、〝膏《あぶら》の蠅《はえ》〟（『旧約聖書』伝道之書第十章）。すべての騒ぎを引き起こす者か」

まさに耳にしたくないことばだった。が、ギドリーは笑みを絶やさなかった――必死で、と言ってもいい。

「ボビー・ジョー・ハントといいます。ヒューストンで中古車を売ってる。いったいなんなんです、保安官」

「車からおりろ」保安官は言った。「両手をこっちに向けて」

「はい」

「財布を。こっちに放れ」保安官はギドリーの財布を調べた。「免許証は？」

ヒューストンで細切れにし、モーテル裏のゴミの金属缶のなかに埋めこんでいた。

「ない？」ギドリーは言った。「あるはずだけどな。名刺もここに。ボビー・ジョー・ハント。さっき言ったとおり、ヒューストンから来ました。アマリロの車のオークションに向かう途中で。そこのフレッドに訊くといい」

保安官は名刺を弾き飛ばし、ホルスターから拳銃を抜いた。「あっちを向け」ギドリーに言った。「両手はうしろだ」

ギドリーは、これほど早く終わりが来たことに激しい怒りを覚えた。できるだけのことをしたのに、自由でいられたのは二十四時間足らずだった。こんなふうに、こんなところで――辺鄙《へんぴ》な田舎町の悪徳保安官の手によって、輝かしい夕焼けですら挽回《ばんかい》できないほど醜いこのテキサス回廊地帯の荒涼たる茶色の平原で――終わることに激怒した。

保安官はギドリーに手錠をかけ、ボディチェックをして、保安官補に言った。「フレッド、この男の車を運転して署までついてこい」

保安官は口笛を吹きながら運転した。ギドリーはその曲に聞き憶えがなかった。まえの座席を蹴ってやるか。保安官がハンドル操作を誤って道路から飛び出すかもしれない。だが、そのあとは？　保安官の頭が割れ、自分は無事だったとしても、手錠をかけられているし、身動きもとれない。三十メートルうしろにはショットガンを持った保安官補がいる。

「箴言じゃなくて、コリント書だと思うな、保安官」ギドリーは言った。「さっき引用した、パウロの脇腹の棘が出てくるのは」

「そうかもしれん」保安官が言った。

「記憶が正しければ、棘はサタンの使者で、パウロが思い上がったときに懲らしめるために送られた（『新約聖書』コリント人への後の書第十二章）」

保安官は口笛を吹いて運転しつづけた。

「人ちがいだ、保安官」ギドリーは言った。

「もしそうなら」保安官は言った。「あんたに心から謝罪して、仲直りの握手をお願いする」

グッドナイトの警察署には部屋がひとつしかなかった。壁は木目調のパネルで、床は船酔いの顔のようなまだら入りの緑のリノリウム。机のうしろの壁には、額入りのありきたりな絵が一ダースかかっていた。留置房の格子を通してそれらの絵がすべて見えた。灯台、秋の有蓋橋、池のマガモ。最後の晩餐は二種類あり、ひとつは聖霊がイエスのうしろを漂っているが、もうひとつにはいなかった。

「保安官補、電話をかけに、通りの向こうへ行ってくる」保安官が言った。「留守を頼む」

「はい」保安官補が言った。

あとどれくらい時間が残されているのか。保安官はダラスにいる誰かに報告の電話をかけるのだろう。ギドリーに関するニュースは、スイレンの葉から葉へ飛び移るように、ニューオーリンズのセラフィーヌまで伝わる。ギドリーがグッドナイトにいるとわかれば、彼女はただちに《トゥ・ドゥ・スイット》人を送ってくるはずだ。

「フレッド」ギドリーは言った。

返事なし。

ダラスにもセラフィーヌの伝手《つて》はあるかもしれないが、いまのところクリーンアップ級の打者はヒューストンにいるはずだ。あと八時間。いま何時だ？　七時三十分。セラフィーヌにギドリーの情報が伝わるのは午後十時だろう。

明日の朝六時。それが期限だとギドリーは考えた。チクタク、チクタク。

「ダイナーのアナベルだけど」彼は保安官補に言った。「あんたに夢中だと思うな。でなきゃ、どうしてあんなふうに困らせようとする？」

返事なし。

「誰を見張ることになってた、フレッド？　都会から来る凶悪なマフィアか？　おれはイタリア系ですらない、神かけて。フランス系ケージャンで、少しアイルランドの血が混じってる。あんたと同じ田舎者だ。ルイジアナ州アセンション郡から出てきた。セント・アマントという、ちっぽけな町さ。聞いたこともないだろ。高校の野球チームではショートを守ってた」

現実に尾ひれをつけた。高校の野球チームでショートを守っていたのは、友だちだった。

「保安官からほかに何を言われた？　おれは指名手配中の脱走犯だとか？　ＦＢＩの連中が来て、おれを連行していくとか？」

保安官補は立ち上がって冷水機まで行き、凹凸のある小さな紙コップに水を注いだ。それを飲み、紙コップを握りつぶすと、また椅子に坐った。

「自分に問いかけてみるといい、フレッド。保安官が通りの向こうに電話をかけに行ったのはどうしてだ？　電話ならその机にあるじゃないか。なぜあんたに話を聞かれたくないんだ？」

　保安官補は両足を机の上にのせて、あくびをした。

「おれは連邦の証人なんだ」ギドリーは言った。「マフィアがおれの死を望んでいる。数時間後に現れる連中は、ＦＢＩの人間じゃない。信じてくれなくてもかまわないが。いまにわかる」

「あのな」保安官補が言った。

「何？」

「アナベルがおれに夢中かどうかなんてどうでもいい。通りを渡ってアナベル・ファーガソンとやるわけじゃないんだから」

　数分後、保安官が電話を終えて戻ってきた。週末なので保安官補を家に帰し、ポットでコーヒーを淹れると、机の向こうに腰をおろした。ギドリーは留置房を見まわした。窓がひとつ高いところにあるが、隙間程度だ。漆喰の壁にボルト留めされている錆《さ》びた金網をどうにかはずしたところで、通り抜けるのは無理だった。

「侮れない頭脳だな、保安官」ギドリーは言った。

「どうも」

保安官は、絵具が入った蓋つきの容器を十個ほど眼のまえに並べた。ひとつの蓋をはずして、筆をつけた。

「でも、うらやましくはない」ギドリーは言った。「つらい立場なんだろう?」

灰色のカイゼルひげが、おもしろがるようにぴくりと動いたが、絵から顔は上げなかった。「そうかな」

「これがケネディの件とかかわっているのはわかるよな」

保安官は顔を上げなかったが、筆を容器に入れた手が一瞬止まった。「そういうことは何も知らん」

「オズワルドにあんな狙撃ができないのはわかるだろう。めったな人間にできることじゃない。六階から動く標的を狙うんだし、途中に木もあるんだから。パン、パン、パン。二発命中?　プロでなきゃ無理だ」

「寝られるなら寝とけ」保安官は言った。「毛布がもう一枚必要なら、持ってきてやる」

「けど、そのプロは引き金を引いた直後に〝解決策〟ではなくなった。〝問題〟になった。だろう?　雇った連中にとって。理由はわかるよな」

保安官は何も言わなかった。筆を容器の縁にバランスよく置き、自分の指をもんでいた。

「雇った連中は問題を解決する必要がある」ギドリーは言った。「あんたが解決策だ。少なくとも、おれを引き渡すまでは。そしてあんたはどうなるか?」

ギドリーは息を数えながら、時が這うようにすぎるのを待っていた。糸をいつ引き、いつくり出すべきか知っていた。アセンション郡の少年は、みな釣りをして育つ。

保安官は賢い男だ。というより、そうあってほしかった。賢いが、賢すぎない。そうでなければ、ギドリーにチャンスはなかった。彼がする狙撃も、めったな人間にはできないのだ。

一時間たった。二時間。時間切れが迫っていた。

「ああくそ、またやった」保安官はまだ絵を描いていた。ナプキンの角をコーヒーマグに浸し、キャンバスを軽く叩いた。「注意すればするほど失敗が増える気がする」

「彼らはあんたを殺す」ギドリーは言った。「そこがわかってるかどうかだけ教えてくれ。あとはおとなしくするから。あんたは知りすぎている、保安官。彼らにとっては不都合な存在だ、おれと同じで」

「それはおまえの意見だ」保安官は言った。

「カルロスに抱きこまれてどのくらいたつ？」

「私の意見はちがう」

「もちろん。ちょっとしたおまけの仕事なんだろう。ジュークボックスの売上をかすめ取るような。誰も困らない。やって何が悪い？」

「毛布はいるのか？　じきに冷えるぞ」

「彼らはあんたを殺す。それからフレッドを探して、殺す。あんたに奥さんがいるなら、奥さんもだ。何か聞かされているとまずいから。彼らの徹底ぶりを責めることはできない。あまりにも仕事がでかすぎた。ダイナーの女も、たぶん殺す。アナベルだっけ？　彼女が何を知っているか確かめてから。奥さんは美人かな？　そうでないといいけど。あいつらをどんな連中だと思ってる？　この愚かな田舎のひねくれ者。あいつらに魂をまるごとじゃなく一部だけ売るなんてことはできない。それがどうしてわからない？」

保安官の手がまた止まった。ややあって彼は筆を置き、すべての容器の蓋をひとつずつ閉めはじめた。

「打開策はあるぞ、保安官」ギドリーは言った。「教えてもいい」

「寝ろ」保安官は言った。

「ダラスで指示を出してるのは誰だ？　ハーウィ・フレックか？　ハーウィ・フレックに電話して、まちがいだったと言えばいい。保安官補が人ちがいをした、捕まえた男のかみさんがアマリロから来て本人を連れて帰った、誤りだった、とな」

保安官はブーツをはいた足を机にのせた。軋《きし》む椅子の背にもたれ、帽子のつばを顔にかかるまで下げた。

「いや、もっといい考えがある」ギドリーは言った。「このあたりにおれと似たやつはいないか？　背丈、肌の色。そっくりじゃなくても、だいたい似てればいい。これから来るやつらに、人ちがいだったことを自分の眼で確かめさせるんだ。〝すまんな。だが慎重になりすぎるほうが、あとで後悔するよりましだろう〟と言えばいい」

保安官は動かなかった。ギドリーは簡易ベッドに大の字で寝た。あとはなるようになる。できることはすべてやった。効果的なパンチ、一世一代のスピーチだった。サイコロは指を離れ、フェルトの上を転がっている。

心を無にしようとした。毒ニンジンを飲まされる前夜のソクラテスだ。何かで読んだが、インドには、呼吸を遅くしたり、心臓の鼓動をぽたぽた垂れる水滴ぐらいの速さにできる呪術師や行者がいるらしい。自分にもできるかもしれない。セラフィーヌの部下たちが到着したら、もう死んでいると思いこむだろう。

ソクラテス？　ソポクレスだったか？　昔からこのふたりの死に方の区別がつかなかった。ひとりは毒を飲まされ、もうひとりは途方もなく長い詩の一節を息継ぎせずに暗誦《あんしょう》しようとして死んだ。友人のひとりから、やれるものならやってみろと言われたのだ。

ギドリーは、保安官が朝自分を引き渡すときに何ができるか考えた。保安官の腰の銃を奪うか。無理だ。とはいえ、セラフィーヌの部下に無抵抗で生け捕りにされるつもりはない。

リノリウムの床が鳴った。ギドリーは眼を開けた。眠っていたようだった。横になってどれくらいたったのか。保安官が格子の向こう側に立っていた。

「やつらはいつごろ来ると思う?」保安官は言った。

ギドリーは起き上がり、腕時計を見た。月曜の朝五時。「あと一時間ぐらいだ」

保安官は留置房の鍵を開け、ギドリーに財布と車の鍵を返した。「行け」

「幸運を祈る、保安官」ギドリーは言った。

「うせろ」保安官は言った。

ギドリーは午前中ずっと車を走らせた。ニューメキシコ州トゥクムカリ西部。みぞれが横殴りに降っていた。道路脇に故障して停まっている車のまえを通りすぎた。車の横には女がびしょ濡れで立ち、後部座席の窓からふたりの子供が外を見ていた。

速度は落とさなかった。悪いな、ねえさん。ギドリーは自分の災難で手いっぱいで、他人《ひと》の面倒を見ている場合ではなかった。

12

月曜の朝、シャーロットと娘たちは、夜明けとともにマクリーンを出発した。アマリロに近づいたところで雨はいったん弱くなったが、次第に強まり、近づいてくる車のライトが蠟燭の炎のように揺らめくほどになった。雨はまえ、うしろ、下、あらゆる方向から同時に吹きつけるようで、足元の車の床を、道路から跳ね上がるしぶきが裏から打っていた。

ガソリンスタンドに寄ったとき、店員がエンジンオイルを調べながら、いやらしい眼でシャーロットを見た。金属のオイルレベルゲージを引き抜き、端から端までなめるまねをした。シャーロットは膝の上に置いた両手に目を落とした。ありがたいことに、娘たちは旅してきた道のりを地図でたどることに夢中だった。

シャーロットはガソリン代として五ドル札を出した。店員は釣りを返しながら、いやらしい眼で見つづけていた。シャーロットはなんと言えばいいのかわからなかった。

「ありがとう」彼女は言った。

走り去りながら体が震えた。**だいじょうぶ**、と自分に言い聞かせた。**きっとよくなる**。

テキサス州からニューメキシコ州に入ってすぐに、雨はみぞれに変わり、アスファルトがガラスのように光った。道路が急に曲がり、車はスリップして側溝に落ちた。

あっという間の出来事だった。車が浮き上がったように感じて、ハンドルから手が離れた。ジョアンは倒れてローズマリーにぶつかり、ローズマリーは犬にぶつかった。犬は目を覚まして、不安げに一度吠えた。

溝は四、五十センチと浅かったが、車のノーズはまっすぐ上を向いているように思えた。フロントガラスの向こうに見えるのは、パテ色の長いボンネットと、ほとんどそれと同じ色の何もない空だけだった。エンジンは停止し、静けさが耳に響いた。

「だいじょうぶ？」シャーロットは娘たちに訊いた。

「何があったの？」ローズマリーが言った。

「あなたたち！　だいじょうぶ？」

「うん」ローズマリーが言った。

「ジョアンは？」

「だいじょうぶ」

娘たちは外を見ようと座席によじのぼった。顔を赤らめて興奮している。「自動車事故！」ローズマリーが言った。

シャーロットは運転席のドアを押し開けた。側溝の縁に上がって状況を確かめた。ひどい。とても脱出できそうになかった。後輪は泥に埋まり、前輪は地面から三十センチほど浮いてむなしくまわっている。

深呼吸しなさい。だいじょうぶ。きっとよくなる。

「動けなくなっちゃった、ママ?」ローズマリーが言った。

「ここで待ってて」シャーロットは言った。「コートを着て、ラッキーに寄り添ってなさい。ラッキーを森に住むやさしい熊だと思って」

車は一台、また一台と水を跳ねて通りすぎ、速度を落とすことすらなかった。シャーロットは道路脇に立っているうちにずぶ濡れになり、体が震えた。もう一度深呼吸した。いまは午後一時で、ここは大きなハイウェイだ。いつか停まってくれる人がいるだろう。地図を見ると、次の町ニューメキシコ州サンタマリアはほんの数キロ先だった。

やがてレッカー車が大きな音を響かせて通りすぎ、ブレーキをかけて路肩に停まった。〈サンタマリア車両修理〉。無表情な整備士が車からおりてきた。あちこちからシャーロットの車を調べて、何度かうなり、首を振った。嚙み煙草を口から出し、毛羽立った黒い塊をみぞれですべる道路に投げ捨てた。

「ついてないね」整備士は言った。

寒さのあまりシャーロットの歯はガチガチ鳴っていた。〝ガチガチ鳴る〟なんて、ただの大げさな表現だとずっと思っていた。「引っ張り出せる?」

「みんなこのカーブで速度を出しすぎるんだ」整備士は言った。「おかげで仕事があるわけだけど」

「引っ張り出せる?」

「十五ドル」

冗談でしょ。「十五ドル?」

「もっと安くできるところがあったら教えてくれ」整備士は背を向け、レッカー車のほうへ歩きはじめた。

「待って」

整備士はレッカー車をバックさせ、シャーロットの車と鎖でつないだ。レッカー車のエンジンをかけると、シャーロットの車は揺れだし、ようやく湿った吸いつくような音をたてて、泥から抜け出した。

溝に落ちた衝撃でうしろのフェンダーが大きくへこみ、テールライトがひとつ砕け、排気管が潰れていた。

整備士が捨てた嚙み煙草の塊が、道路に流れていた。体からえぐり出されて捨てられた臓器のように。最後に一回鼓動する心臓のように。整備士は車のまわりをゆっくりと一周して、首を振った。

「やっぱりついてないね」

シャーロットと娘たちと犬は、整備士とぎゅう詰めでレッカー車に乗りこんだ。町に着くと、モーテルでおろしてもらった。水を抜いたプールのまわりに、白い煉瓦造りのバンガローが配されていた。整備士は、水曜までは修理に取りかかれないと言った。

「水曜？」シャーロットは言った。「今日から二日もある。どうにかならない……？」

「水曜だろうね。午後に来てくれれば、状況を教える。その日できなければ、次の月曜だ。感謝祭だから」

整備士は去っていった。もうすぐ午後二時。娘たちは腹を空《す》かせていた。シャーロットは自動販売機でチョコレートミルクを二カートン買い、三人でローストビーフ・サンドイッチの残りを食べた。雲は少し薄くなり、雨もあがった。モーテルの部屋は、マクリーンで泊まった部屋と大差ないが、少なくとも茹でキャベツのにおいはしなかった。シャーロットは、娘たちが『トゥルー・ライフ・アドベンチャーズ』の本に夢中になるまで待ち、ほかの誰が来てもドアの鍵を開けないように言い聞かせて（「誰が来てもよ。わかった、ローズマリー？」）、石畳の通路を本館へと戻った。

事務所のまえのポーチに公衆電話があった。アドレス帳をめくり、ロサンジェルスのマルゲリートおばの電話番号――いまでもそうであってほしい番号――を見つけた。受話器を上げ、交換手に長距離電話をかけたいと伝えた。交換手は五十セントを要求した。

シャーロットは番号をまわして待った。呼び出し音を数えた。一、二、三。心配ない。

四、五、六。マルゲリートは買い物に出かけているのかもしれないし、友だちと昼食中かもしれない。それとも、外でバラの手入れ？　たぶんそうだ。可能性はある。七、八、九。
十二回目の呼び出し音の途中で電話を切った。煙草を吸おうとハンドバッグを探った。ニューメキシコは——少なくともいまいるあたりは——平坦《へいたん》で、褐色で、何もなかった。白い煉瓦造りのバンガローがあり、ずんぐりしたサボテンが敷地内の道の脇に飾られ、地平線上に山脈らしき影がかすかに見えることを除けば、いまもオクラホマにいるようなものだった。

受話器を上げ、コレクトコールをかけたいと交換手に伝えた。

「チャーリーか？」ドゥーリーが言った。

「ハロー、ハニー」シャーロットは言った。

「いったいどういうことだ、チャーリー！　昨日の夜帰ってきたら、きみも娘たちもいなくなってた。心臓発作を起こしかけたぞ」

「わかってる。ごめんなさい。書き置きは見た？」

「娘たちの寝室に行ったら、ベッドは空っぽだった。おれがどんな気分になったか、想像もできないだろう」

胃の底になんとか抑えこんでいた罪の意識がうねり、泡立って、大釜からシューシューとこぼれだした。「わかってる。ごめんなさい」シャーロットは言った。「書き置きは見た？」

「今朝見たよ。昨日の夜はほとんど眠れなかった。心配でたまらなかったんだ」

「みんなだいじょうぶだから。娘たちも。ニューメキシコにいるの。車でちょっと事故を起こして、でも——」

「ニューメキシコだと！　どうなってるんだよ、チャーリー」

「こうするのがいちばんだと思うの、ハニー、本当に。みんなにとって。あのね——」

「車がどうしたって？　チャーリー、離婚したいわけじゃないよな。ちがうだろ？」

「このまま続けていくのは無理、ドゥーリー。こんなのは……」シャーロットはなぜそう思うのか、自分に対しても説明できなかった。どうすればドゥーリーに説明できるというのか。「わたし……なりたい人間になれていない。たぶんこの先もずっとなれない。でも、チャンスは欲しいの。あの子たちにもチャンスを与えたい。なりたい人間になるチャンスを。出ていかなかったら、きっと——」

「出ていく？　旅行したいってことか？」

「いいえ。そうじゃなくて——」

「よくおれにこんなことができるな、チャーリー。いきなり離婚だなんて。話し合いもなしか？」

「ドゥーリー……」

「まちがってるよ、チャーリー。ひとりでそんな決断をするなんて。こっちだって言い分があるぞ。こっそりうしろからおれに近づいて、頭を角材で殴るようなことをして。夫婦ってのは自分たちの問題を話し合うもんだろ」

　何年ものあいだ、何百回も、シャーロットは自分たちの問題を話し合おうとしてきた。ただ、それでも、ドゥーリーの言うことにも一理あるのではないかと思った。わたしは臆病者だった。逃げ出したのは、ドゥーリーが留守で、家に残れと説得することができないときだった。せめて彼が戻るまで待つべきだった。あるいは試しに別居してみようと提案してもよかった。いま提案してもいい。

　離婚は崖っぷちだ。一度広い青空に向かって身を投げ出せば、あと戻りはできない……。

　自分のあらゆる考え、あらゆる決断に疑いが入りこむのが、腹立たしくてたまらなかった。まさに、ほんの少しまえにみずから言ったことではないか。**わたしはなりたい人間になれていない**。

「ドゥーリー。思うんだけど――」

「思う。思うか、チャーリー。それこそおれの言いたいことだ。きみは思うだけで、はっきりわかってない。わかってると言ってみろよ、大きな声で。〝離婚したい。その気持ちに百パーセントまちがいはない〟って。言えるか?」

「……人生に百パーセントのことなんてあるのかどうか、わからない」シャーロットは言った。「でしょ？」
「結婚がそうさ。ふたりで司祭に言ったろ？　死がふたりを分かつまでって。誓い合った
じゃないか……」ドゥーリーが戸棚の扉を開ける音が聞こえた。「コーヒー用の砂糖はど
こだ？　チャーリー」
「冷蔵庫の隣の棚」シャーロットは言った。
ドゥーリーが泣きはじめた。「ああ、チャーリー。きみがいなくなったらどうすりゃい
い？　きみとあの子たちが、おれの人生でいちばん大切なものなのに」
「あの子たちには会えるわ。かならず。約束する。だから――」
「おれはどうしようもない男さ。わかってる」
「ちがうわ、ドゥーリー。わたしの話を聞いて」
空はまた暗くなっていた。青みがかった灰色の巨大な雲が幾層も重なっている。シャー
ロットは、崩れた砦の壁や太古の墓石を思い浮かべた。突然疲労を感じ、何も考えられな
くなった。
雨が頭上のトタン屋根をポツポツ打ったかと思うと、急に激しく降りだした。スーツを
着た宿泊客の男が、ぎりぎりのタイミングで屋根の下に入った。
「おれはどうしようもない男だ」ドゥーリーが言った。「でも、きみを愛してる。おれく
らいきみを愛するやつはもう現れないぞ。どうしてそれを捨てられる？」

「行かなきゃ、ハニー」シャーロットは言った。「ほかに電話を使いたい人がいるから」

「本当は離婚なんてしたくないよな、チャーリー。全部台なしにするつもりなんてないはずだ。帰ってこいよ。話し合おう。それだけがおれの望みだ」

「また近いうちに電話する」

「帰ってこいよ、チャーリー。帰ることになるって自分でもわかってるだろ。わかってるはずだ。おれは怒ってない。さあ――」

シャーロットは、ドゥーリーか自分が次に何か言うまえに電話を切った。スーツの男は、すれちがいざまにシャーロットに向かってにこやかに笑った。

「雨が降れば土砂降り、だね」（悪いことは立てつづけに起きるという諺）

シャーロットはうなずき、どうにか笑みを返した。「ええ、本当に」

13

彼らは十一時ごろにヒューストンを出発し、夜どおし車を走らせた。というより、黒人の少年が走らせた。少年が居眠りしないように、バローネも起きていた。セオドア。それが少年の名前だった。セオドアだ、テッドと呼ぶな、テディと呼ぶな。少年はポンティアックが運転しにくいと文句を垂れた。天気、道路、ヒューストンでの高校生活、四人の姉が十六歳の大人の自分をいまだに赤ん坊扱いすることについても不満だった。腹が減ったの、疲れたのと文句ばかり言っていた。ふたりは黒人ソウルシンガーの曲を流すダラスのラジオ局を聞いた。バローネはサム・クックが嫌いではない。ジャズを流すラジオ局は見つからなかった。

「ところであんた、誰を追いかけてんの?」少年が言った。

「ある男だ」バローネは言った。

「どうして追いかけてる? 女を盗《と》られたとか?」

「金を貸してる」

「いくら？」

「たくさんだ」

「おれ、弁護士になりたいんだ」

「弁護士か」

「有色人種の弁護士だっているぜ」

「いないとは言ってない」

「あんたの仕事は？」

「有色人種弁護士だ」バローネは言った。

「ふん」少年は言った。「セールスマンだろ。だと思う。それか会社員」

「じつはそうだ」

「仕事好きなの？　どんなことやってる？」

バローネは、仕事が好きかなどと考えたことがあまりなかった。自分のことが好きかと訊くようなものだ。誰もそれには答えられない。

「知り合いに有色人種弁護士がいる」バローネは言った。「彼女は弁護士みたいなもんだ」

少年はバローネのほうを向いて眼を丸くした。「彼女？　女の有色人種弁護士？」

「弁護士みたいなもんだと言ったろ」

「へえー」

彼らが町に着いたのは月曜の朝七時だった。テキサス州グッドナイト。外はまだ暗かった。バローネは、小さな警察署の向かいに駐車させた。

「すぐ戻る」

「ふん」少年は言った。「すぐ戻る?　このまえもそう言ったよな。すぐって」

「これがすんだら朝食だ」

「わかった」

バローネが外へ出ると、冷たく湿った風がヒューヒュー吹いていた。十一月のテキサス回廊地帯。縫った手は快方に向かっているが、まだ拳を握ることはできなかった。それでも問題ない。急がなくていいなら左手でも撃てる。二二口径ブローニングをズボンの反対側に移し、すぐに抜けるようにした。

警察署には警官がふたりいた。年寄りと若いの。保安官と保安官補。保安官は自分の席でブーツの足を机にのせていた。保安官補はその反対側——バローネから見て左側——にいて、コルクボードにピンで留めた勤務表に何か書きこんでいた。二連式ショットガンが保安官の机に立てかけてあった。手が届くところに。

保安官はうなずいた。「おはよう」

「やつはどこだ?」バローネは言った。

「向こうだ。豚箱のなか」

留置房がひとつ。簡易ベッドに男が横たわり、毛布にくるまって顔を壁に向けていた。バローネは格子に近づいて男を見た。眠っているか、眠ったふりをしている。

バローネは保安官補のほうを向いた。「コーヒーをもらえるか?」

保安官補を保安官のそばに移動させて、同じ壁のまえに置きたかった。保安官のうしろの壁には、灯台や橋や聖人の絵が十数枚かかっている。バローネも何度か警察署に入ったことはあるが、それまで一枚でも絵が飾られている警察署はなかった。

保安官補は保安官を見た。保安官はコーヒーポットのほうへ首を振った。保安官補はわざとゆっくりと部屋を横切った。誰がボスなのかをバローネに教えたいのだ。

バローネは留置房の男に口笛を吹いた。「起きろ」毛布が動いた。

「昨日、保安官補がスピード違反で捕まえたんだ」保安官が言った。「町から東へ数キロのところで。名前はワトキンスだと言うが、身分証は何も持っていない。乗っていた車はワトキンスの名で登録されていた。だが、おそらく盗難車だろう」

「クリームや砂糖が欲しかったら、自分で取りにこい」保安官補はバローネに言い、偉そうな態度でマグを机に置いた。

バローネはまた口笛を吹いた。さっきよりも大きな音で。留置房の男は寝たふりをしているだけだった。「起きろ」

男は起き上がってあくびをすると、さらにしっかりと毛布にくるまって言った。「早く出してくれ。あんたが誰かは知らないが、おれはこいつらの思ってるやつじゃない」

ギドリーではなかった。ひと目でわかった。

「どうだ?」保安官がバローネに訊いた。「目当ての男か?」

「おれはメルヴィン・ワトキンスだ。目当ての男なんて知るかよ。テキサスのクラレンドンに住んでる。ここから東へ三十キロだ。クラレンドンに行って、最初に会ったやつにおれのことを訊いてみろ。教えてくれるから」

バローネがカッとなることはあまりなかった。しかし、八時間も車を走らせたあげく、無駄足だった。これからさらに八時間かけてヒューストンに戻らなければならない。バローネは二二口径ブローニングを抜いて、留置房の男に向けた。保安官のブーツが床に当たる音がした。彼は椅子を軋ませてうしろに下げ、立ち上がった。

「まあ待て」保安官は言った。

留置房の男は、飛び出そうなほど眼をむいてバローネを凝視した。年齢と背丈はギドリーとほぼ同じで、髪型と肌の色もよく似ている。眼はこの男のほうがわずかに吊り上がっている。インド人の血だろうか。眼の色は黒で、ギドリーのように薄くはないが、うっかりまちがえてもおかしくはない。

バローネは銃をしまった。「こいつじゃない」

留置房の男はまばたきした。保安官補は片手にマグを、もう一方の手にコーヒーポットを持って立ちすくんでいた。保安官はゆっくりと椅子に腰をおろした。

「まちがいないのか？」保安官は言った。

ついさっきまでバローネは怒りに燃えていたが、いまはもう氷のように冷静になっていた。「こいつじゃない」

「判断しようにも写真がなかったんでな」保安官は言った。「だが、慎重を期すように言われてた、ダラスにいるあんたの仲間から」

「本当にそいつじゃないのか？」保安官補が甲高い声で言った。「もう一度見てみたらどうだ」

保安官は振り向いて保安官補を睨みつけ、またバローネのほうを向いた。「はるばるここまで来たのはわかってる。面倒をかけたのは詫《わ》びるよ」

バローネは車に戻った。少年が数区画運転すると、ダイナーがあった。少年はスクランブルエッグとベーコン、ソーセージパテ、グレイビーソースをかけた堅焼《ビスケット》きパン、ひと口パンケーキを注文した。その間、何か文句でもあんの、とばかりにバローネを横目で見ていた。

「あと、チョコレートミルクを大きなグラスで」少年は言った。

「ふつうの牛乳しかないの」ウェイトレスが言った。

「混ぜるチョコレートパウダーもない？」

「ふつうの牛乳だけ」

ウェイトレスは、黒人の少年がカウンター席にいることを、あまりおもしろく思っていないようだった。その顔が引きつっていることにバローネは気づいた。キリスト教徒だと言って日曜の朝はかならず教会に行くタイプだ。

彼ら以外に客はいなかった。朝食の混雑が終わり、昼食の混雑が始まるまえだった。ラジオからはワシントンＤＣの生中継が流れていた。ホワイトハウスからセント・マシューズ大聖堂まで、ケネディの棺のうしろを行く世界の指導者たちの葬列。

少年は朝食を次々と平らげていった。これには文句がないようだった。バローネは半熟の目玉焼きを食べ、ブラックコーヒーを二杯飲んだ。また体じゅうが熱くなっていた。インフルエンザ。タイミングとしては最悪だが、まえにも罹《かか》ったことがあり、それで死ぬことはなかった。

ウェイトレスが戻ってきた。「今日は国をあげた哀悼の日よ。でも、わたしは関係なく仕事」

「すんだか？」バローネは少年に訊いた。

「ふん」少年は言った。「白人が撃たれたら、国をあげた哀悼《モーニング》の日。黒人が撃たれたら、ただの月曜の朝《モーニング》」

「あらまあ、これほど食べるのにどうしてそんなに痩せてるの？」ウェイトレスは言った。

皿を重ねながら、親しげに少年を肘でつついた。バローネは彼女のことを勘ちがいしていたのかもしれない。「あなたたちもアマリロの車のオークションに行くの？」

「いや」バローネは言った。

ウェイトレスは離れていった。

「待て」バローネは言った。「戻ってくれ」

「コーヒーのお代わり？」

バローネは手をカップの上に置いた。「どうしてそんなことを訊く？　車のオークション？」

「そこへ行くっていう人がいたの」ウェイトレスは言った。「昨日この町を通ったのよ。外から来る人はあまりいないから、あなたたちも車のオークションに行くのかなと思って」

たぶん彼女が言っているのは留置房の男のことだろう。だが、保安官は町の数キロ東で保安官補がメルヴィン・ワトキンスを捕まえたと言っていた。このダイナーは町の西側だ。アマリロも町の西。保安官はそこもうっかりまちがえたのかもしれない。

「どんな外見だった？」

「昨日の人？」ウェイトレスは言った。「どうかしら。愛想はすごくよかったわね」

「ハンサムだったんだな」

ウェイトレスは顔を赤らめた。「そう」

バローネは、保安官補がすぐ隣の町の男を知らなかったことにいままで疑問を抱いていなかった。名前ぐらいわかるはずだろう。それに、保安官がクラレンドンに電話をかけて確認しなかったのもおかしい。留置房の男がギドリーでなかったことに腹を立てすぎて、ほかのことが考えられなくなっていたのかもしれない、とバローネは思った。

「そいつは濃い茶色の眼だったろう、おれみたいに」ウェイトレスはまた顔を赤らめた。「でも茶色？　いいえ。ガラスみたいな緑だった」

「茶色？　いいえ。ガラスみたいな緑だった」ウェイトレスはまた顔を赤らめた。「でもわからない。茶色だったかも。ほかにご注文は？」

バローネが警察署に引き返してなかに入ると、メルヴィン・ワトキンスが留置房から出て、まだ居坐っていた。コーヒーを飲みながら、保安官補と笑い合っている。保安官は帰宅するところらしく、キルトの上着をはおっていた。

バローネは保安官補を撃った。保安官補には腰の拳銃に手を伸ばそうと考える間もなかった。その一発で頭の一部が吹き飛び、壁の絵にべたりとついた。保安官は拳銃に手を伸ばすことはできたが、ホルスターから抜き取る時間はなかった。バローネは保安官の腹に二発撃ちこんだ。左手を使うので、集中しなければならなかった。保安官は壁にぶつかってずり落ち、両脚を広げて尻をついた。カウボーイハットが壁に当たってゆがんだ。

メルヴィン・ワトキンスは両手を頭上に上げていた。あまりに早口なので、バローネには何を言っているのかほとんどわからなかった。二二口径ブローニングをズボンに押しこみ、保安官補のホルスターから銃を抜き取った。コルト・トルーパー・リボルバーだ。

「保安官から電話があって、誰かに似てるやつを探してるって話だった」メルヴィン・ワトキンスは言った。「こんなことやりたくなかったんだ。でも保安官は、断ったらしょっぴくって。なんでなのかおれには――」

バローネは保安官補の銃でメルヴィン・ワトキンスを撃った。床に広がる血だまりを踏まないように気をつけながら、保安官に近づいて見おろした。保安官はホルスターから銃を抜こうとしていたが、そんな力は残っていないうえ、手も銃のグリップも血ですべった。タフなやつだ。顔を上げて、まっすぐこちらの眼を見ている。命乞いもしそうにない。

「やつに買収されたのか？」バローネは言った。

「うせろ」保安官は言った。

「いくらだ？　どっちにしろ安すぎたな。やつはどこへ行くと言ってた？」

「地獄……に……堕ちろ」一語一語に、溺死体を川から引き上げるほどの労力がかかった。

「おまえ……ら……みんな」

「やつがおまえらを殺したんだ。まわりを見てみろ。全部フランク・ギドリーがやった。おれじゃない。やつを見つけて伝えてもらいたいことはないか？」

保安官はヒューヒュー、ゴボゴボと喉を鳴らし、ついに拳銃を抜くのをあきらめた。

「場所……わからん」

「西に向かったのか？」

保安官は顎をぴくっと上げた。そうだ。

「ほかには？」

「ダッジ。青の下……白」

「古い車か？　新しい車か？」

「五七年……五八年式。ダッジ……コロネット」

「いつ出発した？」

「数……時間前」

おそらくギドリーは車を捨てるだろうが、捨てないかもしれない。そして考えている。うまいことやった、敵は餌に食いつき、いまヒューストンに引き返している、グッドナイトに行ったが骨折り損だったとセラフィーヌに電話するはずだ、と。

「ほかには？」バローネは言った。

保安官は顎をぴくっと上げた。もうない。

「どうして壁に絵を飾ってる？」

「地獄……堕ちろ」保安官は言った。

バローネは銃をふたたびブローニングに持ち替え、血しぶきがかからないようにうしろに下がって、保安官の頭を撃った。ブローニングをメルヴィン・ワトキンスの手に握らせ、保安官補の銃は本人に持たせて、薬莢を違和感のない位置に置き変えた。もちろん、テキサス・レンジャーの全員はだませないが、この件を担当する連中がだまされる可能性はある。少なくとも、しばらくは途方に暮れるはずだ。

バローネは、留置房のなかのギドリーが触れたであろう箇所をすべてふいた。バローネ自身は手袋をしているので、指紋がつく怖れはなかった。

車に戻ると、少年は眠っていた。バローネは肘で小突いて起こした。

「行くぞ」

「今度は目当てのものが見つかった？　それとも、またここに引き返してこなきゃならない？」

「行くぞ」バローネは言った。

ウェイトレスはどうする？　彼は考えた。だめだ。そろそろ昼食時だ。客がいる。どこかで待って、女が職場を離れてから始末するほどの時間はない。放っておくしかなさそうだ。ギドリーが待っている。

14

午後一時、グッドナイトから六百キロ以上離れ――ほぼ絶望的な状況から六百キロ以上離れ――ようやくギドリーは多少楽に呼吸ができるようになった。ニューメキシコ州サンタマリアの町でハイウェイからおりた。これが町？　果てしない草原のなかで寄り集まった建物の群れは、剃り残した無精ひげのようだった。

車からおりると、膝がまだ震えていた。間一髪だったな、兄弟。どれだけ危なかったかわかるか？

ああ、もちろん、よくわかってる。

町で唯一のモーテルが〈オールド・メキシコ・モーター・コート〉だった。ギドリーは事務所に入り、部屋《ルーム》はあるかと尋ねた。カウンターの向こうにいた若者は、ろくに眼も上げなかった。

「コテージ《カシータ》ならありますけど」若者は言った。「そう呼ぶことになってるんです」

「カシータもルームも同じか？」ギドリーは言った。

「ええ」

「それなら泊まりたい」

若者はギドリーが言った名前を書き留めた。フランク・ウェインライト。相変わらずギドリーを見ようとしない。念のためギドリーは相手をじっくり観察した。グッドナイトであんなことが起きたあとだ。用心するに越したことはない。ここからラスヴェガスまでのあいだに、見張りを命じられている人間がどれだけいるかわかったものではない。ひとりで移動していて、三十代後半、中肉中背、黒髪に緑の眼、顎のまんなかに女をうっとりさせる窪みがある男が現れたら知らせろ、と。

　ヴェガスにも、見張りを命じられた人間がどれだけいることか。ヴェガスはカルロスの城下町だ。指示が出れば行き渡る。視線を向けてくるすべての見習い給仕やショーガールに気をもむことになるだろう。

　セラフィーヌは、ギドリーがヴェガスかマイアミに向かうと考えるはずだった。またはロサンジェルス。シカゴやニューヨークはありえない。いつまでも考えさせるにはどうすればいい？　それが問題だった。

　シャワーの湯はちょろちょろとしか出なかった。タオルは固く、ラシュモア山に刻まれた大統領の顔さえ削れそうだった。ギドリーは、粗末な宿泊施設、モーテルの部屋、留置房、カシータにうんざりしていた。そういう場所はここ数日で一生分味わった。

くそをした。かつて太平洋上に十八カ月いても、赤痢《せきり》にかかる気配すらなかった。同じ部隊の兵士たちは、ほぼふたりにひとりが倒れたというのに。

テレビに映るケネディの葬列。ジャッキーはやつれ、よろめき、ぼんやりしていた。彼女がどんな気分か、ギドリーにはわかった。ほんの三日前には世界は整然として、表が上を向いていたのだ。未来はバラ色に輝いていた。

ギドリーは二時間ほど昼寝をした。フロント係に一ドル札を崩してもらい、公衆電話に十セント硬貨を入れて、まずマイアミにいる古い友人のクラウスにかけた。クラウスは、西半球でいちばん落ち着きのない男で、信頼できないことにおいて誰よりも信頼できる元カトリック、元共産主義者、元ナチスだった。サント・トラフィカンテのもとで働いているが、金さえもらえば誰にでも情報を売る。

「クラウシー」ギドリーは言った。

「ああ《ヤー》。なんだ?」クラウスは言ったあとで、気づいた。「おお、ギドリー?」

「いま話せるか? ひとりか?」

「ヤー、いいとも、ギドリー。ハロー、久しぶり」驚きから立ち直って、すぐさま儲け話だと思ったようだった。口を大きく開け、獲物に全速力で這い進んできた。「うれしいな」

「クラウシー、あんたは口が堅いよな?」ギドリーは言った。

「ヤー、当然だ」

「ちがう景色が見たい。わかるだろ。どこか熱帯の暖かいところがいい」

嘘はみずから信じこまなければならない。嘘のなかに入りこむのだ。昔、小柄でかわいい女優の知り合いがいた。いまハリウッドにいて、三流テレビドラマで脇役の魔性の女を演じているが、自分をだませなければ客をだますことはできないと言っていた。ギドリーとしては、そんなことを教えてもらう必要はなかった。

「足はもう用意してある」ギドリーは言った。「外国でいっしょに軍にいたことのある二等軍曹が、いまキーズ諸島で釣り船を貸してる。とことん嫌なやつだが、信用はできる。そいつのボートでホンジュラスまで行ける」

ギドリーはその男、そのボート、潮風のにおいを思い描くことができた。「だが、書類が必要なんだ。それと、南に着いたら紹介状が二通いる」

「いまマイアミか？」クラウスが言った。

「おれがどこにいるかは気にするな」多少はクラウスに想像させておくほうがいい。「書類の件で力になってくれるか？　金は払う。ジャングルに昔の仲間《カマラーデン》がいるだろ？」

クラウスは戦時中の話を持ち出すと機嫌を損ねることがあったが、今回はちがった。ギドリーに取り入ろうと懸命だった。「ヤー、ヤー、もちろんだ、ギドリー。力になるよ、喜んで、相棒」

ギドリーは、またすぐに連絡する、マイアミで落ち合おう、と言って電話を切った。セラフィーヌは、クラウスから電話がかかってきたときに怪しむだろう――ふつうなら、ギドリーはクラウスのような男に自分の命をゆだねない。セラフィーヌはそれを知っている。だが、いまはふつうではない。ギドリーは死に物狂いだ。セラフィーヌはそれを知っている。彼女は可能性の種に水をやり、花が咲くかどうか見なければならない立場だ。

次の電話が本命だった。ラスヴェガス。ギドリーがクラウスみたいな男に命をゆだねるかもしれないと、どうしてセラフィーヌが信じるか? ビッグ・エド・ツィンゲルみたいな男に命をゆだねようとしているからだ。

イギリス訛《なま》りの男が電話に出た。「こんにちは。ツィンゲル邸です」

「エドを出してくれ」ギドリーは言った。

「ミスター・ツィンゲルはただいま不在です。伝言をなさいますか?」

「ニューオーリンズのミスター・マルチェロからの頼みごとだと伝えてくれ。昔のよしみで、と」

ギドリーは電話を切った。また雨が降っていた。旧約聖書の大洪水だ。部屋で嵐がすぎるのを待って、町へ歩いていった。

ニューメキシコ州サンタマリア。よく見ると、クリスマスの朝に子供が遊ぶおもちゃのような小さな町だった。マーガリンの雑誌広告に使われる色つきの線画のようでもある。ティーンエイジの少女ふたりが、ポニーテールを上下に揺らして歩道を歩いていた。ひとりがはいているプードルスカートはポルカドット柄で、もうひとりのはヒナギク柄。世界がまた一九五五年になって、そのことを誰もギドリーに教えてくれなかったかのようだった。

わずか二区画に教会が三つあった。通りの角でぶらぶらしていた革ジャケットのティーンエイジの少年ふたりが、笑みを浮かべて、こんにちはと挨拶した。〝われらの町〟では、ごろつきでさえ行儀がいい（ソーントン・ワイルダー作の同名の戯曲・映画は、平凡な田舎町の日常を描いている）。〝デパートメント・ストア〟を見つけたが、売り場《デパートメント》はひとつで、すべてがそこにあった。紳士服の品ぞろえは予想どおり。ギドリーは、合成繊維（驚きのポリエステル）のスラックスを二本、〈フローシャイム〉の安い革靴を二足と、千鳥格子柄のスポーツジャケットを買った。ジャケットは袖が二センチほど短く、ほかのあらゆる部分は大きすぎた。かぶるものとして、ジャケットの柄と衝突する千鳥格子のグレーのウール製中折れ帽《フェドーラ》子も買った。

鏡で自分の姿を確かめ、泣きたくなった。もはやフランク・ギドリーではない。生命保険の外交員で、ニューメキシコ州サンタマリアみたいな場所に住んでいる男に見えた。

まあ、こうなるのが目的だから。

小さな酒屋には二種類のスコッチがあった――安物と、さらに安物が。文句が言えた義理ではない。

火曜の朝、雲はなくなっていた。空気は澄んですがすがしく、空は身震いがするほど明るい青だった。ギドリーは自動販売機で買ったパサパサのデニッシュを食べ、薄いコーヒーに混ぜたスコッチを飲んで、窓辺に立った。幼い女の子がふたり、空《から》のプールの縁に腰かけて、脚をぶらぶらさせていた。母親はそばの寝椅子に横たわっている。昨日ギドリーは、町に出かけるときに、レッカー車が彼女たちを〈オールド・メキシコ・モーター・コート〉に連れてくるのを見た。あれはハイウェイで壊れた車の横に立っていた女だ、と思った。自分はあのとき素通りしたのだったが。

火曜の朝九時。またひと晩生きのびた。ギドリーは日々の積み重ねをそんなふうに考えはじめていた。

プールのそばにいる女はなかなかだ。昨日、公衆電話のところですれちがった。大きくてまじめそうな眼、バラのつぼみのような唇。髪をおろし、口紅をもっと明るい色に変え、女優のドナ・リードに古臭いと言われそうな地味なハイウェストの服は着替えたほうがいいけれど。こんなときでなければ――もっと幸せなときなら――彼女をその気にさせ、自分の手のなかで溶けていくのを愉しんだかもしれない。もし別の人生だったら。

体に合わないジャケットにフェドーラ。似合いの眼鏡も見つかるかもしれない。髪も染めるか？　いいだろう。だが、それでもギドリーはギドリーだ。苦境からは抜け出せない。ひとりで移動していて、三十代後半、中肉中背、黒髪に緑の眼、顎のまんなかに女をうっとりさせる窪みがある男のままだ。どれも変えようがない。

いや、変えられるか？　ある考えが浮かんだ。モーテルの事務所に行って、自動販売機でデニッシュをもうひとつ買った。部屋に戻る途中、荒れ地の風景を眺めるために、プールのそばで立ち止まった。

「いい天気だね」ギドリーは言った。

女がギドリーを見た。結婚指輪をつけているが、夫の気配はなかった。「ええ。そうですね」

「また会った。昨日、公衆電話のところですれちがったね。フランクだ。フランク・ウェインライト」

「ええ、憶えてます。シャーロット・ロイです」

シャーロット・ロイ。田舎町の女。トウモロコシ畑のように健全で退屈。ページの端を折った新約聖書をハンドバッグに入れて持ち歩き、善悪については単純な考えしか抱いていない。怖がらせないように、気さくにやさしく接する必要がある。ギドリーにはそれができた。必要とあらば、なんでもできる。

帽子をうしろに下げて額を出し、プールとの境にある鉄柵にもたれかかった。冷たい風が静かに吹いていたが、日差しは暖かく心地よかった。

「昨日よりも近くに見える。山脈が。夜のあいだに忍び寄ってきたみたいに」

女は手をかざして日差しをさえぎり、地平線を一望した。「逃げきる自信はあるわ」

ギドリーは笑い、新鮮な気持ちで相手を見やった。ボールをネットの向こうから打ち返してくる女は好みだった。

女の子たち――ひとりがブロンドで、もうひとりが茶色の巻き毛――が振り向いて、ギドリーを見つめていた。

「わたし、ローズマリー。こっちはジョアン」巻き毛のほうが言った。母親と同じ髪の色だ。ブロンドのほうは大きくてまじめそうな眼をしていた。「オクラホマに住んでるの」

「オクラホマの話は聞いたことがある」ギドリーは言った。

「ロサンジェルスのマルゲリートおばさんのところに行くの。サンタモニカの海のすぐそばに住んでるのよ」

ということは、西に向かっている。ギドリーの希望どおりだった。うまくいくだろうか――フランク・ウェインライト、保険の外交員が、妻とふたりの娘を連れて旅をしている。うまくやれば、ほとんど人目につかなくなる。

「おじさんもそっちへ行くんだ」ギドリーは言った。「ロサンジェルス。天使の街。ずっと昔、スペイン人がそう呼んでたのは知ってるかな?」

「ほんと?」巻き毛の少女が言った。

「本当だとも」

女の車はいつ直るのだろうか。そこは楽観してよさそうだった。あの車はひどい壊れ方に見えたし、急いで仕事を終えようとする整備士には会ったことがない。

「そろそろ失礼しよう」ギドリーは言った。気さくにやさしく。強引にならないこと、とくに最初の会話では。帽子を脱いで三人に挨拶した。「さようなら。会えてよかった。またそのうち」

15

火曜の昼食時に、シャーロットと娘たちはハイウェイを横切って、サンタマリアの町に入った。娘たちは二日間、車とモーテルの部屋にこもりきりだったから、全力で走り、スキップし、めまいがするまでぐるぐるまわる必要があった。ふたりはそうした。シャーロットは、高校の授業中に見た教育アニメ（『アトムのA！』）に出てきた、活性化して原子核のまわりを勢いよく飛ぶ電子を思い出した。

「あなたたち、ちょっと落ち着いて！」シャーロットは大声で言った。

すべての子供が例外なく持っている本能によって、ローズマリーとジョアンはシャーロットを遊び場のある公園へまっすぐ連れていき、雲梯《うんてい》に飛びついた。シャーロットはベンチを見つけた。

この日は気分がよかった。少なくとも前日よりは。ひと晩しっかり眠れたし、雨がやみ、太陽が出て、心のなかで戦っていた軍と軍が一時的であれ、どうにか休戦にこぎつけていた。車は明日まで直らないから、今日は過去についても、未来についても考える必要はない。カリフォルニアに向かうか、オクラホマに戻るか、いまは決断しなくてよかった。

「ママ、こっち！」ローズマリーが言った。

「ママはここでいい」シャーロットは言った。

「ママ！」ジョアンが言った。

シャーロットは二十年近くブランコに乗っていなかった。断っても娘たちは許してくれず、いざ乗ってみると、昔と変わらず愉しめた。空が一気に迫り、地面が傾いて遠のいていく。ほんの一瞬、心が体から分離したような感覚になる。娘たちが笑い、シャーロットも笑った。犬は仲間はずれにされた気分なのか、頭を前肢にのせて不機嫌そうに三人を見ていた。

食料品店でシャーロットは数日分の食べ物を買った。〈ワンダーブレッド〉の食パン、チーズ、リンゴ、シリアル、缶詰のウィンナーソーセージ、チョコチップクッキー。三人は、ウッドロウにある銀行より小さい銀行のまえのベンチに坐り、ピクニックのようにチーズサンドイッチとリンゴを食べた。シャーロットと同年代の女性が、歩道を急ぎ足で歩いていった。たぶん昼休みの用事が長引いて、仕事に遅れそうになっているのだ。

モーテルに戻る途中、埃《ほこり》をかぶった中古電化製品が山と積まれたショーウィンドウのまえを通った——トースター、ラジオ、掃除機、コーヒー沸かし器、ホットプレート。修理するのだろうか。それとも売り物？　どちらもあるのだろうが、見分けがつかなかった。

シャーロットは、いちばん下の棚にあるカメラに気づいた。安価な小型の〈コダック〉ブローニー・クレスタ。立ち止まり、よく見ようと近づいた。

乱雑に置かれた電化製品の向こうから、なぜか店主はシャーロットに気づき、手を振った。彼女は犬のリードをローズマリーに渡して店に入った。

「こんにちは。ショーウィンドウのいちばん下にあるカメラは売り物ですか？」

「古いやつ？」店主は猫背で頭が禿《は》げ、顔がしわくちゃで、灰色の長い歯が牙のように尖っていた。シャーロットはおとぎ話のキャラクターを思い出した。橋の下のトロール。もっとも、これはやさしいトロールだ。「使えるかわからんが、出せる金額を言ってくれれば、それでいいよ」

実際には一セントも出せなかった。「一ドルでは？」そのカメラにもっと価値があることはわかっていた。「ごめんなさい。足りませんよね」

「それでいい」店主は言った。「今日だけだよ」

店主は無料でフィルムも一本つけてくれた。この広い世界には、嫌味たらしいやつやケチや意地悪ばかりいるのではないと思い出せたのは、うれしかった。こんなところにも、やさしい人、親切な人、すごく感じのいい人がいる――この店主や、同じモーテルのミスター・ウェインライトみたいに。

娘たちと犬が昼寝をしているあいだ、シャーロットはブローニーを点検した。シャッター・スピードも、絞り値も、焦点もすべて固定。〈キャンベル〉スープのラベルを十五枚送ってもらえる景品のような代物だが、状態はよさそうだった。外に出て、モーテルの中庭の写真を一枚撮ってみた。水のない湾曲したプール、雲のない湾曲した空、写真のないロケットペンダントの蝶番《ちょうつがい》のような地平線。

光の変化が被写体に与える影響にはいつも驚かされた。バンガローの白い壁は、雨のなかだと寒々しい灰色だったが、いまは深みのある豊かなクリーム色だ。赤土の屋根瓦《がわら》も色褪《あ》せて見えたのに、いまはひときわ眼を惹く。

夕食は奮発して町のダイナーで食べることにした。シャーロットたちがウェイトレスに案内されたのは、窓際のボックス席だった。隣のテーブルに、同じモーテルに泊まっているウェインライトがいた。

「こういう出会い方は、もうやめにしないと」彼は言った。

シャーロットは微笑んだ。娘たちはジュークボックスを見ようと駆け出した。流れている曲は『涙のムーディー・リバー』だった。パット・ブーンが大げさなほど甘ったるく歌い終えると、シャーロットは顔をしかめた。

ウェインライトは両手を上げて、「無実です、誓います」と言った。「来たときには、もう犯罪が進行中だった」

「証人は？」シャーロットは言った。

「信じてほしい。聖書があれば手を置いたっていい」

ウェイトレスがシャーロットにメニューを持ってきた。ウェインライトはすでに食事を終えていて、空《から》になったパイ皿をどけ、コーヒーをひと口飲んだ。

「そう言えば、小耳に挟んだんだが、オクラホマから来たそうだね」

「ローズマリーは、チャンスが少しでもあれば、人生すべてを語り聞かせようとするの」シャーロットは言った。「いいえ。チャンスがほとんどなくても、だわ」

「オクラホマはどう？　一度も行ったことがないけれど」

「行ったことがあっても、記憶に残ってないでしょうね」

「ここに来るときに通りすぎたな、考えてみれば」

「ほら、やっぱり」

娘たちがテーブルに戻ってきた。「ママ」ローズマリーが言った。「ジュークボックスに五セント入れてみたい」

「ふたりとも、行儀よくして」シャーロットは言った。「ミスター・ウェインライトにご挨拶は？」

「こんにちは、ミスター・ウェインライト」

「こんにちは、ミスター・ウェインライト」

「出させてください」彼は言った。ポケットに手を入れ、五セント硬貨を取り出した。

「もう決めたかな？　どの曲を聞かせてくれる？」

　シャーロットはうなずいて許可した。ローズマリーはウェインライトから硬貨を受け取った。

「ありがとう。ジョアンが文字を選んで、わたしが数字を選ぶの。わたしは七歳だから七にする。ジョアンは八歳。ちょうど十一カ月ちがいなの。毎年九月の一カ月は同い年になるんだよ。ジョアンは名前がJで始まるからJを選ぶよね、ジョアン？」

「そうね」ジョアンが言った。

「ローズマリーとジョアン」ウェインライトが言った。「どちらもいい名前だ。あのね、おじさんのお祖母《ばあ》さんはエグランティーヌというんだ。フランス語で〝バラ〟という意味だよ。故郷のフランスではブランコ乗りだった。本当の話だ。ある夜、足をすべらせてブランコから落ちてしまった。ネットに引っかかったけど、弾んで外に放り出された。そんなに弾まないようにネットを作ればいいのにって思うだろう？」

　娘たちは夢中で聞いていた。

「とにかく」ウェインライトは続けた。「お祖母さんはネットから放り出されて、サーカスのテントの支柱にぶつかった。片脚の骨がみんな折れた。でもそのおかげで、お祖父《じい》さんに会えたんだ。お祖父さんは医者だった。観客席でショーを見てたんだが、お祖母さんのところまで行って、脚をつないであげた」

シャーロットは笑った。「そのまま起き上がって、最後まで演技したとか?」

「疑ってるね」ウェインライトは言った。「無理もない。祖母はとびきりの法螺《ほら》吹きだったから。でも、人生のある時期までブランコ乗りだったのはまちがいない。写真を見たことがある。まあ、そういう恰好をしただけかもしれないが」

シャーロットは娘たちに、曲を選びに行って食事のまえに手を洗いなさいと言った。J-7は、シュレルズの『ウィル・ユー・ラヴ・ミー・トゥモロー』だった。パット・ブーンよりだいぶいい。

「それで、ロサンジェルスには何をしに行くの、ミスター・ウェインライト?」シャーロットは言った。「訊いてもよければですけど」

「フランクと呼んでください」ウェインライトは言った。

「ロサンジェルスには何をしに行くの、フランク?」

「保険の営業に。ニューヨーク・シティにあるわが社は、世界を制覇するまで気がすまないようでね。それでぼくに白羽の矢が立った。でもご心配なく。明日から一週間は勤務時間外だ。何か押し売りするつもりはないよ」

「いかにも優秀なセールスマンの言いそうなことじゃない?」

「そこまで言うなら、定期保険と終身保険のちがいを説明させてもらおうかな。丁寧にお願いされれば、値引きするかもしれない。人がいいから」

ウェイトレスが通りかかって、シャーロットに意味ありげなウインクをした。シャーロットは無視した。たいていの女性はウェインライトの眼、顎、きちんと分けた黒髪を見て狙い目だと思うだろうが、シャーロットは釣りをする気などまったくなかった。

「じゃあニューヨーク・シティから来たの？」

「出身はメリーランドだ」ウェインライトは言った。「でも、ここ二十年はアッパー・ウエスト・サイドに住んでる」

「ニューヨーク・シティにはどうしても行ってみたいの。美術館とか、演劇とか」

「悪い知らせを伝えたくはないんだが、どうやらきみは方向をまちがえているよ」

「それは、カリフォルニアにもどうしても行ってみたいから。でも、今朝ローズマリーが言ったように、わたしたち、いまはどこにも行けなくなってるの」

「昨日、みんながモーテルに来たときに見かけたと思うな。車がレッカー車に牽かれてた」

「そのとおり」シャーロットは言った。

「気の毒に。いつ出発できそう？」

「明日できればいいんだけど。明日の午後、整備士のところに行ってみる」

「感謝祭をニューメキシコ州サンタマリアですごしたくないから？」

「すごしたくないわね」

「因果応報《カルマ》について聞いたことは？」

「カルマ？」

「東洋の仏教徒はそう呼ぶ。ぼくは兵役中に知った。仏教徒は〝均衡〟を信じている。宇宙は傾き、変化する。重りの位置が変わるけれど、カルマによって均衡が保たれるんだ。どんなまちがいにも、正しいところはある。わかるかな？」

「どうかしら」

「カリフォルニアに行く途中で車が壊れ、きみはここニューメキシコ州サンタマリアで数日足留めをくらった。運の悪いことにね。だが、いま宇宙はきみに借りがある」

「あら、そうなの？」シャーロットは眉を上げた。とはいえ、その考え方は魅力的だった。カルマ。シャーロットは温度計の水銀を思い浮かべた。上昇し、下降して、つねに中間を探している。「宇宙が気にかけてくれてるなんてうれしいわ。もっと大事なことを考えなきゃいけない気もするけど」

「仏教の教えを伝えただけだ」

「じゃあ、あなた自身は信じてないの、カルマを？」

ウェインライトはその質問について少し考えていた。シャーロットは、そんなふうに時間をかけて考えるところが気に入った。ほとんどの人は、自分にはあらゆる答えがあるという考えに染まっている。少なくとも、オクラホマ州ウッドロウでは。

「信じてるかどうかはわからない」ウェインライトは言った。「信じたいとは思う」

娘たちが戻ってきた。料理が出た。ローズマリーとジョアンは食べながら、この日愉しかったことを一から十まであげてリストを作った。そうするのが好きなのだ。ウェインライト――フランク――は自分の会計をすませ、ウェイトレスにチップをたっぷり残して立ち上がった。

「では、またどこかで」

シャーロットが娘たちを寝かしつけるとき、ローズマリーはブランコ乗りやフランスや骨折について矢継ぎ早に質問した。お医者さんがミスター・ウェインライトのお祖母さんに恋をしたのは、演技を見てるとき？　それとも怪我の手当を始めてから？　ジョアンは黙ったままだった。シャーロットは食事中、ジョアンの表情を見て、疑念が大きくなっていることに気づいていた。

「どうしてパパはいっしょにカリフォルニアに来ないの？」ジョアンは言った。「マルゲリートおばさんのところへいっしょに行かないの？」

「しーっ」シャーロットは言った。「寝なさい。その話はまたにしましょう」

「パパはお仕事があるから来られないのよ、ジョアン」ローズマリーが肘をついて体を起こした。きっぱり言いきれるときに、おどおどした物言いはしない子だ。「ぜったいそう」

「ふーん」ジョアンは言った。

しかしシャーロットには、ジョアンが納得していないのがわかった。気をつけなければ。この子はいったん何かを嗅ぎつけると、答えを得るまで決してあきらめない。

娘たちが寝ついてから、シャーロットは犬を夜の散歩に連れていった。月が満ちる時期で、半月より大きくなっていた。空に雲はない。あたり一面、銀色の釉薬《ゆうやく》をかけたように光っていた。

ウェインライト——フランク——が、このまえと同じようにプールの柵のまえに立ち、月を見上げていた。シャーロットはちらっと疑った——この人はしばらくここでわたしを待っていたのではないか。いや、そんな馬鹿なことがあるわけない。

シャーロットは彼に近づいた。「どうしても会ってしまうみたいね」

「〈オールド・メキシコ〉は狭い世界だから」ウェインライトは言った。「不満を言うつもりはないよ」

「そう?」

「定期生命保険の話がまだぜんぜん終わってないからね」

シャーロットは微笑んだ。下心があるにせよ、愛想よく話してくれて、親切心にも偽りがなさそうなので、悪い気はしなかった。けれど、努力しても無駄であることを早めに伝えたほうがいいのだろうか。

「ニューヨークに住んでると、空がどういうものだったか忘れてしまう」ウェインライトが言った。

「きっとそうでしょうね」

「オクラホマは空が広いんだろうね」

「嫌でも目に入るわ」

　彼が犬の耳をなでようと手を下へ伸ばしたとき、肩がシャーロットの腰に軽く触れた。彼女はふいにこみ上げた欲望に驚いた。パチパチと火花を散らす汚れた電気のようだった。手を彼の腹からズボンのベルトの下へ這わせ、彼をつかみ、ぎゅっと握り、手のなかで固くするところを想像した。彼の口に自分の口を押しつけ、彼の腰を両脚で挟みつけ、柵にもたれかかり、鉄の杭《くい》が肩甲骨のあいだに食いこむ。彼は長くはもたない。離してほしいと懇願する。そして明日、シャーロットはいなくなる。彼のことは記憶に残るかもしれないし、残らないかもしれない。

　犬は眼を閉じ、首を傾けて幸せそうにうなった。

「犬によく好かれる」ウェインライトは言った。「なぜかわからないけど」

「人は変われると思う?」シャーロットは言った。

　その質問に彼は虚を衝《つ》かれたようだった。「変われる?」

「いまの自分から。性格、と言うほうがいいかしら。どう行動するか、何を信じるか。つまり、ある種類の人間として何年も生きたあと、ちがう種類の人間になろうと決断することはできる?」

ウェインライトはじっと考えていた。シャーロットはまたちらっと疑った。この人は微笑みの裏でわたしを値踏みし、いろいろな選択肢のなかから、わたしが聞きたい答えを選んでいるのではないか。

「たいていの人は変わらない」彼は言った。

「ええ、わたしもそう思う」

「だが、たぶん変わることはできる。強く望みさえすれば」

一瞬、シャーロットはキスされるかもしれないと思った。しかし、彼は最後に一度、犬をなでただけだった。

「さて。なかへ戻ったほうがよさそうだ。おやすみ」

16

あのシャーロットという女は、予想していたより骨が折れる。心を読むのがなかなかむずかしい。しかし、ギドリーは地道に努力した。くり返し出会えるように、彼女の行動範囲内にいつづけ、自分を……親しみやすく装った。ここまでいけば、うまくいったも同然だ。そして魅力を発揮し、温度を上げていく。ただ、やりすぎは禁物だ。信用させる必要がある。ロマンティックな月夜にチャンスが生まれても——みずからそうしたチャンスを作っても——言い寄ったりしない。そんな考えが頭をよぎることすらない。完璧な紳士なのだ。

ギドリーは途切れ途切れに眠った。うとうとしかかると、かならずしつこい不安に肩を叩かれ、現実に引き戻された。当てがはずれたら？　グッドナイトでセラフィーヌの手の者をだませていなかったら？　66号線を西へ向かっていることを読まれたら？　いまやつらがゆっくりと、しかし着実に迫ってきているとしたら？

水曜の朝、ギドリーはマグにスコッチを満たし、少量のコーヒーを入れた。モーテルの事務所でアルバカーキの地元紙を手に入れ――〝キャロライン、父の墓を訪れる〟（キャロラインはケネディ元大統領の長女）――電話交換手にラスヴェガスの番号を伝えた。エヴァーグリーン六‐一四一四をお願いします。

またイギリス訛りの執事が電話に出た。「ツィンゲル邸です」

ギドリーはためらった。どうする。受話器を置いて、セラフィーヌにかけ直すか。だがなんと伝える？　お互い赦して忘れよう、すぎたことだ。彼女の答えはわかっている。**ええ、もちろんよ、モン・シェール。戻ってらっしゃい。大歓迎よ。**そしておれが飛行機からおりてくるのを誰かに待ち伏せさせる。セラフィーヌに好かれているのは確かだが、そんなことは、ジュークボックスで一曲かける五セントほどの値打ちもない。

「おれだ、ジーヴス（イギリスの作家P・G・ウッドハウスの小説に登場する従者）」ギドリーは言った。「昨日も電話した」

「ああ、ミスター・マルチェロ」エドの執事が言った。「少々お待ちください」

すぐにビッグ・エドが出てきた。

「よく聞け、卑怯者《ひきょうもの》のくそ。みじめなチンなめのイタ公。おまえのために何かしろだと？　代わりに全人類のためになることをしてやる。そのケツの穴に銃を突っこんで、引き金を引くのさ。二挺《ちょう》突っこんでぶっ放してやる」

「やあ、エド」ギドリーは言った。

「頼みごとだ？　昔のよしみで？　ジョークのつもりか、この――」エドはことばを切った。歩きながら口で息をしている音が聞こえた。「フランク？」

「あの伝言なら、あんたの注意を惹けると思ってな」ギドリーは言った。

「フランク・ギドリーか。ちくしょう」

エドがなぜここまでカルロスを嫌っているのかは知らないが、とにかくそれを確かめられて安心した。

「最近どうしてる、エド？」

「この野郎。おまえのおかげで興奮しすぎて心臓発作を起こすとこだったぞ。おまえのケツの穴に銃を突っこんでやる」

「いや、けっこう。気持ちだけいただいておく」

エドが執事に出ていけと言うのが聞こえた。ドアが閉まる音がした。さあ、ダンスの始まりだ。ギドリーは嘘をつく。エドも嘘をつく。ふたりとも円を描いてくるくるまわり、互いの本心——真実か、その一部——を探ろうとする。ステップに気を配り、テンポに遅れないこと。

「教えてくれ」エドが言った。「おまえは何をして、あの脂ぎったくその神経を逆なでした？　昨日の噂だと、やつはおまえが死ぬまで追いかけるつもりらしいが。あれだけ気に入られてたのにな」

「クッキー壜に手を入れてるときに見つかった」

「馬鹿言え。端金のことでこんな騒ぎになっただと？　ありえない。カルロスは部下を全員動かしておまえを探してるぞ。本当は何があった？」

「クッキー壜に金が入ってたと誰が言った？」

エドはしばらく考えて、笑った。「やつの娘に手を出したのか？」

「向こうがおれに手を出したんだ。エド、神かけて。おれが怯《おび》えて転がってるあいだに、彼女ひとりが動きまわってた。逃げようとはした。そうするつもりがなかったと思わないでくれ」

エドは激しい笑いが止まらず、咳《せ》きこみだした。ギドリーの話を信じてはいないだろうが、愉しませることはできた。エドにおいてはそれが意味を持つ。

「知ったときのやつの顔を見てみたいもんだな。妊娠もさせたのか？　もしそうなら、いますぐ一万ドルやる。小切手帳を抽斗《ひきだし》から出してくるぞ」

「妊娠はさせてない。本当だ。そんなひどい噂は広めないでくれるとありがたいな」

「殺されるのは一度だけだ」

「おれが心配してるのは、殺されるまえにされることだよ」

「いまどこにいる？」

「マイアミだ」

「嘘つけ」

「国から出なきゃならない、エド。手を貸してもらえるか？」

「そうしてやるって言ったろ？」

「言ったか？　聞きもらしてたようだ」

「手を貸してやるよ、小僧」エドは言った。「もちろん」

「いくら払えばいい？」

「馬鹿にするな。喜んでやってやる。無料《ただ》でな」

そんなはずはない。たしかにエドはカルロスを憎み、ギドリーをひいきにしているが、それだけでは足りない。有り金をそっくり巻き上げられるはずだ。

「マルチェロ家が計画している事業はいくつか知ってる」ギドリーは言った。「細かいところまで。カルロスは帝国を広げてるから、内部事情を知れば大儲けできるかもしれないぞ、エド」

「ふむ」

ふむ。彼らふたりの用語では、〝ほかには？〟という意味だ。問題は、ほかに提供できるものがギドリーには何もないことだった。「エド……」

「そんなことはどうでもいい、小僧。おまえには、もっとでかい計画を用意してある」

電話でほんの数分話しただけで、エドはすでに代償を計算ずみだったが、ギドリーは驚かなかった。あるいは、ギドリーが伝言を残したときから計算しはじめていたのだ。電話をかけてきたのがカルロスではなくギドリーだということを、最初から知っていた。かけてきた理由も正確に見抜いていた。

「聞かせてくれ、エド」ギドリーは言った。

「インドシナだ」

「インドシナ？」

「今日ヴェガスに入った金は、明日どこへ行く？　おれはその問いに興味がある。いまや大統領になったリンドン《L》・ベインズ《B》・ジョンソン《J》は、テキサス人のでかちんを振りまわす。もうキューバなんて昔の話だ。これからはヴェトナムだよ、小僧。ＣＩＡは本気で戦争をしたがってる。〈ヒューズ・エアクラフト〉もな。軍事契約なんてそう簡単にありつけるもんじゃない」

　それまでギドリーは一歩先のことしか考えていなかった。生き延びて、出国して、カルロスから逃れることしか。火のことは、フライパンから飛び出したあとで考えればいいと思っていた。

「あんたの下で働けということか？」

「おれといっしょに働くんだよ」エドは言った。「おまえは賢くてそつがない。おまけに自分の母親だって異民族に売り飛ばせるやつだ。儲け話はそういう男にまかせたい。ニューオーリンズのあの馬鹿なイタ公は、おまえの才能を活《い》かせなかった。向こうなら、おまえのやりたいようにできるぞ。サイゴンは最高に愉しいらしい。おまえにうってつけだ。ほかのやつらをなぎ倒して、おれたちを特等席に坐らせてくれるだろう。どうだ？」

いい話だ。すばらしい。アート・ペッパーのサックス・ソロや、女がもらす歓喜のため息みたいに聞こえる。おれはエドに所有され、この先ずっと借りを作ることになるが、それがどうした？　エドは新しい人生を与えてくれようとしている。ニューオーリンズで送っていた人生とはちがうだろうが、よく似た、ことによるともっと明るく輝く人生を。

まちがいなくいい話だ。いや、よすぎるのでは？

「エド、あんたはいい人だ」ギドリーは言った。「ありがとう」

「いつヴェガスに来られる？　パスポートはあるか？」

「二日後かな。金曜だ。パスポートはない」

「わかった。問題ない。こっちに着いたらすぐ電話しろ。おれが全部手配する」

ギドリーは電話を切った。電話をするまえと同様、宙ぶらりんで不安なままだった。まえよりさらに高いところにぶら下がり、底なしの深淵《しんえん》を見おろしている。

エドを信用しろ。エドを信用する？　依然として、もっとましな筋書きがないのは確かだった。とにかくラスヴェガスに行く。いまできるのは、気づかれず、殺されずに、ここからヴェガスまでたどり着くことだけだ。

朝八時半。町でシャーロットにばったり会いたくなかったので、彼女のカシータに行って、いるかどうか確かめた。ブロンドの娘がドアを開けた。

「やあ、ジョアン」ギドリーは言った。

ジョアンは最初のひと言を真剣な表情で考えていた。「こんにちは」

巻き毛のローズマリーがジョアンのまえに割りこんできた。「こんにちは、ミスター・ウェインライト。わたしたち、ニューメキシコにいるのよね」

「そうだよ」ギドリーは言った。「体ごと全部」

娘たちのうしろからシャーロットが微笑みながら現れた。ギドリーの手に車のキーがあるのに気づき、笑顔が曇った。ギドリーはそれがうれしかった。「ああ」彼女が言った。「出発するの？」

「出発？　いや、明日か金曜まではいるよ。町で買わなきゃいけないものがいくつかある。ジャム入りドーナツを買ってこようか、誰か食べるのを手伝うと約束してくれるなら」

「手伝う！」ローズマリーが言った。

「本当にありがとう」シャーロットが言った。

「みんなここにいて」ギドリーは言った。「戻ってくるから」

車でサンタマリアに入った。小さな町なので、修理屋を見つけるのに時間はかからなかった。整備士が作業場で働いていた。車に新しいテールライトの配線をしているところだった。ハイウェイの脇で壊れていたのと同じ車。シャーロットを〈オールド・メキシコ・

モーター・コート〉まで乗せてきたレッカー車が牽いていた車だ。

整備士がギドリーに眼を向けた。ギドリーは相手を観察した。あまり反応はなかった。あえて言えば、穏やかな苛立ち、不機嫌な無関心。よし。この男はおれを探していない。

「忙しいんだ」整備士は不満げに言った。

「明日ハイウェイを走るまえに、ダッジを整備してもらいたかったんだが」ギドリーは言った。「ファンベルトだけでも」

「忙しいんだ」

「そう言わず。いまなんの仕事をしてる？」

ギドリーは財布から十ドル札を出して、作業台に置いた。それで部屋の空気が変わった。

整備士は体を起こし、その金をじっと見た。

「おととい、あんたのレッカー車のうしろに、その車がつながれてたな」ギドリーは言った。「持ち主は娘がふたりいる女性だろう？」

「そう」

「見かけたときには、ひどい壊れ方だと思ったけど。いまはどうなってる？」

「それほどひどくなかったよ。あと数時間で終わる」

ギドリーは財布を出したままだった。「すばらしい知らせだ」

17

シャーロットと娘たちは、昼食にウィンナーソーセージとクラッカーを食べた。デザートは、朝フランクがドア先まで持ってきてくれたドーナツの残りだった。そのあと三人は、また町に歩いていった。気持ちのいい、ほとんど春のような陽気だった。シャーロットは、カリフォルニアの冬はどうなのだろうと思った。太陽の光、海の暖かい微風、エメラルド色の景色。ウッドロウでは、十二月になると冷えこんで空が色を失い、風が木々を丸裸にする。

修理屋のドアに〝すぐ戻ります〟というメモがテープで貼られていたので、シャーロットは娘たちに、向かいの公園で遊んでいなさいと言って、通りの角の公衆電話からまたマルゲリートおばの番号にかけてみた。

「五十セントを入れてください」交換手が言った。

シャーロットは硬貨を入れた。また呼び出し音を数えはじめたら、すぐに女性が出た。

「もしもし」

「マルゲリート?」シャーロットは言った。

「ええ。どなた?」

「マルゲリートおばさん、シャーロットよ」

「シャーロット」

「姪のシャーロット。オクラホマの」

「ああ、思い出した」マルゲリートは言った。「シャーロットね。電話がかかってくるなんて、思いも寄らなかった」

マルゲリートの声は、はきはきして甲高く、鑿《のみ》の頭を金槌《かなづち》で叩いているような響きだった。シャーロットは、いまそれを思い出した。かつて母親が言ったことも――飲み物に入れる氷が欲しかったら、マルゲリートを少し削るといいわ。

「話せてうれしいわ、マルゲリートおばさん」シャーロットは言った。「ずいぶん久しぶり」

「そうね」

沈黙。シャーロットはうまく会話を肝心の話題に持っていって、最後の一ペニーまで五十セントのもとを取りたかったが、そんな幸運には恵まれそうになかった。

「マルゲリートおばさん、電話をかけたのは、もうすぐ娘たちとカリフォルニアに行くからなの。ロサンジェルスに向かってる。もし迷惑じゃなかったら、寄らせてもらいたいと思って」

「うちに泊まるってこと？」マルゲリートが言った。

「もし迷惑じゃなかったら」

「いい考えじゃないわね。うちは狭いし、わたしは家で仕事をしてる。わかるでしょ。足元で子供が騒ぎまわると困るのよ」

マルゲリートに断られるかもしれないと心の準備はしていたが、これほど早くきっぱりと――木の太い枝をぼきっと折るように――断られたのには驚いた。

「もしもし」マルゲリートが言った。「聞こえてる？」

「ええ、ごめんなさい。わかってる。当たりまえよね」

「いいホテルを教えてあげる。いつまでロサンジェルスにいるの？」

「いつまで？　じつは、わたし……夫のドゥーリーと……離婚するかもしれなくて」

「離婚。そうなの」

「それで思ったの……カリフォルニアだって。ずっと住んでみたかった。わたしの望みは、娘たちとわたしに必要なのは、新しいスタート、真っ白なページ。馬鹿みたいに聞こえるのはわかってる」

マルゲリートは、いきなり否定しない代わりに、ため息をついた。「ロサンジェルスは生きにくい街よ。人が想像するような、黄金の砂浜、オレンジ畑、映画スタジオみたいなものからかけ離れてる」

「ええ、でしょうね」だが、改めて考えてみると、マルゲリートがあげたものはシャーロットの想像とあまり変わらなかった。

「じゃあこれで」マルゲリートが言った。「さっき言ったように、近くまで来たら、いいホテルを教えてあげる。でも、何か助言できるとすれば、到着するまえにアパートメントを決めておくことね。このあたりのホテルはとても高いから」

一拍置いて、シャーロットは会話が終わったことに気づいた――太い枝がまたぼきっと折れた。

「ありがとう」

「幸運を祈るわ、シャーロット」マルゲリートが言った。

シャーロットは受話器を戻した。マルゲリートおばのところに確実に泊まれる見込みなど、もとからなかったのだ。最初からわかっていた。さて。どうする？　まだカリフォルニアをめざすなら、ほかにもできることはある。あるはずだ。

シャーロットは修理屋に戻ってベルを鳴らした。もう一度。ようやく整備士が油まみれの布で手をふきながら出てきた。嚙み煙草の汁が口の端から垂れていた。

「こんにちは」シャーロットは言った。「車のことで来たの」

「ああ」整備士は言った。

「今日じゅうに直る？　いくらかかりそう？」

整備士は嚙み煙草の塊を片方の頰からもう一方へ移動させた。シャーロットの眼を見ようとしない。彼女は、悪い知らせかもしれないと身構えた。五十ドル？　七十ドル？　まさか百ドルはかからないだろう。

「まえの車軸がふたつに折れてる。サブフレームもすっかりだめだ」整備士は言った。「なおひどいことに、トランスミッションもやられてる。よっぽど激しく溝に落ちたんだね。直しようがない」

「トランスミッションがだめなの？」

「車だ。車自体、直しようがない」整備士は嚙み煙草を反対の頰に移動させた。「直すとなると、新車より金がかかるよ。嘘じゃない」

シャーロットは指先がうずくのを感じた。鎖骨のまわりがカッと熱くなり、狭苦しい小さな事務所のなかで混じり合うさまざまなにおい——嚙み煙草、油、整備士と彼女自身の汗——でめまいがした。

「あの……ちょっと坐っていい？」シャーロットは言った。

整備士は折りたたみ椅子から部品カタログとヌード雑誌の山をどけた。紙コップに水を入れて持ってくると、煙草に火をつけようとしているシャーロットのためにブックマッチを見つけた。

それでも彼女の眼を見ようとしなかった。「残念だ」整備士は言った。

シャーロットが外に出ると、通りの向こうで娘たちが犬をシーソーに乗せようとしていた。シャーロットは立ったまま娘たちを見つめた。体の感覚がなく、靴に踏まれて砕けるセミの抜け殻になった気分だった。

煙草をもう一本吸おうとハンドバッグを探った。流れた涙が顎から落ちて、アドレス帳の表紙に染みを作った。泣いていたとは。いつから泣きはじめていたのかわからなかった。なんて愚かだったんだろう。これを乗りきる強さがあると思っていたなんて。オクラホマから永遠に去り、ドゥーリーから永遠に去り、自力で新しいスタートを切ろうとしたなんて。結局、強さなどなかったのだ。人の言いなりになることこそ、わたしの才能だ。ミスター・ホッチキスが新聞用の写真を撮らせてくれなかったときにも、あきらめた。ドゥーリーが飲酒問題を認めなかったときにも、受け入れた。テキサスでガソリンスタンドの店員がいやらしい視線を送ってきたときにも、手元に目を落として「ありがとう」と言った。

シャーロットは、娘たちが幼いころ大好きだった三匹の子豚の話を思い出した。そこに自分の人生を当てはめてみると、彼女は煉瓦でできた家ではなく、木の枝でできた家ですらなかった——藁《わら》の家であり、狼に一度息を吹きつけられるだけで吹き飛んでしまう。

ドゥーリーのほうがよほどわたしのことをわかっていたのではないか。**帰ってこいよ、**

チャーリー。月曜の会話の最後でドゥーリーは言った。**帰ることになるって自分でもわかってるだろ。**

シャーロットは娘たちを見つめた。遠い将来、ローズマリーとジョアンはこの出来事を憶えているだろうか。どのように憶えているだろう。わたしのことをどう憶えているだろう。

犬がシーソーの椅子から飛びおりると、娘たちは笑いながらすぐに捕まえようとした。犬は仰向けになって体をくねらせ、うれしそうに枯草を噛んでいた。

ウッドロウを出てから、犬が痙攣《けいれん》を起こしていないことにシャーロットは気づいた。新しい薬が効いているのだ。まえよりも具合がよくなり、生き生きとして、長いこと見せていなかった本来の姿に近づいていた。

この状態がずっと続く？　そんなはずはない。獣医からは、具合がいちばんいいときでも発作が出る可能性はあると言われていた。とはいえ、症状は緩和し、痙攣の頻度は減りそうだ。回復が早くなり、つらいことがあっても、すぐに立ち直れるようになるだろう。

ふいにシャーロットの心は決まった。オクラホマには戻らない。ドゥーリーのもとには戻らない。何があっても。車のことは災難だった。この先もほかの災難があるにちがいない。それでも、引き返す必要はない。何かあるたびに立ち上がることを選ぶだけだ。

どうすればカリフォルニアまでたどり着けるのか。それはわからなかったが、手立てはあるだろう。着いたらどうする？　どうやって暮らしていく？　それも手立てを見つける。フランクの言ったことは正しかったのかもしれない。宇宙がシャーロットに借りを作っているのだ。

するとすぐに当人が――フランクが――通りの向こうから歩いてきた。何もないところから魔法で呼び出したかのように。近づくにつれ、フランクの顔から笑みが消え、眉間に心配そうなしわが寄った。シャーロットは、ひどく取り乱して見えるのだろうと思った。マスカラもにじんでいる。

「何か困ったことでも？」フランクが言った。「力になれることはある？」

18

バローネは黒人の少年に運転させて、グッドナイトの警察署からまっすぐアマリロへ向かった。ギドリーは66号線に入るだろう。バローネも66号線に入ってあとを追うつもりだった。だが、まずはポンティアックを処分しなければならない。

「そこを進め」バローネは言った。アマリロの大通りから脇に入った路地。通りのパーキングメーターに金を払いたくないしみったれの車が二台駐まっていた。

少年はその二台のあいだに、ポンティアックを押しこめた。

「鍵は残していけ」バローネは言った。さあ、猫よ来い。運がよければ、どこかのごろつきか浮浪者がポンティアックを盗み、カナダまで乗っていってくれる。

「どうすんのさ」少年が言った。

「おれの言うとおりにしろ。質問はするな」

「歩いてく?」

「そうだ」

「ふん」しかし、少年はそれ以上何も言わなかった。バローネはプロと呼ばれる連中と長年いっしょに仕事をしてきたが、そんなことができる人間はまずいなかった。

彼らはハイウェイ行きのバスに乗った。66号線を数区画歩くと、ヒューストンの〈バリ・ハイ〉とまったく同じ造りのモーテルがあった。コンクリートブロックのL字型の建物で、L字の曲がった部分に、サンフランシスコの狙撃手が転げ落ちたのとそっくりな階段がある。しかし、このモーテルは熱帯をテーマにしておらず、ほかのテーマがあるわけでもなかった。アマリロの66号線のありふれたモーテルだった。

「このへんにしとこうよ」少年が言った。「朝食まで寝かせて」

バローネも疲れていた。痛みと、ほてり。月曜の午後一時だった。どのくらい寝ていないだろう……思い出せなかった。少し休んでもいい。ここからカリフォルニアまでのすべてのモーテルを調べるかもしれないのだ。いいだろう。セラフィーヌが新しい車を用意するまで、あと数時間はかかる。

モーテルの事務所に向かう途中、バローネは駐車場の車を一台ずつ調べた。一九五七年式か五八年式で車体が青と白のダッジ・コロネットは見当たらなかった。

フロント係にギドリーのことを訊いてみた。特徴を伝え、自分は私立探偵で、妻子を家に残して逃げた男を探しているが、その男がなんと名乗っているのかはわからないと説明した。ギドリーがアマリロに滞在しているとは思わないが、念のため確かめておくのだ。

フロント係は、わかりませんと言った。残念ながら、昨日の午後から誰もチェックインしていません。そして、バローネと少年に隣り合った二室を割り当てた。バローネは少年に、三時間後に出発できるようにしておけと伝えて、電話ボックスを探しに行った。

「どう？」セラフィーヌが言った。

「だめだ」

「だめ？」

「やつはうまいこと相手を言いくるめて逃げた」

「あら」セラフィーヌはあまり驚いていないようだった。

「保安官が言うには、西へ向かったそうだ。乗ってる車の型式はわかる。少々荒っぽくやるしかなかった」

　バローネはセラフィーヌのことばを待った。セラフィーヌは彼を苛立たせる方法を正確に知っていた。

「あれ以上早くは着けなかった」バローネは言った。

「あなたのせいじゃないわ、モン・シェール」

「おれのせいだとは言ってないぞ」

「少なくとも、彼がいまどこに向かってるのかはわかる。ラスヴェガスかロサンジェルスね」

ラスヴェガスかロサンジェルス？　セラフィーヌたちがギドリーの行く先を知っているとは思えなかった。

どちらにしても、道のりは長い。ギドリーがヒューストンでとった行動について考えた。どうやってセラフィーヌをだまそうとした？　来た道を引き返したのだ。ミュニシパル空港から最初に出る飛行機に乗ることはなかった。

「ヴェガスとLAに見張りを置け」バローネは言った。「だが、やつは途中でどこかに寄って一夜をすごすだろう。数日かもしれない。われわれが追い越すことに期待して」

セラフィーヌはまた黙った。今度は、バローネが正しいかもしれないと思っているからだった。「たぶん」彼女は言った。「そうでしょうね」

「車はいつごろ用意できる？　新しい銃も」

「いまから電話する」

彼女にモーテルの名前を伝えて電話を切り、部屋に戻った。熱が攻撃を仕掛けてきた。アッパーカット、ジャブ、寒気、ほてり。心配はしなかった。インフルエンザは長引かない。少なくともその最悪の部分は。たぶんシャワーを浴びればよくなる。だが、体を起こすことができなかった。世界が高速で回転し、ベッドに貼りついたまま動けない。いつ横になったか思い出せなかった。シャツのボタンをはずそうとして、次に気がつくと、バスルームのタイルの床に膝をついていた。シャワーから流れる湯で鏡が曇っている。

かと思うと、山間《やまあい》にある湖の岸辺に立っていた。警察署の壁にかかっていた絵の湖だった。湖は燃えていて、その熱でバローネは灰になった。肌が粟立ち弾けるのを感じた。ただの夢だとわかってはいたが、夢が現実以上にリアルなら、両者のちがいはなんだというのか。

冷たい微風が吹きこんで、彼は解放された。今度は走っていた。黒人の少年も隣で走っている。セオドアだ、テッドと呼ぶな。セオドアだ、テディと呼ぶな。少年が叫んでいた。**急げ！** ふたりで何から逃げている？ どこをめざしている？ バローネはドイツ人に含むところはない。空から砲弾が降り、炸裂音《さくれつ》が響いた。**跳んで！** 少年がバローネに叫んだ。いまか？ **跳んで！**

部屋。赤いモヘアのソファ。両脚をクッションにのせた女。バローネは五、六歳に戻っている。女が彼に微笑む。ローブからのぞくむき出しの腿。女がドアのほうに顔を上げる。**そこにあるわ**、と言う。何がある？ 教えてくれない。**自分で見てきなさい。怖がらないで**。

目が覚めると、バローネはまたベッドにいた。アマリロのモーテルで布団をかけられていた。禿げ頭でワイヤーフレームの眼鏡をかけた丸顔の男が、ベッド脇の椅子に坐り、ブックマッチの角で歯をせせっていた。

「ああ、ミスター・ロバーツ」その男が言った。「今朝の具合はどうです？」

窓から射しこむ光が眼鏡のレンズに反射しているせいで、バローネには男の眼が見えなかった。「誰だ？」

「われわれのほうがずっと元気そうに見えるでしょうね」

男は水が入ったグラスをバローネに渡した。バローネはほとんど頭を上げることができなかった。両手を使わないとグラスも持てない。ただ、具合はよくなっていた。少しほてりがあり、めまいがするだけだ。水はうまかった。一滴残らず飲み干した。

「あんたは誰なんだ？」バローネは言った。

「あなたの命を救った医者ですよ。大げさだと思うかもしれないが、まったく大げさではない。やれやれ！」

黒人の少年が医者のうしろからひょいと現れ、空《から》のグラスをバローネから受け取ると、バスルームに持っていった。水を流す音がした。

「手の感染症でひどいことになっていた」医者が言った。「私が来たときには熱が四十度ありました」

バローネは二杯目の水を飲んだ。部屋はもう傾いてもゆがんでもいなかった。

「ここにいる若い人の判断が的確だった。モーテルの支配人に食い下がって私を呼ばせたんです。ところで、その手を縫った、訓練ずみのオマキザルにお目にかかりたいものです。まず傷を消毒することを怠ったようだが、縫合の技術はこれまで見たオマキザルのなかでいちばんだ」

「あんた、床に倒れてた」少年は慎重に距離をとっていた。バローネが腹を立てているかもしれないと怖れているかのように。「ぐったりして下着のシャツが頭の上で絡まってた。ドアは開いてた。死んでるのかと思ったよ」

「いま何時だ？」バローネは言った。

「午前十一時」医者が言った。「さあ、口を開けて、ミスター・ロバーツ」

医者はバローネの舌の下に体温計を入れた。午前十一時。まずい。アマリロに着いたのは午後一時だった。どれだけ強く念じても時間はもとに戻らない。

「だいぶいい」医者が体温計を見ながら言った。「三十八度。よくなっています、ミスター・ロバーツ」

「今日は何曜だ？」バローネは言った。

「火曜です」

「ちがう。月曜だろ」

「火曜ですよ。西暦一九六三年十一月二十六日。昨日も、今朝早くにも抗生物質を注射した。傷を消毒して、包帯を替えた」

「ほかに何かしてほしいことはある？」少年が言った。相変わらず離れているが、いまは慎重を期してというより、身を守ろうとしているようだった。「死んでると思ってつついたんだ。そしたらあんた、おれを殺そうとして、もう一度ばたんと倒れた」

「私の診断では、糸を抜いて傷口を完全に消毒し、早急に膿《うみ》を出したほうがいい」医者が言った。「培養で菌を特定し、手を固定する。縫い直してギプスをつける。明日の朝、私の診療所に来ればやってあげましょう」

「出ていけ」バローネは言った。

「いちばん大切なのは充分な休養です。よく水分をとるように。当然、アルコールを含む飲み物は避ける。これから二週間はかならずそういう生活をすること。わかります？」

医者は錠剤の壜をバローネに見せて振り、サイドテーブルに戻した。ふたつ目の壜も取って、振った。

「痛みを感じたらこれをのんでください。かなり強い薬だから、のみすぎないように。どうやって怪我をしたか、うかがってても？」

「掌に剃刀をあててるときに切ったって」少年が言った。

医者はくすりと笑った。「傑作だ」

「おい」バローネは少年に言った。「起こしてくれ」

彼は少年の力を借りて、バスルームへふらふらと歩いた。少年の肩をつかんでいなければ小便もできなかった。骨を鍋で柔らかくなるまで煮られたような感じだった。またベッドに倒れこんだときには息切れしていた。

医者はブックマッチの角で歯をせせっていた。

「出ていけ」バローネは言った。

「ただちに、ミスター・ロバーツ。支払いという些細《ささい》な問題さえ片づけば」

医者が金を受け取って出ていくと、バローネはまた少年に、ベッドから出るのを手伝えと言った。

「休んでなって」少年は言った。「医者が言ったろ」

「いいから早く」

服を着ると、少年に煙草、ウイスキー、〈フィフスアベニュー〉チョコバーを買いに行かせた。ドアまで歩いていき、十まで数えて息を整え、ドアを開けて外に出た。

駐車場。フォード・フェアレーンが隅にぽつんと駐めてあった。グローブボックスには、三八口径ポリス・ポジティブが入っていた。フィスクが持っていた銃に似ているが、こちらは木製のグリップに使いこんだ跡がある。

バローネは部屋に戻った。かろうじて。少年が煙草とチョコバーを買って帰ってきたが、ウイスキーはなかった。バローネにはそのことを罵るだけの力がなかった。ベッドに這って戻るのが精いっぱいだった。

「休んでろって言ったろ?」少年が言った。

「ふー」バローネはそれしか言えなかった。

た。


「言ったろ？　ほら、薬のんで」

少年はタオルを水で濡らして、彼の額にのせた。バローネはチョコバーを半分食べ、鎮痛剤を二錠のんで眠った。夜、少年はバローネを起こし、もう一方の薬一錠と水を飲ませた。

またバローネが目を覚ますと、朝だった。九時十五分すぎ。

「今日は何曜だ？」

「水曜。感謝祭の前日」

水曜。まる二日近く棒に振ってしまった。

体を起こした。そっと。両足を床におろした。ひげを剃り、シャワーを浴びた。少年はバタバタと動きまわりながら文句を言っていた。休まなきゃ。医者がこう言った、ああ言った。

「まだ収穫なしだ」バローネは電話に出たセラフィーヌに言った。「そっちは？」

「何も」セラフィーヌが言った。抑揚のない声だった。

「何かあったな」

「少々荒っぽく」

「何？」

「テキサスの件について、あなたはそう言った。〝少々荒っぽく〟やるしかなかったって」

つまり、グッドナイトの警察署の件がセラフィーヌの耳に入ったのだ。怒っているのも無理はない。バローネは自分に怒っていた。発熱のせいだった。癇癪《かんしゃく》を起こすべきではなかった。保安官が警察署を出るのを待ち、家まであとをつけるべきだった。そうすれば同じくらい早く、もっと穏やかに、ギドリーについて知ることができた。

だが、セラフィーヌなど知るか。快適な事務所、快適な暮らし——毎晩夕食のまえにカクテルを飲み、公園をのんびり散歩する。厄介な仕事はすべてバローネまかせ。カルロスのために命を賭けるのはバローネなのだ。セラフィーヌは、マニキュアが加算機に当たってはがれるのを心配するだけでいい。

「それで?」バローネは言った。

「事態が切迫してること、あなたはわかってるの? 事件の当事者が見つかるまで警察はおとなしくならないわよ」

「だったら永遠におとなしくならない。だろ?」

「どこまで行ってる?」

アマリロにとどまるはずではなかった。発熱のせいだ。数時間の休憩のつもりだった。

「アルバカーキだ」バローネは言った。セラフィーヌが嘘に気づくかどうかはわからない。

「順調ね。でもまだ気をつけないと。どんな理由があってもテキサスには戻らないで。もう念を押す必要がなければいいけれど。彼を見つけるのが早ければ早いほど、誰にとっても好都合よ」

部屋に戻ると、少年は靴を脱いでテレビを見ていた。バローネは靴を蹴りつけた。

「行くぞ」

「もう？　朝食はどうすんの？　それにほら、まず薬をのまなきゃ。医者が言って――」

「いますぐだ」

19

感謝祭の日。車でハイウェイに出たギドリーは、ニューメキシコ州サンタマリアと永遠におさらばし、また動きだせたことに感謝した。

「さあ、行くぞ」と乗客に言った。隣の助手席にはシャーロットがいて、後部座席には娘たちと犬がいた。

車は直しようがないと彼女に言ってくれ――ギドリーが五十ドルでそう持ちかけたとき、整備士は最初渋っていた。あんなに感じのいい女性と娘たちに、そんな汚いことをするなんて無理だと言い張った。まっぴらだ。だがそのじつ、金額を吊り上げたいだけだった。ギドリーは相手の希望にしたがわざるをえなかった。古きよき日々には、金額の交渉などまったくしなくてよかった。ではそうします。仰せのとおりに。ミスター・マルチェロによろしくお伝えください。

とはいえ、明るい面に眼を向けよう。ビッグ・エド・ツィンゲルが約束を守ってくれれば、ラスヴェガスに着き次第、金の心配はなくなる。エドが約束を守らなかったら？　それでも金の心配をする必要はない。ステュクス川を渡って冥界に入るには、渡し守カローンに支払うわずかな金があればいい。

整備士は取り決めどおりに動いてくれた。シャーロットは、バスにはねられでもしたかのような面持ちで修理屋から出てきた。

ギドリーは、獲物めがけて空から急降下するタイミングを計った。「力になれることはある？」

シャーロットは車のことを話した。ギドリーは同情しながら聞いた。たいした女だということは認める。少しまえまで泣いていたのかもしれないが、もう泣いていなかった。チャンピオンのように相手のパンチを受け止めていた。涙声にもならないし、視線も泳いでいない。

「なるほど、シャーロット」ギドリーは言った。「幸い、代わりの策がある」

シャーロットはどうにか笑顔を作った。「フランク、そんなのあるとは思えないわ」

「ぼくもロサンジェルスに向かってるじゃないか。車には充分余裕がある。犬に好かれるところも見ただろう？」

シャーロットはギドリーをまじまじと見た。警戒というより驚きの表情を浮かべていたが、一瞬ギドリーは腹のなかを見透かされたかと思った。

「親切にありがとう。でも、たぶんだめ――」

「だめな理由を話し合おう。まずそちらから」

「それは……」

「バスだと三日かかる。太平洋まで行くあいだに、すべての町に停まるから。それに、三人と犬の運賃は安くない」

ギドリーはシャーロットをじっと見た。これからどうするか考えている。バスだといくらかかる？　運転手は犬をバスに乗せてくれないのでは？

彼はふと閃《ひらめ》いて、顎をなでた。「ロサンジェルスでも車がいるだろう？　いいかい、ラスヴェガスにエドという友人がいる。ロサンジェルスに行く途中だ。エドはそこでいくつか事業を営んでる。うまいことに、そのひとつが車の販売なんだ」

「車を買うお金はとうていないわ」シャーロットは言った。

「借りるくらいの金はあるだろう。エドは根っからの世話好きなんだ。彼にも娘がいる」

ビッグ・エドに子供がいるのかどうかは知らなかった。まあ、いることにしておこう。娘がいて、車の販売業者で、情に篤くやさしい心を持っている。

「でも、たぶんだめよ……」シャーロットは言った。この話に乗るべきだと自分に言い聞かせていた。同時に、断るべきだと言い聞かせていた。

もう説き落としたも同然だった。あとはゆっくり待てばよかった。女の最初のイエスはたやすくなければならない。それが習慣になるように。

「悪かった」ギドリーは言った。「押し売りはしないという約束だったね。こうしようか。ぼくは明日までここにいる。よく考えて決めてほしい。ひと晩考えて」

シャーロットはまだためらっていた。ギドリーは、失敗したのかどうかわからなかった。邪《よこしま》な心の深みまで見透かされたか？

いや。そんなはずはない。だが、シャーロットは、眼に見えるものがすべてではないと感じ取るくらい鋭そうだ。

「そうね。ひと晩考えてみる。すごくやさしいのね、フランク」

「シャーロット、そう思ってくれてうれしいよ」

そしていま、彼らは66号線を走っている。シャーロットは緊張して、膝の上で手を握りしめていた。この車に乗せてもらうのが賢い選択だったとはまだ確信していなかった。一方で、ギドリーは、彼女の緊張が解けはじめていることにも気づいた。ときおり視線を高地の砂漠に向け、そのまま見つづけている。好きな曲がラジオから流れると、顔をわずかにほころばせる。

「わたしたち、リストを作ってるの」巻き毛のローズマリーが言った。

ギドリーは話しかけられていることに気づいた。ローズマリーは顎を運転席の背もたれ——ギドリーの肩の横あたり——にのせていた。いつからそうしていたのだろう。

「ローズマリー」シャーロットが言った。「ミスター・ウェインライトの邪魔をしないで」

「だいじょうぶ」ギドリーは言った。「リストはいいね。筋道を立てて考えられる証拠だ」

ローズマリーはギドリーにディズニーの自然の本を見せた。表紙にはフクロウ、クモ、コヨーテらしき動物と、タコがのっていた。『隠れた世界の秘密』。

「動物とか、魚とか、鳥とか、虫とか、夜だけこっそり出てくる生き物の本」ローズマリーが言った。「このなかで好きな動物のリストを作ってるの。もちろんコヨーテがいちばん。だって、かわいいワンちゃんみたいだから。そうよね、ジョアン？　魚も鳥も虫も、それぞれリストがあるの」

シャーロットはギドリーに愉しげな表情を向けた。「ここに来た者はみな希望を捨てよ(ダンテ『神曲』の一節)」

「それなら」ギドリーは娘たちに言った。「眼を大きく開いて右を見てるといいよ。昼間でもときどきコヨーテが出てくるから。見つかるかもしれない」

娘ふたりは押し合うように窓にへばりつき、小さな掌をガラスにぴたりと当てた。陽光があふれていた。集中したふたりの顔は純真でひたむき、まるで気を抜いたら地球の回転が止まってしまうと思っているかのようだった。ギドリーのなかで、長く失われていた記憶がゆっくりと甦《よみがえ》った。四、五歳の妹、アネット。窓辺で椅子の上に両膝をつき、母親が家に歩いて戻ってくるのを見ている。ギドリーは八歳か九歳だ。母親は窓辺の彼らに気づいて微笑む。陽光があふれている。まばたきをしてはいけない。すれば母親は永遠にいなくなる。

不幸な子供時代でも最悪だったのは、手にしていたかもしれない人生がときおり仄見える幸福な瞬間だった。

「コヨーテ見られると思う、ジョアン?」ローズマリーが言った。「きっと見られるよ」


クーリッジで娘たちはトイレに行きたがった。ギャラップでは、昼食をとるためにドライブスルーのハンバーガー屋に寄った。ウェイトレスは話し好きだった。ギドリーは家族持ちであることを印象づけておこうと思った。あとでセラフィーヌの手の者が現れて、ハンサムな独身男は来なかったかと訊いたときに備えて。

ロサンジェルスに行く途中なんだ。うしろにいる子たちはディズニーランドに行ったことがなくてね。ほら、ローズマリー。ほら、ジョアン。バニラシェイクは誰だ? チョコレートシェイクは? 出発前に犬の散歩をしとくか?

犬の散歩作戦は裏目に出るところだった。犬が庭用ホースほどの長さの糞《ふん》をし終わるのを待っていると、ウェイトレスが近づいてきて身を屈め、〝かわいいワンちゃん〟の名前を訊いたのだ。ギドリーだって知りたかった。

「えーと」ギドリーは言った。「こいつは〝ごはんだよ《ディナータイム》〟が自分の名前だと思ってるけどね」

ウェイトレスはくすくす笑った。犬は糞をしながら、非難がましくギドリーを見た。**あんた、おれはお見通しだぞ。**

ラプトンで、ローズマリーがまたトイレに行きたがった。チェンバーズでは、ジョアンが。この調子では、ラスヴェガスまで歩いていくのと変わらない。しかし、このゆっくりしたペースが、かえって好都合かもしれなかった。セラフィーヌははるか先をめざしていて、あちこちの都市や空港に人員を大量に送りこみ、遠くの地平線を見張っているかもしれない。

娘たちは小声で歌を歌っていた。ギドリーは先のことを考えて犬の名前を憶えておいた。ラッキー。シャーロットもいくらか緊張がほぐれたのだろう、ラジオのダイヤルに手を伸ばした。

「いい？」

「どうぞ」

それから数キロは、みなでシャーロットが選んだラジオ局の放送を静かに聞いた。ギドリーは流れている曲の歌手がわからなかった。声を張り上げてはいないが、鼻にかかったしゃがれ声で、独特の個性がある。

「この曲は？」ギドリーが言った。

「『くよくよするなよ』」シャーロットが言った。「意味深なメッセージじゃない？」

「男が女のもとを去るのか、女が男を追い出したのか。そこははっきりしないな」

「でも、男女の歌じゃないのかもしれない。というか、ちがうはずよ」

ギドリーは好奇心が湧いて、彼女を横目で見た。「どういうこと？」

「たぶんだけど、わたしたちみんなについての歌でもある」シャーロットは言った。「個人として、国家として、信念にしたがう勇気を持つってこと。大統領が撃たれたとき、義理の兄が世界は破滅に向かうと言った。でも、彼はずっとまえからそう信じてた。彼のような人たちが本当に怖がってるのは、ダラスで起きたことじゃないと思う」

「黒人、だね」ギドリーは言った。「公民権とか、いろいろ。義理のお兄さんは、精霊が壜から出てしまって、なかに戻せなくなるのを心配している」

「黒人だけじゃないわ。女性も。若い人たちも。長いあいだのけ者にされて、むしゃくしゃして嫌気が差してる人たちみんなよ」

「聖書には、柔和な者が地を嗣《つ》ぐとある（『新約聖書』マタイ伝福音書第五章）」ギドリーは言った。「でも、その考えはどうも疑わしいとかねがね思ってた」

「わたしもそう。ボブ・ディランも賛成すると思う。柔和な者は地を嗣がない。声をあげないと。あって当然の権利は、自分で手に入れるの。誰かが与えてくれるなんて当てにしちゃいけない」

ギドリーが予想していた答えではなかった。彼女は予想を裏切る女だということを、また思い出した。オクラホマにいる彼女の夫について考えた。小麦農家か？　肉屋？　パン屋？　蠟燭職人？　その男はシャーロットという興味深い札を引いたのに、おそらくそのことに気づいていない。

　そう言えば、どうしてこの家族旅行に父親が同行していないのだろう。カリフォルニアのおばを訪ねるのは、一年でもめったにない旅行ではないのか？　クリスマス休暇はまだ一カ月近く先だ。この三日間、ローズマリーとジョアンはふつうなら学校の教室にいるはずだった。

「ロサンジェルスにはどのくらい滞在する？」ギドリーは言った。

シャーロットはためらった。ギドリーはそれに気づいた。読みは正しかったのだ。彼女は逃げている、おれと同じように。

「ママ？　いまそのこと話せない？」訊いたのはジョアンだが、ローズマリーも気にしていた。「カリフォルニアにはどのくらい滞在するの？」

「ほら、あなたたち、見て！」シャーロットが言った。

　化石の森国立公園の看板を指差していた。頭に羽根飾りをつけたインディアンの看板が山の背に立ち、絶壁と卓上台地《メサ》が連なる広大な景色を眺めていた。鮮血の色と溶けた金の色——看板のインディアンの肌と同じ、不自然で不健康なオレンジ色——が混じった、しわだらけの地形だった。

幼い娘たちは、また窓にへばりついた。シャーロットはスカートを直しながら、看板に魅入られたふりをしていた。

　ギドリーは彼女と眼を合わせ、申しわけないという表情をした。**悪かった、これからは余計なことを言わないようにする。**

「ママ！　ペインテッド砂漠って、ほんとに色が塗《ペインテッド》られてるの？」ローズマリーが言った。「誰が塗ったの？　森全部が化石なの？　木に登れる？　どうして木が化石になったの？　砂漠が塗られたのはどうして？　インディアンはいる？」

　まず化石の森が見えてきた。ギドリーは眺めのいい待避所に駐車した。家族連れが何組かいるほか、男がひとりでおんぼろのトラックのボンネットに坐っていた。汚れたチノパンツ、汚れたフランネルのマッキノーコート、三日ほど剃っていないごま塩の無精ひげ。車からおりたギドリーを、その男が長々と見た。ギドリーは無視した。シャーロットと娘たちについて手すりまで行った。

　化石の森は期待はずれだった。森？　いや、砂利だらけの窪地に、灰皿でもみ消した吸殻のような黒い塊が点々と見えるだけだった。しかし、幼い娘たちは喜んでいた。少なくともローズマリーは。

「見て、ジョアン！」ローズマリーは言った。「森が全部石になってる！　魔法使いがやったの！　愛するお姫様が好きになってくれなかったから。きっとそうよ、ジョアン。そう思うよね？」

ギドリーは、フランネルのマッキノーコートを着た怪しげな男を、まえにも見た気がした。ギャラップのハンバーガー屋で、あのおんぼろトラックを見なかったか？　確信はなかった。男の視線を感じる。それにも確信はなかった。

ペインテッド砂漠には、化石の森よりさらに失望させられた。午後遅くの曇天のもとで、すべてが古い石鹸のような色だった。さすがのローズマリーも褒めようがなかったが、数キロ先へ進むと、三メートルほどもある巨大なインディアンの石膏《せっこう》像が現れた。〈ビッグチーフ物々交換所・レストラン〉。

娘たちはビッグチーフの像の周囲をまわって、仰ぎ見た。ビッグチーフは、もっと大《ビ》き《ガ》な《ー》チーフとの十五ラウンドの激しい闘いを終えたあとのように見えた。一方に傾き、片耳と何本かの指が砕けてなくなり、砂漠風にさらされるせいで塗装がほとんどはげている。片眼が潰れ、まえが見えずに茫然としている。さて、とギドリーは思った。これを見て誰が頭に浮かぶ？　ふむ。考えさせてくれ。

娘たちを見つめるシャーロットを、ギドリーも彼女と同じように微笑みながら見た。シャーロットから眼が離せなかった。

〝出エジプト〟の旅の疲れが、シャーロットの外見に出てきていた。出ないわけがない。ふたりの幼い娘、壊れた車、よくて不確実な未来。顔はたるみ、眼の下の肌は半透明であまりにも弱々しい。うっすらと見える小じわは、できたばかりだろう。まだ若いが、若いままでいられる時期はそう長くない。それでも、魅力は少しも損なわれていなかった。歳とともに魅力的になる笑みもある。

ギドリーは長年数多くの女性に魅了されてきたが、そのせいで判断が鈍ることは一度もなかった。今回だけ例外ということがあるだろうか。

おんぼろトラックがエンジン音を響かせて駐車場に入ってきた。ギドリーは眼の隅でそれを追った。マッキノーコートの怪しげな男がトラックからおり、伸びをしながらあくびをして、尻をかいた。

落ち着け。あの男はおれのあとを尾けているわけではない。〈ビッグチーフ物々交換所・レストラン〉は混んでいる。ここから数キロ以内で食事ができるところはほかにないのだ。誰でも腹が減るのはしかたがない。

彼らは外にあるピクニックテーブルについて坐った。ギドリーは堂々としていようと決め、感謝祭の夕食にタマーリを注文した。味は悪くなかった。おもな材料はトウモロコシ粉の生地で、なかに小さなハンバーガーの肉が入っている。熱いソースのせいでしゃっくりが出たが、ローズマリーが止め方を知っていて、手をギドリーの膝に置きながら教えてくれた。

眼を閉じて、息を止めて、十から小さいほうに数えて。あっ、とっても怖い怪物！　ばあー！　すぐうしろ！

ほら止まった、どう？　たしかにしゃっくりは止まった。

怪しげな男はいくつか向こうのテーブルにいて、マスタードを取ろうとしていた。今度はさっきよりもずっと長く、じろじろとギドリーを見た。

落ち着け。落ち着け？　神話のように、ギドリーの頭上には、剣が馬の尾の毛一本で吊るされていた。ちょっとしたことで一巻の終わりだ。風のひと吹き、偶然の出会い、はっとした気づき。ひとりの男、ニューオーリンズへの一本の電話、それでおしまい。

怪しげな男は食事を終え、店のなかへ戻っていった。ギドリーは立ち、空《から》のビール壜を手に取った。

「みんなのデザートを見てこようか」シャーロットと娘たちに訊いた。「それがいいな」

店内で男は旅行客のあいだを進み、ナヴァホ族のブランケットや本物の矢じりといった骨董品《こっとうひん》が並ぶガラスケースのまえを通りすぎた。曲がって通路を進み、姿を消した。

おまえは何をしている、怪しげな男？

公衆電話を探している。きっとそうだ。

ギドリーはあとを追った。通路には誰もいない。裏口が開いていた。ギドリーは持っている空き壜の重さを確かめた。だいたいどんなものでも人の頭を割ることはできる。それを太平洋上で学んだ。頭蓋骨の正しい継ぎ目を叩きつづければ、頭は花弁のように開く。

建物の裏側に出た。男が振り返ってギドリーを見た。

「電話を探してるのか?」ギドリーは言った。

さあ殴れ、こいつが身構えるまえに。ギドリーは自分に命じた。暗くなるころで、ふたりのほかには誰もいなかった。死体は向こうのゴミ樽の裏へ運ぶ。運がよければ、数時間は誰にも見つからない。

「なんだって?」男が言った。

公衆電話は見当たらないが、男が同じ道を走りつづければ、次か、その次に寄るところにはあるだろう。そこで電話をかける。セラフィーヌはギドリーの居場所を正確に知ることができる。そして彼の向かう先を正確に予測する。

「小便する場所を探してるんだよ。別にいいだろ」男は言った。「なかのトイレは空いてなかった。もれそうなんだ。あんたには関係ない」

危険を冒すことはできなかった。ギドリーの人生の行動原則はたったひとつ。相手か自分を選ぶとなったら、自分を選ぶ。どんなときにも。

ギドリーは男に一歩近づいた。男はギドリーを見ていなかった。代わりに彼の左横を凝視していた。いったい何を見てる? そちらを確かめようとしたとき、ギドリーは相手の片眼がまっすぐ自分に向いていることに気づいた。

なんてこった。男は初めからギドリーを見ていなかったのだ——斜視で、眼がカマキリのように外を向いていた。

ギドリーは空《から》のビール壜を放り投げた。

「何を笑ってる?」男が言った。

「別に」ギドリーは言った。「悪かったな」

「笑いたけりゃ笑え、人でなし。こっちは慣れっこだ」

ギドリーは、シャーロットたちにフライドスイートポテトパイを買った。自分にはビールを。飲まずにはいられなかった。車に戻った。ビッグチーフが背後の薄闇に沈んでいった。ギドリーはまた笑いはじめた。ローズマリーが顎を運転席のギドリーの肩の横あたりにのせた。

「可笑《おか》しいジョークを考えてるの?」

ギドリーはビールをぐいとあおった。「ああ、そうだよ。そのとおりだ」

20

道は上り坂で、車は苦労していた。フラッグスタッフに着くと、夜の九時すぎだった。暗すぎてまわりの松林は見えないが、においはする。空気は乾いて冷たく、薄くて、肺を満たすのがやっとだった。月かほかの惑星で暮らしているかのように。

ダウンタウンで、ギドリーは最初に目についたホテルに入った。古い煉瓦と節だらけの松材を組み合わせた、あちこちが軋む西部開拓時代の遺物だった。当時から埃を払われたこともないのだろう。壁紙はめくれ、タイルは欠け、車輪型シャンデリアのひとつは傾いていた。宿帳は幅六十センチに厚み三十センチ。真鍮の格子の向こうの客室係は、そのページを両手でめくっていた。

幼い娘たちは疲れきっていた。ギドリーはローズマリーとジョアンを腰の左右にひとりずつ抱えて、ギシギシ言う階段をのぼった。ふたりの体重がかかり、体温を感じた。息はサツマイモのにおいがした。またギドリーの記憶が揺さぶられた。何かが揺さぶられている。

だめだ。抑えろ、抑えるんだ。思い出したくなかった。ずっと昔に自分と約束したのだから。

おやすみとシャーロットに言ってから、自分の部屋に入ってドアに鍵をかけた。チェーンをかけ、ノブの下に椅子を噛ませてドアが開かないようにした。就寝前の新たな習慣だ。鍵とチェーンと椅子では、カルロスが送りこむ連中を止めることはできないだろうが、時間は稼げる。窓から飛び出し、三階下に落ちて首を折り、すばやく楽な最期を迎えられるかもしれない。

セラフィーヌがどれだけ迫っているのか知りたかった。いちばん有能な人員をマイアミに集結させたところだろうか。あるいは、もう誰かが迫ってきていて、じわじわ距離を縮めているのか。

部屋は冷蔵庫のように冷えていた。ギドリーは毛布にくるまったままベッドから離れ、窓辺に立った。雲は消え、空にはトーストに塗ったマーガリンのように無数の星が厚く重なっていた。

〝**人生の旅の途中、気づけば暗い森のなかにいた。まっすぐな道は見失ってしまった**〟。ダンテのことばでギドリーが憶えているのはこれだけだった。ダンテはいくつか怖ろしい目に遭いながら遍歴する。だが、最終的には地獄から抜け出し、無事天国へたどり着く。だからギドリーにも希望はある。ダンテのようにウェルギリウスの亡霊は導いてくれないが。

サイゴン。やりたいようにやれる。ビッグ・エドも口出ししてこない。出せるわけがない。何千キロも離れているのだから。カルロスには箱から出してもらえなかった。蓋が開いて自由になったときにできることを、エドに見せるのだ。政府、軍、民間契約会社。金、詐欺、興奮と期待。バーボン・ストリートの百倍だ。

ギドリーはベッドに入った。そのあとすぐに、ベッドのスプリングが軋む音が聞こえた。隣の部屋にいるシャーロットだ。壁のすぐ向こう。彼女が動く音に耳を傾けた。咳払いをしている。

人生は複雑ではない。女も複雑ではない。なのに、シャーロットを求めているのかどうか、どうしてわからないのだろう。彼女を求めているのか、いないのか、暗闇のなか、彼女のそばで静かに横になっているだけで幸せなのかどうか。

夜のあいだ、ホテルの温度は上がったり下がったりした。朝が近づくころには凍える寒さになった。ギドリーは震えながら目を覚まし、ホットコーヒーのにおいに誘われてロビーにおりていった。スコッチ一パイントの代わりにわが王国をくれてやる(シェイクスピア『リチャード三世』の台詞“馬の代わりにわが王国をくれてやる”のもじり)。ホテルのバーは昼まで開かなかった。

暖炉のそばの椅子に坐った。窓の外を見ると、シャーロットがカメラを持って立っていた。写真を撮っている……なんの写真だ? わからなかった。レンズを歩道に向け、風で髪がバサバサ舞っている。片手で髪を耳にかけながらも、カメラは構えたままだった。ファインダーから決して眼を離さない。

ギドリーは彼女のためにコーヒーをカップに注ぎ、外に出た。この朝は日差しが明るく、寒かった。「何を撮っているのか当てるチャンスが三回欲しい」彼は言った。「いや。五回だな」

「右に動いて」シャーロットが下を指差しながら言った。

「ぼくの影を撮るつもりか？」

「自分の影には飽きちゃって。もうちょっとだけ右。はい」

「ふだんはこんなに言いなりにはならないぞ」

「ふだんはこんなにお願いしない」

シャーロットは写真を撮って、カメラを置いた。ギドリーからコーヒーを受け取ると、少しのあいだマグを顎につけて温まり、ひと口飲んだ。

「ことばでは説明できないわ。どうしてこんなに影に惹かれるのか。ほら、あなたの影を見て。逃げようとしてるみたい。コーヒーをありがとう」

朝日はまだ空の低いところにあった。ギドリーの影は曲がって歩道をまっすぐ横切り、ホテルの表の煉瓦の壁で起き上がっていた。足を上げれば飛び立ちそうだった。

「もうどこへ行っても影しか目に入らないな」ギドリーは言った。「なんてことをしてくれたんだ」

「どういたしまして」シャーロットは言った。

ギドリーは襟を立てたが、外は思っていたほど寒くなかった。顔にこれだけ陽《ひ》が当たれば寒くない。「早起きなんだね」

「わたしだけはね。ローズマリーなんて、起こさなかったら昼まで寝てる」

「昨日はすまなかった。もっと気をつけるべきだった」

「娘たちにもっと早く言っておくべきだったの。オクラホマには戻らないって」

「どうして言わなかった？」

「理由はよくわからない。罪悪感かしら」

「何に対する？」

ギドリーはシャーロットの煙草に火をつけた。彼女が吐き出して漂う煙にも影があった。

「すべて」彼女は言った。「夫のもとを去ったこと。娘たちを連れてきたこと。これは娘たちのためだ、あの子たちの人生をよくするためだって、自分に言い聞かせてることにも。いいえ、たしかに娘たちのためだけど、当然自分のためでもある。もっと罪悪感を抱いていないことにも罪悪感がある。馬鹿げて聞こえるでしょうけど」

「そうか」ギドリーは言った。「ひとつ人生哲学を話せば――」

そこで口をつぐんだ。一瞬忘れるところだった。自分は保険外交員のフランク・ウェインライトであって、マルチェロ一味の敏腕フィクサー、フランク・ギドリーではない。

「どうしたの?」シャーロットが言った。「ぜひ聞きたいわ」

だが、本心を話すのがもっとも安全だろうと判断した。シャーロットのような勘のいい女には、嘘を見抜く余計な機会を与えたくなかった。

「ひとつ人生哲学を話せば、罪悪感というのは不健全な習慣だ。まわりの人間は罪悪感を抱かせて、してほしいことをやらせようとする。だが、わかっているかぎり、誰にとっても人生は一度きりだ。なぜそれを手放す?」

「サンタマリアから電話したとき、夫はわたしのことを身勝手だと言った」

「そう言うのは当然さ。出ていってほしくないんだから。それに、きみが身勝手になるのも当然だ。自分にとって何が重要かわかってるから。しかも……あれはなんという曲だった? 『くよくよするなよ』か」

シャーロットは煙草を吸って考えていた。「興味深い会話ね」

「そうだな」ギドリーは言った。

十分後、ギドリーが階上《うえ》に戻り、ラジオを聞きながらスーツケースに荷物を詰めていると、誰かが拳でドアを叩いた。ギドリーはあわてなかった。ポール・バローネなら入るまえにノックなどしない。

ポール・バローネ。これまでその名前を考えないようにしていた。短い祈りをつぶやいた。神に？　カルロスに？　いまはどちらでも変わらない。神かカルロスよ、どうかポール・バローネを送りこまないように。ほかの誰か——誰でもかまわない——にしたまえ。

ギドリーはドアを開けた。シャーロットだった。様子がおかしいことはすぐにわかった。

「フランク」シャーロットが低くかすれた声で言った。「ジョアンがいない」

「え？」

「部屋に戻ったら……」シャーロットは落ち着こうとしていた。「ローズマリーも、ジョアンがどこに行ったのかわからないって。ローズマリーが寝てるあいだに出ていったみたい。カリフォルニアのことで動揺してたんだと思う。わたしが階下《した》にいたのは三十分だけなのよ、フランク」

「心配するな」ギドリーは言った。「きっと見つかる。あまり遠くには行ってないはずだから」

ジョアンは彼らがホテルのまえでコーヒーを飲んでいるあいだに、こっそり裏道へ出たにちがいない。ギドリーとシャーロットはふた手に分かれた。彼はホテルの裏の路地を左へ、彼女は右へ。ギドリーは、並んだ空《から》のビール樽の向こうにある通用口を確認していった。ゴミ箱にジャガイモの皮や卵の殻を捨てていた男に訊くと、すまんな、小さなブロンドの女の子は見てない、と言われた。

開いている店やレストランにはすべて寄った。子供で、見知らぬところにいて、家に帰りたいとしたら何をする？

ああ、当たりまえだ。家に帰るのだ。バス発着所が二区画先にあった——昨夜、車でまえを通った。ギドリーがまっすぐそこへ行くと、思ったとおり、ジョアンがいた——切符売り場のそばのベンチに。コートのボタンを上まで留め、小さいハンドバッグを膝にのせて、ちょこんと坐っていた。困ったことでもあるの？　と足を止める人はいなかった。

ギドリーはジョアンの隣に腰をおろした。「やあ、ジョアン。どこへ行く？」

「うちに帰るの」ジョアンが言った。表情は硬く、感情が読めなかった。昔、フィリピンのレイテ島の崩れかかった寺院で見た石仏のように。

「じゃないかと思った。切符はまだ買ってないね？」

ジョアンはギドリーを見上げた。

「心配いらない。なんとかしよう」

「ありがとう」

「きみはとても礼儀正しい子だ」

「ありがとう」

「子供のことは何もわからないから、きみさえよければ、大人と話すときと同じように話すよ」

ジョアンはうなずいた。

「きみはこう考えてる。うちに帰れば、オクラホマに戻りさえすれば、すべてもとどおりになる。それだけを望んでるんだろう？　多くは求めてない。すべてがまえと同じになればいい」

「うん」

「わかる。本当に。おじさんも家を出なきゃならなかったから」

「どうして？」

「きみと同じだ。自分ではどうにもならない状況だった。ここで、ふたりとも聞きたくない真実を教えよう。世界はまわっている。時間は進んでいる。人生はかならず変わる。バスに乗ってオクラホマに戻ったとしてもね。歳はいくつ？」

「八歳」

「ローズマリーは妹だけど、自分がボスだと思ってるね」

「うん」

「姉妹が離ればなれになって、ローズマリーが威張れなくなったらたいへんだ。ローズマリーは、どうすればいいのかわからなくなる。だろう？」

「うん」

「きみにとっても、おじさんにとっても、これから出会うのは新しいことばかりだ」ギドリーは言った。「ここからずっと、どこへ行っても。考えてごらん。新しいものは古いものよりずっといいかもしれない。そのときになるまでわからないんだ」

ジョアンは泣きだした。ギドリーは途方に暮れた。肩を抱けばいいのか？　小さなブロンドの頭をなでる？　肩を抱いた。ジョアンはギドリーの胸に顔をうずめた。熱い湿ったものがシャツに染みた。

「泣いてもかまわない」ギドリーは言った。「きみのせいじゃない」

ベンチの横に回転式の冊子入れがあり、旅行者向けのパンフレットが詰まっていた。ギドリーは空いている手を伸ばしてそれをまわした。〝アリゾナの有名大農場へようこそ。サワロ国定史跡。グランドキャニオンとインディアンの帝国〟。

「グランドキャニオンを見たくない？」ギドリーは訊いた。「戻るまえに」

ジョアンは首を振った。

「もったいないな。ここまで来て見逃すのは。グランドキャニオンでは、大昔、大きな恐竜がのしのし歩いてたんだ」

シャーロットが発着所にやってきた。ジョアンに気づくと、安心のあまりへたりこみそうになった。一瞬、ギドリーは彼女がそこで死んでしまうのではないかと思った。

「ジョアン」とシャーロット。「ああ、ジョアン」

ギドリーはジョアンをシャーロットにまかせた。「きみのほうがいい」

ジョアンはほとんど泣きやんでいた。シャーロットは、涙で濡れ、鼻水で汚れた娘の顔の至るところにキスをした。

「グランドキャニオンを見に行くの」ジョアンが言った。

シャーロットはギドリーを見た。「みんなで？」

ギドリーは屈んで、下に落ちていたビニール製の赤い小さなハンドバッグを拾った。あ あ、ジョアン。いつか、おれみたいな男のことばを真に受けてはならないと学ぶのだろう。だとしても、言ったことを覆すわけにはいかない。ラスヴェガスでは新しい家族が必要だ。遅くなっても、たどり着けないよりはいい。

「もちろん」ギドリーは言った。「フランク・ウェインライトは約束をぜったい破らない」


グランドキャニオンに行くとなると、百五十キロを往復しなければならなかった。ギドリーはホテルのフロント係に一泊延ばしてもらった。彼らは正午少しまえに出発した。途られていない砂漠や、ほぼ化石でない森とちがって、グランドキャニオンは本当に雄大《グランド》だった。この世のあらゆるものを見たつもりだったギドリーも、これほどのものは見たことがなかった。雪化粧で、信じられないほど奥行きがあった。端に立って見ていると、ほんの小さな染みになったように感じた。自分という存在の不愉快な真実——万物の成り立ちから考えれば、自分などまったく取るに足りない——と、嫌でも向き合うことになった。

シャーロットは、娘たちを崖から一メートルほど遠ざけていたが、それでもギドリーは、ふたりが跳んだり駆け出したりするのではないかと不安だった。

「見て、ジョアン！」ローズマリーが言った。「あそこに川がある！」

「ほんと！」ジョアンが言った。

ギドリーは数時間、カルロスや、セラフィーヌや、ビッグ・エド・ツィンゲルのことを忘れかけた。ラスヴェガスで待ち受ける予測不能の運命のことも。しかし、そのあとフラッグスタッフへ引き返す途中で、ラジオのアナウンサーが、アール・ウォーレンを長とする特別委員会をジョンソン大統領が結成して、ケネディ暗殺の調査に乗り出したと告げた。ついに来た。連邦政府が総力をあげている。ルイジアナ州メテリーのエアライン・ハイウェイでは、カルロス・マルチェロがそわそわと歩きまわり、セラフィーヌが精いっぱい落ち着きを装っていることだろう。まるで同じ部屋にいるかのように、その様子が眼に浮かんだ。

ヒューストンを出てからずっと、ギドリーはある筋書きを考えていた。数週間たち、FBIがすべての責任をオズワルドに負わせて、事件に幕引きをする。カルロスは胸をなでおろし、ギドリーはもはや脅威ではないと判断する。

それも終わりだった。アール・ウォーレンは連邦最高裁判所長官で、ギドリーが知るかぎり、誰の手の内にも入っていない。ボビー・ケネディ司法長官の影響力？　話にならない。だからカルロスは、ギドリーが死ぬまで気が休まらないだろう。

「だいじょうぶ？」シャーロットが訊いた。

ギドリーは笑顔で振り向いた。「もちろん。音楽でも聞く？」

ホテルでシャーロットは娘たちを寝かせると、ギドリーを見送るために廊下へ出て、ドアをそっと閉めた。

「今朝は力になってくれてありがとう」シャーロットは言った。「ジョアンのことで」

「これでジョアンも落ち着くと思う」ギドリーは言った。

「子供の扱いがとてもうまいのね」

「そうかな？　ところで、階下に行って一杯飲もうか？」

「だめよ」シャーロットは手を伸ばし、親指でギドリーの頬を軽くなでた。右眼の横、骨が曲線を描いているところだった。「ここに小さな傷があるのは知ってる？」

「知ってる」ギドリーは言った。大きさも形も爪の切りくずのような、つるんとした傷痕だった。どうしてできたのかは、正確に思い出せない。父親のベルトのバックルだったたか？　状況はなんとなく憶えていた。「小さいころ木に登っていた。枝が折れて、赤ん坊は揺りかごごと下に落ちたんだ（マザーグースの『ロッカバイ・ベイビー』の歌詞より）」

「いつかこれを写真に撮りたい」シャーロットは言った。「あなたが嫌じゃなければ」

「この傷を？」彼は言った。

シャーロットがそばに立っていた。片手をギドリーの頬に当て、もう一方の手をギドリーの肩に置いて。「あなたの部屋に行きましょう」

「いますぐ写真を撮りたいのか?」

シャーロットはギドリーにキスをした。自信に満ちた、確かなキスだった。キスをしながら、親指でそっとギドリーの傷を押さえていた。

「いいえ」彼女は言った。「いますぐじゃない」

21

彼に触れたときの肌触りにはなじみがあった。男は男、あくまで男、とシャーロットは思った。けれども、ほかのあらゆるところ、彼の残りのすべて――指、口、呼吸の間合い、ちがった味の肌――は、あたかも眠りに落ちてほかの女性の夢に迷いこんだかのようだった。

あら！　失礼！　出ていくわ！

でも、えーと、もしよければ、いますぐじゃなくてもいい？

とてもいい夢だから。フランクが体を押しつけ、入り、貫くあいだ、シャーロットは眼を開けていた。彼の顔を、眼を見ていた。つながる瞬間、彼の腹筋が引き締まるのを感じた。そしてフランクは微笑んだ。一瞬、ウインクをされたのかと思ったが、そうではなかった。

あなたは誰？

だが、それはシャーロットが本当に考えていることではなく、本当に答えが知りたい問いでもなかった。

わたしは誰？

シャーロットは怯え、興奮し、何より好奇心が湧いていた。**わたしは誰？** ドゥーリーの家族と食事をした日曜は、五日前だった。五世紀たったように感じる。あの時間と場所は消え、〝シャーロット・ロイ〟も消えていた。溶岩に呑《の》みこまれ、永久にいなくなった。いまいるここは、古いホテルの部屋。頭上には真鍮と牛革の照明があり、ほとんど知らない男に耳たぶを噛まれている。

フランクの体が上下した。シャーロットは背中を反らして左へ動いた。記憶が次々と甦る――最初のボーイフレンドとの最初の数回、ドゥーリーとの最初の数回。ステップを踏んでダンスをするのではなく、段階《ステップ》を踏んで進んでいく、定かではない発見と遠慮深い適応の時代。**これは失礼、マダム。お許しを、サー**。内腿の柔らかいところに毛がこすれ、意外なところで骨と骨がぶつかる。ドゥーリーとは長くいっしょにいたので、セックスをしていても、無意識のうちに惰性で体が動いた。互いの体を触らなくてもできそうだった。

フランクがまた微笑んだ。「考えすぎだ」

シャーロットは自分でもわかっていた。それでも考えてしまう。「ちょっと厚かましい言い方じゃない？」

「そんなに考えるな」フランクは言った。

「忘れさせて」

フランクはつながりをぎりぎりに保って、シャーロットからゆっくりと体を離し、さらにゆっくりと挿入した。シャーロットは両脚で彼の腰を挟みつけ、息を継ごうとしたが、彼がそうさせなかった。頭がベッドの板にぶつかった——音はしたが、感触はなかった。いまやふたりは何も考えずにダンスを踊っていた。彼女が彼を押し倒して上にのる。彼が彼女を持ち上げてどんと落とす。シャーロットはドゥーリーのことを忘れていた。オクラホマのことも。すべてを忘れ、快楽だけに集中した。達したとき、宇宙に放り出されないように頭板の鉄の渦巻き模様をつかもうとして、フランクの鼻を殴ってしまった。

「ごめんなさい」シャーロットは言った。ひんやりしたシーツの上で一分ほど（それとも五分？）死んだように横たわり、自分の断片を集めて組み立て直したあとで。

フランクは笑った。「次はグローブをはめておく」

「血が出てる」

「いや、だいじょうぶ」フランクは二本の指で確かめた。「問題ない」

フランクがバスルームにいるあいだに、シャーロットは自分の部屋に戻った。娘たちはぴくりとも動かなかった。犬がついてきて、彼女がシャワーを浴びるのを監視しようと、タイルの上に寝そべった。

「何も言わないでくれるとうれしい」シャーロットは言った。

しかし、犬はすでに眠っていた。シャーロットは笑った。犬は彼女が誰と何をしたかなど気にしない。自分も気にしなくていいのだ。それがわかり、晴れ晴れした気持ちになった。耐えられなくなるまでシャワーの下に立っていた。火傷しそうなほど熱い湯が頭にたっぷりかかり、肩甲骨のあいだを流れていった。

歯を磨きながら、鏡に映った自分の姿をまじまじと見た。**わたしは誰？**　見慣れた眼（言わせてもらえば大きすぎ、少し離れすぎている）、首筋の見慣れたほくろ（十代のころは嫌だったが、いまは気にしていない）、見慣れた鼻と唇と顎。

けれども、外見は嘘をつく。サンタマリアで汚らしい修理屋に入った女は、出てきた女とは別人だった。その日、ドゥーリーとオクラホマとはきっぱり別れ、自分を疑うのはやめにすると決断してから、彼女のなかで変化が起きていた。彼女自身も、風に吹かれて揺れる枝のように、それを感じていた。

ラスヴェガスまで乗せていこうとフランクから言われたとき、本当ならひと晩じゅう悩むべきだった。迷い、ためらうべきだった。たしかに悩みはした。どこかの純真な娘ではないのだ。フランクに好意を抱かれていることも、彼のやさしさが善意のみによるものではないこともわかっていた。しかも彼にはいまだにはっきりしない部分がある。本人が自身について語ったこととは相容《あいい》れない、何か複雑な内面が。

とはいえ、本心を言えば、シャーロットはフランクに好感情を抱いていた。その感情を信じ、正しい決断をしたと信じていた。

一度きりの人生で精いっぱい生きるつもりなら、ジョアンとローズマリーがそうするのをあと押しするつもりなら、あらゆるチャンスをつかむ必要がある。**くよくよするなよ。**

土曜の朝、シャーロットは娘たちを、犬の散歩に連れていこうと早い時間に起こした。ふたりは不満そうだったが、シャーロットは引き下がらなかった。真実を伝えるには、いまでもう遅すぎるのだ。

数区画先のパン屋で、ゾウの耳《エレファントイヤー》という砂糖をまぶした揚げ菓子が売られていた。シャーロットは三人で食べるために一枚買い、陽当たりのいい裁判所の階段に坐る場所を見つけた。ローズマリーはジョアンに、エレファントイヤーは本当はゾウの耳ではないと教えた。心配しないで、そういう名前がついてるだけだから。本物のゾウの耳を本当に食べる人なんていないでしょ。

シャーロットは、いつローズマリーがジョアンを怒らせるのだろうかと思った。ジョアンはずっと我慢してきたが、遅かれ早かれ——中学、高校、あるいはジョアンの結婚式の日に、ローズマリーが音楽はあれじゃなくてこれをかけるべきよと言ったとき——ローズマリーのほうを向いて言う。**ねえ、ちょっと静かにしてくれる……お願いだから**。それとも、何も言わないだろうか。ローズマリーという妹は、ジョアンにとって必要な存在なのかもしれない。そう考えると、シャーロットは幸せな気分になった。

「ふたりとも」シャーロットは言った。「パパに会えなくてすごく寂しいわよね」

「カリフォルニアで会うんでしょ」ローズマリーが言った。「仕事が終わったら、浜辺のマルゲリートおばさんのおうちで。飛行機に乗って、わたしたちに会いに来る。そうよね、ママ？　カリフォルニアには二週間いて、ディズニーランドに行くの」

シャーロットは、ローズマリーが考え出す結論に驚いた。この子はいつも具体的で説得力のあることを言う。

「いいえ。パパがわたしたちに会いにカリフォルニアまで来ることはないの。パパはオクラホマで暮らして、わたしたちはカリフォルニアで暮らすのよ」

「でも……」とローズマリー。

「大人はね、親はね、別々の場所で暮らすほうがいいときもあるの。そのほうがみんなにとっていい。パパとはこれからも電話で話せる。会うことだってできる。パパが来てくれるわ。こっちからもパパのところへ行ける」

「でも……」ローズマリーは必死に逃げ道を探していた。隙間からもれてくる光を。頑丈そうに見えるだけの城壁を抜ける秘密の通路を。もし……たとえば……。

ついに真実に防御を破られ、ローズマリーは泣きだしそうな顔になった。シャーロットは娘と同じくらいの胸の痛みを感じた。「おいで」

ローズマリーは首を振ってべそをかき、やがてしゃくり上げながらとぼとぼと離れていった。一メートルほど進んだところでつまずき、コンクリートの段差で膝をすりむいた。シャーロットより先にジョアンがローズマリーに駆け寄った。ローズマリーの隣に坐り、両手で妹を抱きしめた。ローズマリーが抜け出そうともがいても落ち着き払い、決して放さなかった。そしてシャーロットには聞こえない声でローズマリーの耳元に何かささやくと、ローズマリーはようやく息を静めて泣きやんだ。

シャーロットは、ローズマリーのすりむいた膝をハンカチで軽く叩いたが、何も言わないほうがいいのはわかっていた。

ホテルに戻ると、フランクがロビーの暖炉のそばに立って、コーヒーを飲んでいた。ローズマリーの膝を見て顔をしかめた。

「ローズマリーが転んだの」シャーロットは言った。「カリフォルニアのことを話し合ってたときに」

フランクは状況を理解し、しゃがんでローズマリーの膝を見た。「何があったのか言ってごらん、ローズマリー、くわしく全部」

「転んだの」ローズマリーが言った。

「たったそれだけ？　こういう冒険がおもしろい物語になるんだぞ。そう思わないか？」

ローズマリーは相変わらず鼻をぐずぐずいわせていたが、冒険も物語も好きだった。

「たぶん、そうね」

「〝転んだの〟。きみならもっとおもしろくできるだろう。一時間あげよう。足りなければ二時間でもいい。交渉成立かな？」

シャーロットは部屋に戻り、石鹸でローズマリーの膝を洗って、バンドエイドを貼った。涙とエレファントイヤーで汚れている顔も洗ったほうがよさそうだった。

三人は荷物をまとめ、カバンを持って階下におりた。フランクがすでに支払いをすませていたので、シャーロットは財布から二十ドル札を取り出した。

「もう払ったよ」フランクは言った。

「だめよ」シャーロットは言った。「そういうのはやめて」

「シャーロット……」だが、シャーロットが折れそうもないとわかると、金を受け取った。

「車を取ってくる」

待っているあいだ、シャーロットは客室係に頼んで電話を借り、コレクトコールをかけた。ドゥーリーはすぐに出た。ずっと電話を見つめて、鳴るのを待っていたかのように。

「チャーリー？」ドゥーリーは言った。「きみなのか？」

「ええ、そうよ」

「いったいどこにいるんだ、チャーリー。帰ってくると言ったじゃないか」

そんなことは言っていない。シャーロットにはわかっていた。「帰らないわ、ドゥーリー。離婚する。みんな元気だって知らせたかっただけ。娘たちはだいじょうぶ。心配しないで」

「心配しないで？　よくこんなことができるな、チャーリー。耐えられない。あとほんの少しでもきみやあの子たちから離れてるなんて」

ドゥーリーの声はローズマリーの膝を思い出させた。すりむいた生傷を。シャーロットが黙っていると、ドゥーリーはもっと静かな、やさしい声でまた説得を試みた。

「酒はやめる、チャーリー。おれはなんの価値もない人間だ。わかってる。でも、できる。酒はやめると誓うよ。きみのためにできる」

以前のシャーロットなら、心が揺らいでいただろう。十年近く連れ添った夫を見捨てるのは、やはりひどいのではないだろうかと。しかし、新しい視野に立つ新しい彼女は、ドゥーリーのさまざまな作戦を驚くほど容易に見抜くことができた。

「あの子たちに代わってほしい？」

「帰ってきてほしいんだよ、チャーリー。それがおれの望みだ。いいか。もし――」

「じゃあね、ドゥーリー。体に気をつけて。カリフォルニアに着いたら、また電話する」

電話を切った。少し考えて客室係に声をかけ、料金は払うから長距離電話をかけさせてもらえないかと頼んだ。客室係が了承したので、シャーロットはマルゲリートおばの番号にかけた。

「マルゲリートおばさん」相手が出ると、シャーロットは言った。「またわたし。シャーロットよ」

「シャーロット」

そっけなく、ぶっきらぼう。そのあと、ため息らしき音が聞こえた。シャーロットは無視することにした。突然肋骨《ろっこつ》を突き上げたパニックも、全身にたちまち広がったきまり悪さも、しきりに聞こえるささやき声も――**あきらめろ、おとなしくしてろ、どういうつもりだ**――気にしないことにした。

わたしはできる、とシャーロットにはわかってきた。感情は湧くが、それに行動を決めさせない。ノックが聞こえても、ドアを無理に開けなくてもいい。世界は終わらない。塔は倒れない。人生は続く。

「こんにちは、マルゲリートおばさん」シャーロットは言った。「調子はどう?」

「いまとても忙しいの」マルゲリートは言った。

「じゃあ、あまり時間をかけないようにする。夫とは離婚します。そうなった。決めたの。そして、娘たちとロサンジェルスに行く。それも決めた。一カ月か二カ月、仕事と住む場所が見つかるまで、おばさんのところにいさせてほしい」

「シャーロット――」

「いい考えじゃないと言われるのはわかってる。心からそのとおりだと思う。でも、いまはそれ以上いい考えが浮かばないの、マルゲリート。こんなことは初めてで、とても手に負えない。わたしの計画では――お粗末なものだけど――一歩ずつまえに進むつもり。娘たちはとても行儀がいい。まあ、まだ小さいけれど邪魔にはならないはずよ。もちろん、わたしは娘たちと同じ部屋でかまわない。でも、それを言えば、食器棚のなかでも寝られるならうれしい。ロサンジェルスで暮らすことがどんなにむずかしいかは、わかっています。少なくとも、自分ではわかっているつもり。車も手に入れる。手に入れたいと思ってる。どこへ行くにしても、暮らしがどれほど苦しくなるかはわかる。だから、力になってくれるとすごくうれしいの。もうあなた以外に家族はいないから」

シャーロットは息を吸った。もっと簡潔に、順序立てて話すつもりだったが、言いたいことはきちんと言ったと思った。マルゲリートの返事がどうであれ、少なくとも気持ちは楽になっていた。

「そうね」マルゲリートはそう言ったあと、笑った。それ自体が驚きだったが、さらに驚いたことに、その笑いの温《ぬく》もりのある響きとさざ波のような広がりは、これまでの氷の欠片《かけら》のような冷たい口ぶりとはまったくちがっていた。「わたしには選択の余地がないみたいに聞こえるけど?」

「あと、犬もいます」シャーロットは言った。「てんかん持ちの」

「うちには片眼の猫がいる」マルゲリートは言った。「友だちになれそうね」

シャーロットはもう一度息を吸いこみ、それからマルゲリートのように笑った。「ありがとう、マルゲリート」

「いつ着くの?」

「まずラスヴェガスに行って、一日か二日いるつもり。だから、ロサンジェルスに着くのはそのあとになると思う」

「わかった。食器棚の準備をしておくわ」

フランクが車を移動させて待っていた。みなで乗りこんだ。走っている途中、ローズマリーがすりむいた膝の話をした。追いはぎや、石斧《いしおの》を持った巨大なインディアンが登場し、砂漠で激しい追跡劇をくり広げる。インディアンはどうしても友だちが欲しい。物語は延々と続いた。シャーロットは助手席で微笑み、満たされた気持ちでうとうとしていた。車が北に向きを変え、ネヴァダ州に入っても、ローズマリーは冒険譚《たん》に細かい枝葉を加えつづけていた。

22

「テキサス以外、どこにも行ったことがなかったよ」黒人の少年が言った。

「おめでとう」バローネは言った。「もう世界旅行者だな」

ニューメキシコ州トゥクムカリ。66号線沿いにモーテルが五、六軒並んでいる。バローネはそのすべてを調べた。

私立探偵です。男を探しています。奥さんと子供を家に残して逃げてしまったので、見つけてほしいと奥さんに依頼されました。ダッジに乗っているようです。車体は青と白。なんと名乗っているのかはわかりません。特徴を説明しましょう。

そのあと、サンタローザで二軒、クラインズ・コーナーズで二軒、モリアーティで一軒のモーテルに当たった。同じ口上、同じぽかんとした顔、同じ返事——**いや、申しわけない、知らんね、見てない**。

バローネはバックミラーを見た。テキサスからは出たので、警察のことはあまり気にしていなかった。もう追ってくるすべはない。

水曜の夜はモリアーティですごした。バローネは疲労困憊《ひろうこんぱい》して、車から部屋へ行くのもやっとだった。少年は通りを歩いて町で唯一のレストランに行き、バローネにスープを買ってきた。バローネに錠剤をのませ、砕いた塩味のクラッカーをスープに入れて、ヒューストンでは病気になるといつも姉たちがこうしてくれたと言った。

ひと晩たっぷり寝ると、バローネの具合は格段によくなった。感謝祭の木曜の朝には、ほぼふだんの体調に戻っていた。包帯の下を見てみると、手の腫れはほとんど引いていた。バローネはまる一日かけて、アルバカーキのモーテル、ホテル、下宿屋を調べた。移動の合間に、少年は自分の意見を次々と口にした。バローネの勤め先のような、たまに一日の休みすらとれない会社にはぜったいに入らない。頭がよくてきれいな彼女を見つけて、高校を卒業したらすぐ、つまり再来年には結婚する。いや、まず軍隊に入るかもしれない。

「軍隊はやめとけ」バローネは言った。

「なんで?」

「いいから。で、どうしてそんなに早く結婚したいんだ?」

「ふん。どうしてそんなに早く結婚したいか?」

「おれにはわからん。だから訊いてる」

「紹介してよ」少年は言った。「このまえ言ってた女の有色人種弁護士をさ」

金曜には、ニューメキシコ州の残りとアリゾナ州の多くの場所をまわった。ホルブルックに近づくと、ラジオが途切れがちになり、別の局の放送が入ってきた。かかっている曲が、水面に浮き上がる泡のように少しずつ聞こえてきた。『ラウンド・ミッドナイト』。まただ。今度はビリー・テイラーのピアノ・バージョン。この曲につきまとわれている。それとも、自分がつきまとっているのか。

「おまえは神を信じるか?」バローネは言った。

「どうして知りたい?」少年が言った。

「どうして言いたくない?」

少年は二、三キロのあいだ不機嫌だった。注意深く、安全な運転をする。ハンドルから手を離したり、道路から眼を離したりすることもない。バローネは、この件がすべて終わったら少年をセラフィーヌに紹介し、正規の仕事を与えるように口添えしてやろうかと思った。

「イエスとノー」少年は言った。「神を信じてるかどうかは」

「両方は無理だ」

「キリストが白人じゃないってことは信じてる」

「どこでそれを聞いた?」

「とにかく聞いた」

ホルブルックで先に進むのをやめ、〈サン・アンド・サンド・モーテル〉にチェックインした――しようとした。モーテルの主人は少年を見て首を振った。眼が充血して、太っている。元警官のなれの果てという感じで唇がゆがむ男だった。

「だめだな」主人は言った。「お断り」

「どうして」バローネは言った。

主人は唇をゆがめた。「急に空室がなくなった」

撃ってやってもよかった。それより、椅子に縛りつけてプールのいちばん深いところに落としてやるか。眼をかっと見開いて、移ろう光と水の層を見おろし、ようやく気づくのだ――これで終わり、終了、幕引き。その瞬間には多くの人間が驚く。驚くべきではないときにも。

少年はいなくなっていた。外の車に戻っていた。

「何してる?」バローネは言った。

「車で寝るよ。かまわない」

「だめだ」

ふたりは五百メートルほど引き返し、〈ルシールズ・カモン・イン〉に着いた。ルシールは――彼女がルシールだとすれば――少年をまじまじと見て、首を振った。黒人の子供が母なる66号線を好き勝手にうろついている社会情勢を嘆くかのように。しかし、最終的にはルームキーを差し出した。

少年は濡らした冷たいタオルをバローネの額にのせた。「グリーンブックが必要だ」

「なんだと?」

「グリーンブック。それを見れば、黒人でも泊まれるところがわかる。腹を立てずにすむ。黒人だって休暇はとるんだ。ふん。とらないとでも思ってんの?」

バローネは少年が何を言っているのかわからなかったが、もう慣れた。

「五ドル渡す」彼は言った。「ウイスキーを買ってきてくれ。なければ戻ってくるな」

「薬をのむこと」少年は言った。「その水で」

翌日の土曜、バローネはウィンズロウを調べた。成果なし。フラッグスタッフへ。

ダウンタウンの古めかしいホテルで、三十回目か、四十回目、五十回目の口上を述べた。**私立探偵です。男を探しています。奥さんと子供を家に残して逃げてしまったので、見つけてほしいと奥さんに依頼されました。ダッジに乗っているようです。車体は青と白。なんと名乗っているのかはわかりません。**

フロント係は、革を編んだ古めかしい紐タイに、銀とトルコ石の留め金をつけていた。ホテルの雰囲気に合うように、オーナーがつけさせているのだろう。

「いいえ、そういうかたはいませんでしたね」フロント係は大きな帳簿を調べた。「家族連れや恋人同士ばかりです」

最初からまちがっていた可能性もある。テキサスの保安官が嘘をつき、自分はだまされたのだ。バローネはそう考えたくなかった。ギドリーは西ではなく、東へ向かったのかもしれない。あるいは、途中で睡眠をとらず、二十四時間走りつづけてロサンジェルスに行ったのかもしれない。そしてすでにメキシコにいるとか。

昼の十二時半。夜中の十二時半のように感じた。バローネは横になって一、二時間眠りたかった。だが、仕事は決して投げ出さない。そこが彼の唯一すぐれた性格で、それまでの人生で変わることがなかった。彼の性根を嫌っていた継母ですら認めていた。ポール・バローネは決して投げ出さない。

そして、昨日また聞いたあの曲。『ラウンド・ミッドナイト』。なんら意味はないのかもしれない。それともあるのか？

バローネは、古めかしい紐タイをつけたフロント係に、ギドリーの特徴を——三十回目か、四十回目、五十回目に——説明した。身長と体型。黒髪、明るい色の眼、笑顔。昔からの友人だと相手に思わせるような雰囲気。

フロント係は少し考えていた。「まあその……ちがうか」

バローネはチクリと何かを感じた。「話してください」

「ミスター・ウェインライトにとてもよく似てる気はしますけど。でも、奥さんといっしょでした。あと娘さんも」

「奥さんと娘さん？」

「ええ、いっしょに到着して、そう、いっしょに出発するのも見ました」

ギドリーではない。ギドリーのはずがない。「ほかには?」

「ほかには?」

「ミスター・ウェインライトについて、ほかに何かないかな。思い出すことは」

「ああ……」フロント係は少し上を向いた。「思えば、ちょっと訛りがありましたね。あなたの訛りに似ている」

ギドリー、なんともずる賢いやつだ。途中でどうにかして妻と子供を手に入れたのだ。店で帽子やコートを買うみたいに。その偽装にしてやられるところだった。

「出発したのはいつ?」

「今朝です」フロント係は言った。「九時ごろ」

バローネは相手を見つめた。ギドリーはメキシコにいない。ほんの三時間前にはここにいた。

「どっちに向かった?　わかります?」

フロント係はためらった。バローネは、新しい三八口径ポリス・ポジティブを出してフロント係の顔に突きつけるのをこらえなければならなかった。

「電話が欲しいだけなんです、奥さんは。それだけ。すっかりまいってる。彼は悪い人間じゃない。ほかの人と恋をしてしまった。追いつめるつもりはないが、見つけ出して電話をかけさせないと、こっちも報酬がもらえないので」

フロント係は折れた。「ラスヴェガスに行くようです。電話でそう話してるのが聞こえました、ミセス・ウェインライトが。いや、ミスター・ウェインライトの……連れのかたが」

バローネは外に出た。通りの向かいに電話ボックスがあった。

「やつはヴェガスに向かってる」とセラフィーヌに伝えた。「ここを出たのは三時間前だ」

「わかった」セラフィーヌは声に安堵が混じるのを隠そうとしていたが、バローネは聞き取った。おそらくセラフィーヌも、バローネの声に安堵を聞き取っている。「カルロスが喜ぶわ。〈トロピカーナ・ホテル〉にスタン・コンティーニがいるから、会って。ラスヴェガスではおとなしくふるまうこと。わかった?」

「やるべきことはわかってる」バローネは電話を切ろうとした。

「もうひとつ、モン・シェール」

「なんだ?」

「テキサスの警察署の件があったでしょ?　信頼できる筋からの話だと、容疑者は白人の男で、十代の黒人の少年を連れてるそうよ」

ダイナーのウェイトレスだ。バローネは彼女のことを忘れていた。あえて頭のなかから締め出していた。

「まずい情報だった？」セラフィーヌが言った。

「どうして？」

「警察が知ったら――」

「ヴェガスから電話する」

バローネは電話を切った。フラッグスタッフから出る途中、〈トール・パイン・イン〉という小さなナイトクラブに車を停めさせた。〝最高の雰囲気。美味しい料理。ビールとワインは持ち帰りできます〟。〈シュリッツ〉の六缶セットをふたつ、持ち帰りで買った。

「医者が言ったことは知ってる」バローネは言った。「ただのビールだ。祝わせろ」

「おれも一本」少年が言った。

「運転中だ。あきらめろ」

数キロ走ったところで、バローネは少年に一本渡した。「何か音楽をかけてくれ」

聞くに値するものは見つからなかった。ヒルビリー・ヨーデル歌手、地獄だのなんだのとうるさい伝道者、自分のパーティで泣くレスリー・ゴーア（ゴーアの『涙のバースデイ・パーティ』という曲は、誕生パーティで恋人がほかの女性を連れていなくなったことを嘆く）。最悪なのはレスリー・ゴーアだった。頭蓋骨に釘《くぎ》を打ちこまれるような気分になる彼女の声。

バローネはラジオを消した。少年はビールを飲み干し、二本目に手を伸ばした。思い上がって、許可を得ようともしない。

「それで最後だ」バローネは言った。「あとはやめとけ」

「ふん」少年は言った。「あとはやめとけ?」

「そのとおり」

「あんたはどうなのさ」

「何が」

「神を信じてんの?」

「多くの人が信じてる神は信じてない」バローネは言った。

松の木が茂る山々からは遠ざかっていた。眼のまえには生き物の気配すらない砂漠が広がっている。弾痕がある薄い金属板の標識に〝ラスヴェガスまで二百四十キロ〟とあった。

少年はかすれた裏声でレスリー・ゴーアの曲を歌いはじめた。出だしの途中で急に笑いだし、また初めから歌い直さなければならなかった。薄いビール二本半で酔っている。

「うーっ!」少年が言った。「小便したい」

「するならしろ」バローネは言った。

ハイウェイから砂漠に十五メートルほど入ったところに、道と平行に走る枯れた川床があった。ひそかにことをすますには充分な深さがある。

「そこに停めろ」バローネは言った。

「ひとつ教えて」少年が言った。

「小便するんだろ。行け。おれもする」

「ひとつ教えてよ」

「なんだ?」

「忘れた」

バローネは少年のあとから川床におりた。ベルトを使って静かにやるつもりだったが、少年のことは気に入っていたし、ベルトだと時間がかかる。しかもまだ体調は万全ではなく、発熱と怪我をした右手のせいで力も出ない。そこで、少年の後頭部をポリス・ポジティブで撃ち、肩甲骨のあいだにさらに二発撃ちこんだ。

バローネは斜面を登った。ハイウェイのどちらを向いても、数キロ先まで何も見えなかった。車に乗り、運転席に坐った。斜面を登ったせいで息が切れていたが、この先の道のりは長くなかった。

23

ビッグ・エド・ツィンゲル。どこから始めようか？　ギドリーが彼に初めて会ったのは、一九五五年、〈デューンズ・ホテル〉のオープン祝いにモー・ダリッツが華々しく開いたパーティでのことだった。シナトラがいて、リタ・ヘイワースと夫のディック・ヘイムズもいた。メインルームのショーが終わると、ヴェラ＝エレンが会場に現れて、サイコロ賭博《クラップス》に加わった。

いまと同じく当時も、エドはラスヴェガスで網の目のように広がる人脈の中心にいた。東部を拠点とするモー・ダリッツ一派は、金を使うより稼ぐほうが好きだったから、カジノを造って拡大するために、堅気の出資者を集められる人間が必要だった。そこで見込まれたエドは、フェニックスのヴァレー・ナショナル銀行やカリフォルニアの教員年金基金、ほかにもあらゆるところから出資者を引き入れた。そういう手腕があったのだ。すでに戦時中、古い銀山を買って採掘し、建築資材を供給してひと儲けしていた。

一九五五年、〈デューンズ・ホテル〉のパーティで、ビッグ・エドはギドリーに名刺を渡した。そこには名前、電話番号に加えて、手書きふうの優雅なエンボス文字で〝ビッグ・アイデア〟とあった。

　彼らは談笑した。エドはギドリーが気に入った――「なかなかいい身なりだな、小僧」――ギドリーがカルロス・マルチェロのもとで働いていることに気づくまでは。

「おれの見たいものがわかるか？」エドはウェイターから新しいシャンパングラスを受け取って、考えこんだ。「あの卑怯なチンなめが小包を開けたとき、おまえのばらばらの体が詰まってたら、どんな顔をするか見たいのさ。どれくらい悲しむと思う？」

　ビッグ・エドは大まじめだった。ギドリーがとれる策はふたつにひとつ。正しい策か、まちがった策か。どっちがどっちだ？

「体のどの部分かによる」ギドリーは言った。

　エドはゲラゲラ笑った。身なりのいい小僧は安堵し、額の汗をぬぐった。ビッグ・エド・ツィンゲルに下手な冗談はつうじない。同じ夜、エドは古い友人で商売仲間のモーリー・シフマンのために乾杯した。じつに心のこもったスピーチで、涙ぐまない者はいなかった。二週間後、シフマン夫妻は、タホ湖の休暇用のキャビンで死んでいるところを発見された。モーリーは絞め殺され、妻は頭を撃たれていた。ビッグ・エドが暇つぶしにみずから手を下したという噂だった。妻の頭のまわりには、もれ出す脳で高価な東洋の絨毯《じゅうたん》が汚れないように、ソファのクッションが置かれていた。

もっと現在に近いところでは、一年ほどまえ、フーヴァーFBI長官がエドの事業の内実を知りたいと考えた。FBIには女性捜査官がいないので、タイピストのなかからひとり選んで潜入させた。そんな彼女がうまくやれるわけもなかった。エドは正体を見抜き、フーヴァーにメッセージを送った。

「とても謙虚で、本当にいい人だ」ギドリーはシャーロットに言った。彼女をエドに会わせる必要はないので、大げさに言ってもかまわなかった。「ラスヴェガスに病院を建てた。全部自分の金でね。でも、病院に自分の名前はつけさせなかった」

「本当なのかしら……わたしに車を貸してくれるなんて」シャーロットは言った。

「貸してくれるさ。これから数日は街にいないみたいだが、戻ってきたら当てにしていい」

「どうやって知り合ったの？」

「エドは車の販売業者というだけでなく、ネヴァダ州最大の保険代理店の所有者でもある。それで知り合った。ミネアポリスで会合があってね。保険金について議論が盛り上がった」

ギドリーがラスヴェガスに行くのはせいぜい年に一度だった。エドはいつも時間を作って酒や食事をふるまってくれた。食事の終わりには、ギドリーをがっしりと抱きしめる。

「おれたちみたいなのは、団結しないとな」

ラスヴェガスが近づいた。残念ながら、まだ午後一時だった。ラスヴェガスは夕暮れどきが最高なのだ。山々にさまざまな紫の帯状の影ができ、低く垂れこめた雲を、歓楽街《ストリップ》の光が石炭のように熱する。

ギドリーはシャーロットを見た。膝を動かし、彼女の膝に当てた。シャーロットは微笑み、膝で押し返した。昨夜、ギドリーはベッドでいつもどおり愉しんだ。いつも以上に愉しんだ。途中でつまらなくなることはなかった。ほかのどこにも行きたくなかった。

「ラスヴェガスの近くで原子爆弾の実験があるんでしょ。雑誌で読んだ」シャーロットが言った。娘たちは後部座席で眠っていた。「家族連れが車で見に行くって。ドライブイン・シアターで映画を見るみたいに」

「ここ数年はない。そのまえは、そう、たしかにあった。ダウンタウンのホテルの最上階から、屋上から、爆発が見えた」

「ほんと?」彼女が言った。

「キスしてくれ」

シャーロットはまた微笑んだが、窓のほうを向いたままだった。「原子爆弾。そんなの見たいと思わないけど」

「同感だ」ギドリーは言った。

「きれいなんでしょうね。でも、たぶんわたしは、爆発よりそれを見てる人たちの写真を撮る」

油断するな。ギドリーはまた自分に言い聞かせた。ビッグ・エドのような男には、少しも隙を見せてはならない。エドは人生というスポーツを愉しんでいる。いちばんいいほうに転んでも、ひとつふたつ驚くような展開があるだろう。いちばん悪いほうだったら、エドはギドリーをヴェガスにおびき出し、カルロスに売り渡す。何しろエドはビジネスマンだ。己が利益を損せば、何の益あらん（『新約聖書』マタイ伝福音書第十六章の〝人、全世界を贏くとも、己が生命を損せば、何の益あらん〟のもじり）。

それに、今日はギドリーとの約束を本気で守るつもりだとしても、明日になれば気が変わるかもしれない。エドの気まぐれは有名だ。

「影の写真は撮るし、ものを見てる人たちの写真も撮る」ギドリーは言った。「でも、彼らが見てるものは撮らない」

シャーロットは笑った。「戸惑ってるようね」

「興味をそそられてる」ギドリーは言った。

「わたしが好きなのは……見落とされるもの」

「見落とされるもの？」

「毎朝玄関を出ると、かならず左を見て、ミスター・ブルームがポーチにいるか確かめる。そしていつも同じことを思う――なんて不機嫌そうなの、わざわざこっちから手を振ったりするもんかって。それから右を向いて、柵のそばのサルスベリを見る。そしていつも同じことを思う——毎年夏の二、三週間だけじゃなくて、もっと長く花を咲かせてくれればいいのにって」

ギドリーは、シャーロットの思考が次にどこへ行くのかわからないところが気に入っていた。「いまは戸惑ってる」

「カメラを手にしてると、新しい場所に眼を向けなきゃという気になるの。新しいことを考えなきゃって」シャーロットは照れくさそうにまた笑った。「いいから聞いて……いや、やっぱりやめとく」

「続けて」ギドリーは言った。「お願いだ」

〈アシエンダ・ホテル〉は、ギドリーが求める条件を完全に満たしていた。まじめ人間や家族連れを狙い、ミニゴルフ場やゴーカート場があるカジノ・リゾートは、ラスヴェガスでここだけだ。ストリップの南の端にぽつんとあり、向かいは空港で、きらびやかなナイトクラブから遠く離れている唯一のカジノ・リゾート。ギャングとのつながりがない唯一のカジノ・リゾートだった。みかじめ料を収めなくても毎年赤字になっている。注目する価値もない。

〈アシエンダ〉で知り合いと出くわすことがぜったいないとは言いきれないが、可能性は低かった。それに、シャーロットと娘たちがそばにいれば、うまく溶けこめる。

駐車場の上に、暴れ馬にまたがったカウボーイの看板がそびえていた。通りすぎる車の運転手に、おいで、おいでと手を振っている――いや、自分の金に、さよなら、さよならと手を振っているのか。懐かしいアリゾナの〈ビッグチーフ〉も顔負けだ。

ローズマリーとジョアンはしきりに、わあ、へえ、と声をあげていた。ロビーには〈ボニー・ベスト〉婦人服店があり、劇場の表看板では『レ・プーペ・ドゥ・パリ』という人形劇が案内されていた。ギドリーは娘たちにそれを訳してやった――パリの人形たち。

「ママ」ローズマリーが、教会にいるときのように声をひそめて言った。「これ、どんなの？　知ってる？」

「なあに？」シャーロットは言った。

「映画みたいなものよ」ジョアンが言った。やはり声をひそめて。「『オズの魔法使い』みたいな」

フロント係は犬にほとんど眼を向けなかった。その点、ラスヴェガスはニューオーリンズに近い――見合った金さえ払えば、何をしてもかまわない。アメリカ万歳だ。

この時期は寒すぎて泳げないが、きらめく屋外プールの脇で昼食を食べるにはちょうどいい暖かさだった。運ばれてきたホットドッグには、ケチャップ、マスタード、ピクルスの皿が添えられ、小さなスプーンが一本ずつついていた。ローズマリーとジョアンは天にも昇る心地だった。

リストに次ぐリスト。大好きな色。大好きな歌。大好きな食べ物。ギドリーは大好きな食べ物に目玉焼きを加えようとして、まちがいを正された。それは大好きなランチの食べ物。

　いまさらながら、彼は娘たちが母親によく似ていることに気づいた。顎の形が同じだし、同じように人生をまっすぐ見すえている。**さあ、来るなら来なさい**、と挑んでいる。

　大好きな本。大好きなおとぎ話。大好きなおとぎ話の登場人物。風がプールの水面にさざ波を立てていた。

　彼は――父親は――娘たちをぶっていない。ギドリーは数日母子のそばですごして、みずからの経験からそう推測していた。むしろ娘たちを溺愛していたのだろう。そうしない理由が見つからなかった。娘たちを失い、胸から心臓をえぐられたような思いでいるのだろうか。それはどんな気分だろう。ギドリーは忘れていた。二度と思い出したくなかった。

「さて」彼は言った。「ゴーカートに乗りたい人は？」

　ところが、十二歳以上でないと自分で運転できなかったので、代わりにミニゴルフをした。ギドリーはわれながらミニゴルフが下手なことに驚いた。本当にひどかった。ボールを火山の斜面に当て、池に落とし、目標の風車から遠くはずした。少女たちは終始やさしいことばをかけてくれた。「気にしないで。とってもむずかしいホールだったから」

　シャーロットは最後のパットのまえに立ち止まった。空を見上げ、あたりを見まわした。

ヤシの木、ストリップに立ち並ぶカジノの高層ビル、そしてギドリー。

「ここはどこ？」彼女は言った。

どういう意味か訊く必要はなかった。ギドリーは正確に理解していた。

その夜、ベッドのなかで、ギドリーはまたいつまでもシャーロットが欲しくなった。初めて裸の女に触れ、口を押し当てたときのような感覚だった。

終わったあとでギドリーが腕を上げると、シャーロットはその下に入って、頭を彼の胸にのせた。錠と鍵の形がぴったり合うような、完璧な合致。ギドリーが膝の向きを変え、彼女がそこに脚を絡ませた。カーテンは開けたままだった。月の光が静かに歌っていた。

ほかのたいていの相手なら、ギドリーはとっくの昔にベッドから出て、服を着、部屋の外に向かっている。だが、役を演じなきゃいけないだろう、フランク・ウェインライト？シャーロットの内腿は温かく、肌はなめらかで吸いつくようだった。そのすぐ下に彼女の脈拍を感じた。バンドのビートは曲が進むにつれて遅くなった。演じている役、なりきった人物が気に入ってしまったら？　それでも役は役にすぎない。

シャーロットがギドリーの胸をなでた。掌が触れているような、いないような距離で。コンロの火加減を確かめるときのように。

「毛が多いのね」彼女は言った。

「いまごろ気がついた？」ギドリーは言った。

夢さながらの気だるい月の光を浴びて、これが本物の人生だったらと想像するのはむずかしくなかった。アネットの別の人生を想像することも。妹はいまこのとき、どこにいる？　ルイジアナ州アセンション郡にとどまっていないのは確かだった。

看護婦。それがいい。アネットは血や内臓の処置に忙殺される重大な場面でも、冷静でいられる。顔色ひとつ変えない。戦時中も、医者が兵士たちの傷を縫合するまで生き延びさせる。

アネットはその陸軍兵士のひとりに恋をする。肩幅が広くてがっしりした軍曹だ。陽気でやさしい。世の中にそんな男がいるのか？　きっといる。毎年、ギドリーはクリスマス・ディナーで妹一家を訪ねるたびに、姪や甥《おい》を甘やかす。アネットが愛情をこめて、兄さんと同じくらい頭のいいお嫁さんを見つけなさいと説教する。兄さんより頭がよければもっといいけど。怖がらないで、フリック、その人に噛まれたりはしないから。アネットはまだギドリーをフリックと呼んでいる。彼の名前をうまく言えない、ぽっちゃりしたよちよち歩きのころからずっとそうだ。ギドリーは彼女をずっとフラックと呼んでいる（〝フリックとフラック〟は、結束の強いふたり組という意味）。

いつかアネットも死ぬが、そのときには、病院のベッドで子供や孫、花瓶に挿した花々に囲まれ、兄が手を握っている。

「結婚したことはないの？　フランク」シャーロットが言った。

た。

「ない」

シャーロットの手がギドリーの顔に触れた。その指が唇、鼻、頬の輪郭と、傷をなぞった。

「行きたくない」シャーロットは言った。

ギドリーも行ってほしくなかった。彼女が去れば幕はおり、フランク・ウェインライトは舞台下手に退場する。エドへの電話をこれ以上遅らせるのは賢明ではなかった。

「朝までここにいればいい」ギドリーは言った。

「それは無理」

「あの子たちは向かいの部屋でぐっすり眠ってる。自分でそう言っただろう」

シャーロットはさっとベッドから出て服を着た。着終わると、長い首筋に垂れていた髪をねじってまとめ、ゴムバンドで留めた。ギドリーはその手をつかもうとしたが、彼女はすでに衣装簞笥《だんす》のほうへ進んでいた。ブラウスのボタンを上まで留めると、鏡をちらっと見て自分の姿を確かめた。

「わたしも一度木から落ちたことがあるの」シャーロットは言った。

ギドリーは一瞬反応できなかった。彼女が気づいて振り向くまで、眼の下の傷の話だとはわからなかった。自分でついた嘘だ。あくびや伸びをしてごまかそうとした。しっかりしろ、とまた自分に言い聞かせた。ビッグ・エド・ツィンゲルのそばでぼんやりしたり、くつろぎすぎたりすれば、ハンマーが落ちてくるぞ。

「たいていの子供は落ちるんじゃないかな。たまたまこういう傷が残れば証拠になるだけで」

シャーロットはまた少しギドリーを見てから、靴をはいた。

「仰向けになって空を見てたのよ。怪我はしなかった。風にあおられたの。ただもう驚いた。木の上にいたと思ったら、次の瞬間には地面にいたから。〝いま何が起きたの？〟って感じ」

「それは偉い」ギドリーは言った。「ぼくならたぶん泣きわめいてる」

シャーロットは前屈みになって、ギドリーに別れのキスをした。「あなたのこと、あまり知らないわね」

すでに心の準備ができていたギドリーは、次々と嘘をつくつもりだった。**ぼくの何が知りたい？**　しかし、シャーロットはドアに向かっていた。疑問に思っているのではなく、思ったことを口にしただけだった。

「明日の朝、みんなで朝食を食べようか」ギドリーは言った。

「そうしましょう」シャーロットが言った。

〈アシエンダ・ホテル〉は二階までしかない。ギドリーの部屋の窓からは、ストリップや山の端どころかプールすら見えなかった。月と、剃刀で切ったようなヤシの木の影がいくつか見えるだけだった。ゴーカート場のかすかなシューッ、パンパンという音を、しばらく立って聞いていた。そして再放送の『正看護婦ジャネット・ディーン』を見た。かわいそうなエラ・レインズ。よかれと思ってしたことのせいで、いつも窮地に立たされる。

真夜中近く。ぐずぐずするな。受話器を取り、忌々しい番号にかけた。

なめらかなイギリス訛りの男が電話に出た。「こんばんは。ツィンゲル邸です」

「ニューオーリンズのエドの昔なじみだ」ギドリーは言った。

待った。さあ始まるぞ。未来を占うこの最後のチャンスに、善であれ悪であれ、エドの真の狙いをはっきりさせないと手遅れになる。若いときに大好きだった三文ウェスタン小説なら、主人公のならず者のカウボーイが線路に耳を当て、猛スピードで迫る列車の震動を感じ取ろうとするところだ。

「いまどこだ?」ビッグ・エドが訊いた。「昨日来るはずだったな」

「ずいぶん会いたがってるね」ギドリーは言った。

「当然だろう」

ギドリーは微笑んだ。カードで遊ぶ者もいれば、女を追いかける者もいるが、エドは人に冷や汗をかかせるのが好きだ。「からかうのはやめてくれ、エド。ただでさえ死ぬほど不安なんだ」

「何をやめろって？」エドは言った。「わかった、わかったよ。おれを信用しろ、小僧。こっちの考えは変わってない。どうだ、気分はましになったか？」

ギドリーはエドの声のなめらかな線路から震動を感じ取ろうとした。エドは本気なのか。それとも本気だと自分で信じているだけなのか。ギドリーをどう扱うか、まだ決めかねているのか。

「おれの気分がいつよくなるかはわかるよな、エド？」ギドリーは言った。

「美しいインドシナ行きの飛行機に乗っているときだ」エドが言った。

ちがう。太平洋上で貨物室のドアから突き落とされずに、飛行機がインドシナに着陸したときだ。

「話すことがたくさんある」エドは言った。「さあ、どこにいるのか教えてくれ。レオを迎えにやる。明日の一時だ。うまいランチを食おう」

「タクシーで行くよ。あんたの手を煩わせたくないから」

エドは笑った。「どこにいる？」

「〈アシエンダ〉」

「〈アシエンダ〉？　おい、どうした、退屈で死にたいのか？」

「身を隠してるんだ、エド。おれがここに来た理由を忘れたようだな」

「ちょっとした驚きも刺激も興奮もない人生なんて、誰が望む？」

ギドリーは、ミニゴルフの最中にシャーロットが空を見上げ、あたりを見まわしたときのことを思い出した。ここはどこ？　どうやってたどり着いたの？

「明日の一時だな」ギドリーは言った。「準備しておく」

24

日曜の朝。朝食にパンケーキとメープルシロップ。行楽地を散策。ジョアンが歩道で干からびかけたトカゲを見つけた。まばたきをくり返し、さっといなくなった。チェッカーゲーム、投げたものを犬に取ってこさせる遊び、またミニゴルフ。ギドリーはようやくミニゴルフのコツをつかんできた。彼がパットをするたびに、ローズマリーとジョアンが声援を送った。これならそのうち慣れるとギドリーは思った。正確には何に慣れる？　わからなかった。

最後のホールまでまわったあと、ギドリーはシャーロットに、友人に会いに行くと告げた。聖人のように慈悲深い車販売業者に。娘たちには、彼抜きであまり愉しまないように約束させた。

「二時間で戻る」ギドリーは言った。「幸運を祈ってくれ」

ホテルのまえでロールスロイス・シルバークラウドがエンジンをかけて待っていた。運転手がギドリーのために後部座席のドアを開けた。七十代前半。すらりと背が高くて、非常に礼儀正しい。細い口ひげを生やし、仕立てのいい黒のスーツを着ていた。

「ようこそラスヴェガスへ」運転手は言った。電話で聞いたなめらかなイギリス訛りだった。「ミスター・ツィンゲルの助手、レオと申します。愉しい旅をなさっておられますか?」

ギドリーはレオを上から下まで見た。ロールスロイスも。車体がやたらと長く、不穏な空を思わせるメタリックグリーンがつやつやと輝いていた。

「エドは人を感心させるのが好きだ。な?」ギドリーは言った。

レオは真顔だったが、眼が苦笑するように光ったのをギドリーは見逃さなかった。「おっしゃる意味がわかりかねます」

彼らはストリップを北上し、〈ボナンザ〉ギフトショップの角で東に曲がった。ギドリーはエドの家に行ったことがなかった。石造りのチューダー様式の屋敷を思い描いた。庭と、丁寧に手入れされた芝生。地下にある秘密の部屋は壁がタイル張りで、床のまんなかに排水口がある。

「レオ」ギドリーは言った。「エドのところで働いてどのくらいになる?」

「二十年近くです」

「ずいぶんハラハラすることがあったんじゃないか?」

真顔、苦笑の光。「それはもう」

古い街並みを通りすぎ、新しい街並みを通りすぎた。ラスヴェガスは急発展し、もれ出した染みのように砂漠のほうへじわじわと広がっていた。たしかに冬の気候は快適だ。だがほかには？　何もない。この街の魅力など、靴底からこすり取ったチューインガムと変わらない。

シャーロットにニューオーリンズを見せてやりたかった。鳥と、鳥みたいな老婆しか目を覚ましていない、静かな日曜の朝のフレンチ・クォーター。ガーデン地区、黄昏《たそがれ》のミシシッピ川、〈プラム・ストリート・スノーボールズ〉かき氷店。オーデュボン・パークの動物園に行ったら、ローズマリーとジョアンははしゃぎまわるだろう。

「まだ先なのか？」ギドリーは言った。

いまや完全に砂漠のなかだった。〝文明〟――ラスヴェガスをそう呼びたければ――は後方へ遠ざかり、小さくなっていた。

「まもなくです」

「エドはこんなところに住んでるのか？」

レオはハンドルから指を一本離し、トンと叩きつけた。〝イエス〟ということか？　ギドリーはギャングの純潔の掟《おきて》をよく知っている。ヴェガスの不正なビジネスは合法のギャンブルに依存し、合法のギャンブルは、ヴェガスのビジネスは公正だという根拠のない作り話に依存している。だからこそ、派閥を超えた了解事項がある――人前では争わず、旅行客には血が流れるところや頭が吹き飛ばされるところを見せない。ヴェガスで誰かを殺す必要があれば、誰もいない砂漠に連れていき——まさにこんなふうに！——そこで殺す。

「あんたはハンサムな悪《わる》だな、レオ」ギドリーは言った。「きっと昔は、角を曲がるとレディたちが列を作ってたんだろう」

そこでようやくレオは微笑んだ。

「ちがう？」ギドリーは言った。うすうす感じていたことだった。「なら、若い男が並んでたんだな。ニューオーリンズに来れば、何人か紹介するよ」

すでに二十分走っていた。ラスヴェガスの街からは何キロも離れている。

「おれはどうなる、レオ？」ギドリーは言った。

「なんとおっしゃいました？」

「ヒントをくれ。この先どんなことが起きる？　正直に答えてほしい。いまさらおれは何もできないんだから、問題ないだろう？」

レオはシルバークラウドの速度を落とした。荒れた砂利道に方向を変え、岩場に入っていく。五百メートルほど進んだあと、切り通しを曲がると、脇にサボテンが並ぶ舗装されたばかりの道路に変わった。

「着きました」レオが言った。

エドはチューダー様式どころか宇宙時代の最先端をいっていた。家はだだっ広い多階層の造りで、外壁は全面ガラス張り。白い平らな屋根は急勾配で、船の帆のようにも、サメのひれのようにも見えた。玄関までの広い通路は、セメントブロックを複雑な格子模様に積み上げた塀に縁取られていた。

「おお」エドがいつもの装いで家から出てきた。ゆったりした麻のスラックス、シルクの開襟シャツ、頭にのせたサングラス。ギドリーを、肋骨が折れそうなほど強く抱きしめた。「どう思う?」

「レオに砂漠に連れていかれて撃たれるのかと思った」ギドリーは言った。

「レオ? まさか。この家をどう思う?」エドは体の向きを変え、ギドリーといっしょに家を見た。「これが最新式らしい。だが、夏もこのガラス張りだ。火あぶりで燃えそうな感じだよ。レオみたいに上品なやつからすれば、品のない家だろうな。こいつは、おれに品がないと思ってる。だろ、レオ?」

「車を裏にまわしてまいりましょうか、ミスター・ツィンゲル?」レオが言った。

「助かる」エドが言った。「こっちだ、小僧」

ふたりはなかへ入った。一段低くなったリビングルームのなかに、また一段低いリビングルームがあった。それくらい広い。高さ五メートルの天井、小型車が入りそうな石造りの暖炉、カーブした白いビニール製のソファ、シマウマの毛皮の敷物。

その敷物の上に十七歳くらいの少女が寝そべり、雑誌をめくっていた。男物の半袖開襟シャツを着て、かなり短いデニムのショートパンツをはいている。脚は長く、汚れているのか日焼けしているのか、あるいはその両方だった。ほかにも何人か容姿のいいティーンエイジャーがくつろいでいた。上半身裸で巨大な水槽の魚を見ている少年ふたり。足の爪を塗っている眼鏡の少女。サクランボがいっぱい入った紙袋を持ち、大理石の床にいる少年にそれを食べさせている少女。

「こいつらのことは気にするな」エドが言った。「ほとんどみんなラリッてる」

「あんたの友だちか?」ギドリーは言った。

「というか、家族みたいなもんだな。国じゅうからここに流れついた。暖炉のそばにいるシンディはメイン州出身だ」

「ほう」

「そう厳しい顔をするな、マミー・アイゼンハワー。おれは手は出さない。眺めるだけだ。もう歳だから、ついていけんよ。こいつら本人がどうしてもやりたいと思ってること以外、お互いやらせたりはしない」

シマウマの毛皮の敷物にのった少女、メイン州のシンディは気だるげに仰向けになると、長くほっそりした汚いむき出しの脚を上げ、爪先を天井に向けた。眼のまえに垂れたブロンドの髪越しにギドリーを見ていた。ギドリーはこれほど青くうつろな眼を見たことがなかった。これほど白々しいうつろな笑みも。

「いいだの悪いだの言うつもりはないよ、エド」ギドリーは言った。

エドはギドリーを連れてリビングルームを抜け、角を曲がり、キッチンのまえを通った。ドア。

「先に入れ」エドが言った。

ギドリーは深く息を吸った。が、ドアの向こうは、床に排水口があるタイル張りの秘密の部屋ではなかった――ただのダイニングルームだ。プールに面したガラスの壁、雪のように白いテーブルクロスがかかった食卓、スコッチの〈ブラック&ホワイト〉のボトル、その隣には氷が入ったアイスペール。ギドリーはまっすぐスコッチに向かい、グラスにダブルの量を注いだ。だが、まだ気を抜いてはいけない。ウイスキーが用意され、レオがロブスター・テルミドールらしきにおいのする金属製保温皿《チエーフィング・ディッシュ》を持ってきたにしても、あと一、二時間生きられることが保証されたにすぎない。おそらく。

「食え」エドが言った。「レオのことは気にするな。慎みの固まりのような男だから。だよな、レオ?」

ギドリーの席はエドの向かいで、レオの隣だった。窓の向こうを見ると、プールのそばにともに日焼けしたティーンエイジャーがひと組横たわっていた。体が輝いていて、動かない。

ギドリーはひと口食べ、ひと口飲んで、待った。エドは、ギドリーが気が気でないのを眺めて愉しんでいた。

「それで、おれはいつ出発するんだ、エド？」ギドリーは言った。「ヴェトナムへ」

「知りたくてたまらないよな」エドは言った。「いつ、どうやって着くのか、着いたら何をするのか。いわば関連細目を」

「まさに」

「無理もない。だが、まずはお互い手札を見せ合って、すっきりさせよう。どうだ？」

ほら来た。初めの一発、最初の衝突。やるべきことはわかっていた。立ちつづけ、倒れないことだ。

「おもしろそうだ、エド。だが、こっちの手札はもう全部見せた」

エドは笑った。「冷静だな、小僧。おまえのそういうところが好きなんだ。その落ち着きと自信がな」

少なくとも、そう見えているのはいいことだった。

「本当は何があったのか教えろ」エドは言った。「おまえはカルロスの娘とファックしてない。したかもしれんが、そのせいでもめてるわけじゃない。カルロスがちびりそうになりながら、おまえを探しまわってるのは、そのせいじゃない。もしおれたちが手を組んでこの件にかかわるのなら、全部知っておく必要がある」

「もし？」ギドリーは言った。

「ことばの綾《あや》だ」

エドに真実を伝えるか、嘘をつくか。ダラスの真相を知っていること、カルロスの弱みを握っていることを認めれば、エドはいまよりもっと熱心に力になってくれるだろう。カルロスは関与を暴かれ、危険にさらされる。カルロスの急所を突いて悲鳴をあげさせたいエドの念願は叶《かな》う。

一方にはそれがあり、もう一方には、アメリカ大統領の暗殺という一大事がある。アール・ウォーレン委員会、ＦＢＩ。エドはそんな大きな頭痛の種を抱えたくない。ギドリーなどという頭痛の種を。

エドはすでにダラスやカルロスのことを知っていて、これは試験なのかもしれなかった。だが、正解は？　ギドリーにはわからなかった。エド・ツィンゲルの策謀はすでに伝説になっているし、彼の動機は知る由もない。いまも根気よく、笑みを浮かべて待っている。真実を伝えるか、嘘をつくか。両方から少しずつ攻めることにした。

「ケネディの件だ」ギドリーは言った。

「やはりな」

「くわしくはわからない。本物のスナイパーが仕事を終えてヒューストンに行ったことは知っている。セラフィーヌが、おれに聞こえてるとも知らずに電話でそう話してた」

「ほかには？」

「それだけだ。もう知ってることはない」

ギドリーは、マッキーやアルマン、ジャック・ルビーのことを考えていた。ヒューストンの夜のじめじめした生暖かさをまた感じ、キャデラックのトランクを開け、軍用布袋のなかにライフルと真鍮の薬莢を見つけたときの製油所のにおいをまた嗅いでいた。

「だが、カルロスはおまえがもっと知ってると思ってる」エドが言った。

「おれの手札はこれですべてだ、エド」

エドは椅子の背にもたれ、考えをめぐらしていた。ギドリーはまたダブルのウイスキーを注いだ。手の震えをエドに見せるな。ようやくエドはうなずき、ロブスター・テルミドールにかぶりついた。

「気分がいいもんだろう？　心の重荷を友人に打ち明けるというのは」

「新鮮な空気を吸ってるみたいだ」ギドリーは言った。

「この件に関しては複雑な気分だ。ジャック・ケネディは傲慢なやつだったが、愉しみ方を知ってた。ゲームのルールもわきまえてた。問題はボビーだ」

「あんただったら、ジャックの代わりにボビーを撃つってことか？」

「誰も撃たない。だが、そう、ジャックじゃなくてボビーだな。ジャックにメッセージを送って、まともな道に戻してやる。個人的な恨みをビジネスに持ちこんじゃいかん。カルロスみたいなくそイタ公でも、それくらいわかってないと」

エドがカルロスに個人的な恨みを抱いているからこそ、ギドリーはいまここに坐り、スコッチを飲んでロブスター・テルミドールをつまんでいる。その皮肉は指摘しないことにした。

プールのそばで寝そべっているティーンエイジャーは、相変わらず動いていない。息をしているのかすらわからなかった。レオが出ていき、コーヒーポットを持って戻ってきた。エドは口をふくと、ナプキンをテーブルに放った。

「愉快な話を聞きたいか？　おれは引退するつもりだった。終わりにするはずだったんだ。そんなときにジャックが撃たれて、ＬＢＪが後釜に坐った。おれは考えた……ふむ、ヴェトナムだ。わかるか？　おれにとってもおまえにとっても、あのダラスの最初の一発ですべてが変わった」

「エド」

「なんだ？」

「おれは手札をテーブルに出した」

「今度はおれの番か？　よし、腹を割って話そう。おまえにはネリス空軍基地から飛んでもらう。爆撃機部隊を指揮してる大佐が友人でな。やつは――」

エドはことばを切った。脚をむき出しにしたうつろな眼の少女、メイン州出身のシンディが、ふらふらと部屋に入ってきた。エドの膝にのり、ギドリーに白々しいうつろな笑みを向けた。レオが咳払いをすると、シンディは歯をむき、飛ぶボールに食らいつく犬のように、彼に嚙みつこうとした。レオは無視して、スプーン一杯の砂糖をコーヒーに入れた。

「いつだ、エド?」ギドリーは言った。「ネリスを発《た》つのは」

シンディがエドの顎を引っ張った。「パパ。今日は遊ぶの?」

「もうそんな時間か?」エドが言った。「小僧、おまえも愉しめるぞ」

いや。エドが何を考えていようと、ノーはノーだ。いまはそれどころではない、ぜったいに。だが、ギドリーは微笑んだ。落ち着きには自信がある。

「まずこの話し合いを終わらせたいんだが」ギドリーは言った。

「話す時間はいくらでもある」エドは言った。「本当に、こういうのは生まれて一度も見たことがないと思うぞ」

ギドリーはレオと眼を合わせた。レオのクラーク・ゲーブルのような口ひげがぴくりと動いた。

「レオはこういうおふざけに反対だ」エドが言った。「だろう、レオ?」

「ねえ、パパ」シンディが言った。「遊ぼうよ」

レオが立ち上がった。「道具を用意します」

「エド」ギドリーは言った。「つまらんやつだと思われるかもしれないが、たぶん――」

「おまえはつまらんやつじゃない、小僧。サイゴンをつまらんやつにまかせたければ、レオを行かせる」

やんわりとした警告だった。二度目はない、とギドリーは思った。「ゲームを始めるぞ」エドが言った。

外に出る途中で、ギドリーはバスルームに寄った。便器の上に署名入りのピカソの絵がかかっていた。ギドリーが見るかぎり本物で、おそらく莫大《ばくだい》な価値があった。翼と牙を持つ猫のような生き物が自分を貪り食っているところを描いた木炭画だった。小便をして髪をとかした。家のなかの遠いところから、ドアか棺の蓋を閉めたようなバタンという音がかすかに聞こえた。甲高い笑い声か、恐怖の悲鳴も。ここから出してくれ、とギドリーは思った。

裏に出ると、半エーカーにわたって広がるエメラルドグリーンの芝生――エドが四六時中水をやらせているにちがいない――にティーンエイジャーが集まっていた。八人いて、みな下着だけになり、四人の少年は〈フルーツ・オブ・ザ・ルーム〉の白いTシャツ、四人の少女はブラジャーにパンティという恰好だった。一列に並んだ彼らのまえを、レオが生卵の入った箱を持って歩くと、少年たちがひとつずつ卵を取った。

「こっちに来い。ルールを説明してやる」エドは石畳の中庭に腰をおろして葉巻を吸っていた。「卵をこいつらの頭にのせ、その上からナイロンのストッキングをかぶせて落ちないようにする」

「なるほど」ギドリーは言った。

少年はみなすでにストッキングを持っていた。少女たちが卵を固定するのを手伝った。肌色の薄いストッキングを顎まで引きおろすと、少年の顔は平たく潰れ、書きまちがいを親指でこすって消そうとしたかのように、造作がぼんやりした。頭のてっぺんに突き出した卵……いったい何に似ているのか、ギドリーにはわからなかった。できもの？　生えかけた角？

レオは〈コールマン〉のクーラーボックスを抱えて列のまえを引き返した。なかに何が入っている？　もちろん、魚だ。どの魚も三十センチはあり、カチコチに凍っている。それを少女に一匹ずつ。ギドリーはこの光景をピカソに見せてやりたかった。両手を上げて降参するだろう。

「子供のころ、こうやって遊んだもんさ」エドが言った。「夏、親に行かされたキャンプでな」

なんてこった。「それはいったいどんなキャンプだ、エド？」

「いいか、女が男の肩に乗る。それぞれ魚を持っている。ゲーム自体は単純だ。魚でほかのやつの卵を割り、自分の卵は割られないようにする」

レオがやってきて、ギドリーたちの横に坐った。「準備が整いました。ミスター・ツィンゲル」

「騎乗！」エドが言った。「最後まで立っていたふたりに百ドル！　チャンピオンが総獲りだ！」

エドは隣にあったサイドテーブルの抽斗を開けて銃を取り出し、空に向けて撃った。ギドリーは意表を突かれた。パンという銃声が峡谷に跳ね返り、何度もこだました。あらゆる角度から同時に撃たれたような気がした。

「進め！」エドが言った。

初めはみなふらついて、笑い声がたくさんあがった。八人のティーンエイジャーはラリっていた。少年はストッキングのせいでまえがあまり見えず、少女が持つ魚はつるつるすべって、握っていることすらままならない。

ギドリーはレオを見やった。思ったほど醜悪ではないのでは？　レオは顔を背けた。

少女たちはだんだん魚を激しく振りまわすようになった。ひとりの少年が顔に強烈な一撃を受けてよろめいた。眼がまわっているようだった。メイン州のシンディが、白々しい笑みを満面に浮かべてうまい位置に入り、その少年の肩に乗った少女に不意打ちを食らわせた。頭がもげそうな一発だった。固く凍った魚だから、角材で殴られるのと変わらないはずだ。

おさげ髪の少女がひとりの少年の卵を叩き割った。くり返し叩いて、少年に膝をつかせた。ギドリーは荒っぽい場面を見たことも、レイテ島の浜辺にいたこともある。その彼でさえ顔をしかめた。シンディは二個目の卵を割ると、理由もなくその少女のおさげをつかんで、パートナーの肩からうしろに引っ張った。少女は地面に落ちた。骨が折れたような音がして、ギドリーはまた顔をしかめた。起き上がった少女の口が血だらけになっているのを見て、シンディは笑った。

「エド」ギドリーは言った。

エドはにやりとした。「説明したかな？　無限の力を持つ本能的衝動《イド》。自然のもっとも美しい創造物だ。陽光を与え、花開くところを見よ」

「怪我人が出るぞ」

「出ないかもな」エドが言った。

これが救世主だ、とギドリーは改めて思った。この男の手に自分をゆだねてしまった。いますぐここから出してくれ。

残る卵はひとつ——シンディは仕留めにかかった。ふたりの少女が互いに激しく殴り合う。どちらのパートナーも崩れた。おさげの少女が這いつくばって逃げようとした。シンディがあとを追って捕まえ、押さえこみ、少女の悲鳴が哀れな泣き声に変わるまで殴りつづけた。シンディが握っていた魚は温まって柔らかくなり、ちぎれ飛んだ。

ふたりの少年が、おさげの少女を家のなかへ引きずっていった。シンディが褒美をもらいにやってきて、エドのまえでひざまずいた。頬が血で汚れ——手形の一部かもしれない——まつげには輝く銀色のうろこがついていた。エドは百ドル札をブラジャーの肩紐の下に押しこんだ。

「今日はおまえが女王だ」

「勝つのは好きよ、パパ」シンディが言った。

「見ろ」エドはギドリーに言い、持ち上げた銃を彼女の額に押しつけた。「脳みそを吹き飛ばしてほしいか、シンディ？」

シンディは白々しいうつろな笑みを浮かべた。「勝手にすれば」

エドは銃をおろした。身を屈めてシンディの額にキスをした。「体を洗ってこい。薬《キャンディ》をやれ」

エドはみずから車でギドリーを〈アシエンダ・ホテル〉まで送った。途中はほとんどしゃべりどおしだった。一九六〇年にノーマン・ビルッと組んで、ジャック・ケネディに何百万ドルも工面してやったこと。サム・ジアンカーナが、ボビー・ケネディに圧力をかけ、マリリン・モンローを麻薬漬けにしてリノの〈クラブ・カル・ネヴァ〉で輪姦《りんかん》したがったこと。見たければ、おれの手元にそのときの写真があるぞ。

ギドリーは微笑みながら聞いていた。頭痛がして、腹痛もまた始まっていた。ネリス基地を発つ話にまたうまく持っていこうとした。エドは無視して、古きよき時代の話をさらに続けた。

ギドリーは微笑みながら聞いていた。シャーロットのことを考えた。彼女の眼、におい、汗の味。いつものくだらない月並みな想像。シャーロットの笑い声としかめ面。なんてこった、おれはどうしてしまったんだ？　自分にがっかりした。シャーロットは何かに悩んだり、心惹かれたりしたとき——疑いを抱いたり、魅力を感じたりしたとき——カメラのファインダーをのぞくように片眼を細める。

「おれたちは何度か取引をした」エドが話していた。「だが、やつはおれの魅力に屈しなかった」

ギドリーは微笑みながら聞いていた。誰と取引をした？「想像もできないな、エド」シャーロットに対して抱いている感情は本物ではないとわかっていた。幼稚な恋愛であり、光による錯覚であり、状況の目新しさ（初めてのオクラホマの主婦！）や、背負っているストレスの重圧がもたらした、束の間《つかま》ののぼせ上がりだ。

だとしたら、なぜこれほどまでリアルなのだろう。ホテルに戻ってプールにゆっくり歩いていき、シャーロットと娘たちがまた見えて、三人がそろって顔を上げ、明るい表情になるところを想像すると、なぜ腹がぎゅっと縮むような喜びを感じるのだろう。いまこの瞬間、そこにいたいという欲望の強さに、ギドリーは動揺した。

〈アシエンダ〉の正面に着いた。ギドリーが車からおりかけると、エドがエンジンを切った。

「火曜日にネリスを出発だ。大佐の話をしたな。手筈《てはず》はすべて整っている」

「あさって?」ギドリーは言った。

「全部手配すると言ったろ? 信仰薄き者よ。ヴェトナムに着いたら、グエンが世話をしてくれる。おまえの現地の部下だ。綴《つづ》りはN・g・u・y・e・n。CIAの仕事をしてるが、心配はいらん。みな手を取り合ってフォークダンスを踊る仲だ。ほかにもうひとり、ヴェトナム政府や軍隊に顔の利くやつがいる。そのうち連絡してくるだろう。そいつの名前もグエンだ。グエンとグエン。いいな?」

「ウィン・ウィンの状況か」

「さあ、スーツケースを取ってこい。おれと家に戻るぞ。スペースはいくらでもある。〈アシエンダ〉か。田舎者の天国だ。おまえがこんなところで腐っていくのは、考えるだけでも耐えられん」

「ありがたい申し出だ」

「決まりだな。おまえは自由になりたい。バッファローみたいにのし歩きたい」

ギドリーは車からおりた。エドもおりて、ギドリーのほうにまわった——両手を大きく広げ、またギドリーの肋骨を砕こうとしている。しかし、ハグを交わさないうちに、エドの注意がロビーのドアのほうに移った。

ギドリーがそちらを向くと、シャーロットと娘たちがロビーから出てきた。シャーロットがギドリーに微笑んだ。

「ちょうどよかった。飛行機をもっと近くまで見に行こうと思って」

エドがギドリーを見た。シャーロットと娘たちを見た。彼も微笑んだ。

「ほう」エドは言った。「どういうことだ?」

25

フィルムが一枚残っていたので、シャーロットはブローニーをミニゴルフ場に持っていった。構図――ジョアンがこれから打ち、うしろにフランクがしゃがみ、ローズマリーは飛行機か雲か鳥に気を取られて空を見上げている。

三分割法。ミスター・ホッチキスも認めてくれるだろう。だが、もちろん彼はラスヴェガスに恐怖を抱くはずだ。あまりにも騒がしく、あまりにもまばゆい。あまりにもむき出しの乱暴な感情。あまりにも、あまりにも……。

シャーロットには、すべてが魅力的だった。昨日の夕方は、みなで車に乗ってストリップを走り、ダウンタウンまで往復した。そこにいた人たち！　思いつくかぎりの職業の男女。大股で歩き、つまずき、身を寄せ合い、押し合い、こそこそと車に逃げこむ。男がタキシードのジャケットを脱ぎ、旗のように振る。なぜ？　女が道端に坐りこみ、両手で頭を抱えながらも笑っている。なぜ？　見かけたすべての人たち、この広い世界の一人ひとりに、その人だけの物語がある。シャーロットはそのことが無性にうれしかった。

コーラスガールが気取って交差点を渡っている。彼女は何者？　衣装から着替える時間もないほど急いでいるのには、どんな理由がある？　衣装はオパールの輝きのビーズとけばけばしい羽根でできていて、布らしいところはあるとしてもほんのわずかだ。ミスター・ホッチキスが見たらショック死するだろう。

ロサンジェルスはラスヴェガスよりはるかに大きい。シャーロットはそう考えて、めまいがした。ラスヴェガスですらこれほど大きい、あまりにも大きいのに、ロサンジェルスでは何が待っているのだろう。オクラホマを出るまえに娘たちに言ったことを思い出した――**これから見つけましょう**。

ジョアンはパットに集中していた。ローズマリーは口をぽかんと開けて空を見上げている。シャーロットは待って、待って、待った。風車の羽根がぐるぐる、ぐるぐるまわる。影が完璧な格子模様になる瞬間をとらえたかった。

いまだ。シャッターを切った。時間が止まった。

そして風車はまた軋みながらゆっくりとまわりはじめた。ジョアンのパターのヘッドがボールにコツンと当たった。ボールが曲がりながら傾斜をおり、フランクが小さな声で「入れ」と応援した。ローズマリーはくるくるまわり、ジュエル・ボックス・レビュー（女装した男優たちが踊りや劇を披露する一座）のポスターで見たダンサーのピルエットをまねていた。

シャッターを切るのがほんの一瞬早いか、ほんの一瞬遅かったとしても、現像するまでわからない。だから写真撮影は苛立たしいと同時に、わくわくする。自分がしていることの結果は、終わってからでないと判定できないのだ。

「二時間で戻る」フランクは言った。「幸運を祈ってくれ」

フランクが友人の車販売業者に会いに行ってから、シャーロットと娘たちはランチを食べ、犬の散歩をして、通りの向かい側からケネディ大統領の追悼式を見た。マッカラン飛行場のまえでカブスカウトの一団が旗を揚げて敬礼し、そのあと半旗の位置まで下げた。犬は眠そうだったが、娘たちはまだ元気いっぱいだった。そこで母子は暗室を探しに行った。ホテルにはあらゆるものがそろっているのだから、暗室だってあるはずだ、とシャーロットは考えた。

ギフトショップの店員は、しゃがれ声のオットーという移民だった。新しいフィルムを売ってくれたが、〈アシエンダ〉に暗室や現像所があるかどうかは知らなかった。オットーは成功を夢見るマジシャンで、みやげ物のトランプを使って手品をいくつか見せてくれた。ローズマリーがシャーロットの袖を引っ張った。シャーロットは腰を屈めた。

「ママ」ローズマリーがささやいた。「手品をひとつ教えてってお願いしてくれる？」

「自分でお願いしなさい」シャーロットは言った。

ローズマリーが勇気を出して頼むと、オットーは願いを聞き入れ、娘たちに〝マジシャンは誰だ〟という手品を根気よく教えた。ふたりが練習しているあいだに、故郷のオーストリアの町のそばにある岩塩坑について話した。洞窟の壁は水晶で輝き、地底湖はボートを漕《こ》いで渡るほど広いのだという。

オットーは、ジュエル・ボックス・レビューの写真家ジジのところへ行ってみることを勧めた。ふだんはシャンパンによる乾杯や記念のキスの場面を写真に撮っているらしい。オットーはベルボーイに道を案内させようとしたが、それでは愉しみがなくなってしまう。

当然ながらシャーロットたちは道に迷い、こぢんまりした静かなサボテン園にたどり着いた。熊手で砂をかいていたルイスというメキシコ系の男が、娘たちに、サボテンは三百年生きて重さが二千キロにもなるって知ってるかい、と訊いた。知らない！　ルイスはふたりをそばに呼び、さまざまな種類の棘を触らせた。柔らかくてまっすぐな棘もあれば、固くて曲がった棘もある。サボテンは棘のおかげで動物に食べられずにすみ、水分の蒸発を防ぐこともできるのだ。

そうしてルイスはふたりに考えさせた。シャーロットは、娘たちを学校にやらないと、教育面で遅れをとるのではないかと心配していたのだが。

母子はようやく、従業員休憩室で眉毛を抜いていたジジを見つけた。彼女が使っているのは〈ポラロイド〉ハイランダー・インスタントカメラなので、暗室は必要なかったが、ダウンタウンに行けば、住まいのアパートメントのそばに現像所があるという。ジジは、そこにフィルムを出してあげると言った。

「あなたの部屋番号は？」

「二一六号室」シャーロットは言った。「でも、いつまでいるかわからない」

「尻を叩いて急がせるから、心配しないで」ジジは言った。

娘たちはハイランダーに心を奪われた。シャーロットが驚いたことに、何もうながしていないのにジジに話しかけたのは、ジョアンのほうだった。

「撮らせてくれませんか？」ジョアンは訊いた。

「もちろんいいわよ」ジジは言った。

ジョアンはローズマリーの写真を撮った。ローズマリーはジョアンの写真を撮った。ジジは、定着剤が乾いて撮ったものが見えてくるまで印画紙をやさしくあおいでと教えた。シャーロットは好奇心から、ホテルで働くのは好きかとジジに訊いた。

「おもしろいわよ」ジジは言った。「ここで目にするものがね。話しても、きっと半分も信じられないと思う」

ロサンジェルスで見つけたいのはまさにそういう仕事だ、とシャーロットは直感した。ならそうすれば？　わたしを止めるものは何もない。

三人は空港に行ってみることにした。ホテルから出たところで、リムジンからおりてくるフランクにばったり出会った。

「ちょうどよかった」シャーロットは言った。「飛行機をもっと近くまで見に行こうと思って」

リムジンからもうひとりおりてきた。彼は車の反対側にまわって、シャーロットに微笑んだ。背が高く、幅もそうとうある。体が威圧的に大きいだけでなく、尋常でない活力が感じられた――色濃く日焼けした肌、てっぺんが禿げ、まわりに綿毛のような白い髪が生えた頭。笑顔があまりに力強く、地面にねじ伏せられて動けなくなりそうだった。

この人には物語がある、とシャーロットは思った。ぜったいに。

「ほう。どういうことだ?」彼が言った。

「あなたがエドね」シャーロットは笑みを返した。「会えてうれしいわ」

フランクが急いで近づいてきた。娘たちは彼の手をしっかりつかんだ――ローズマリーが片方の手を、ジョアンがもう一方の手を。

「エド、これが彼女だ」フランクが言った。「シャーロットだ。困ってる女性がいると話しただろう」

「すごく厚かましいことだと思っています」シャーロットは言った。「わたしのことでフランクがお手を煩わせていなければいいんですが。ふだんなら、ぜんぜん知らない人に、車を貸してなんてお願いをすることはありません」

エドはシャーロットをよく見ようとサングラスを上げた。彼女が思っていたとおり、その眼はコダクロームの青のように輝いていた。「おれから車を借りるって?」

シャーロットはどう返せばいいのかわからなかった。エドが話をまるで理解していないことが、少しずつわかってきた。

どうしてフランクは車の話をしないのだろう。そんな思いがシャーロットの頭をよぎったとき、エドが笑った。腰を屈めてシャーロットの手を取り、キスをした。彼の息は温かく、掌は柔らかく、爪は完璧に手入れされていた。

「冗談だよ。もちろん貸そう、親愛なるシャーロット。フランクには好きな車を選べと言ってある。だな、フランク？」

「ああ」フランクが言った。

「フランクの友だちは、おれの友だちだ。まあ、息子みたいなもんだから。おれのものはおまえのもの、おまえのものはおれのもの。だな、フランク？」

シャーロットはほっとした。「本当にありがとう。どう感謝したらいいのか」

エドは娘たちのほうを向いた。「さんざん話を聞かされたかわいい娘さんたちだな。エドおじさんだよ。初めまして。ラスヴェガスは愉しいかな？」

「初めまして」ローズマリーが言った。「うん。サボテンもあるし、ミニゴルフもできるし、トランプの手品を教えてくれる人もいる。『オズの魔法使い』の世界みたい。そうよね、ジョアン？」

「うん」ジョアンが言った。

フランクは娘たちをシャーロットのほうにそっと押した。「あまり引き止めてもいけない、エド。続きは明日話そう」

エドは指を三回鳴らした。ジャズ歌手がバンドのリズムを刻むときのように、手首を三回しならせて。

「今週〈スターダスト〉で誰が演奏するか知ってるか？　信じられないだろうが、レイ・ボルジャーだ（俳優・歌手。『オズの魔法使い』の案山子役で有名）。あの案山子本人だ」

「案山子と知り合いなの？」ローズマリーが言った。

一世紀に一度しかポーカーフェイスを崩さないジョアンでさえ、口をぽかんと開けてエドを見た。

「知り合いかって？　レイとは昔からの友だちさ。そうだ、ミード湖におれの小さなボートがある。ミード湖に行ったことは？　明日家族で来るといい。レイにもいっしょに来られるか訊いておこう」

「それは親切に、エド。だが……」フランクは娘たちを押して進ませようとしたが、驚いて固まったふたりを動かすことはできなかった。

シャーロットはエドを見た。いいじゃない？　冒険よ。エドに心をつかまれていた。彼もラスヴェガスと同じで、過剰なほど魅力的だ。

フランクは相変わらず穏やかな笑みを浮かべていたが、眉間にしわを寄せたことにシャーロットは気づいた。あるかなきかのためらいと動揺。本当に見たのだろうか。眉間のしわは、またたく間に消えた。シャーロットはわからなくなった。

フランクはエドの背中を親しげに叩いた。「すばらしいアイデアだ、エド。いつ船を出す？」


娘たちは庭つきの部屋で早めの夕食をとった。夜になると、シャーロットとギドリーはふたりをホテルのベビーシッターに預けた。ローズマリーは〝ヘンゼルとグレーテル託児所《ナースリー》〟いう名前に怒った――「わたしたち、赤ちゃんじゃない」――が、その〝ナースリー〟は子供なら何歳でも受け入れ、ボードゲームや積み木やジグソーパズルがあるところだった。

ホテルのフォーマルな食堂はロビーの先にあった。フランクはシャーロットをピアニストのそばのテーブルに導いた。初めてのちゃんとしたデート。シャンパンを飲みながらシャーロットはそのことに気づいて、笑った。

「何が可笑しい？」フランクが言った。

「これ」シャーロットは言った。「あなたはそう思わない？」

フランクは微笑んだ。「思う」

彼にはシャーロットの言いたいことが正確にわかった。どうしてこんなことが可能なのか。どうしてふたりの人間が、互いにこれほどよく知りつつ、まったく知らないままでいられるのか。

「明日、エドといっしょにミード湖に行きたくないのね」シャーロットが言った。

フランクはワイン・クーラーからシャンパンのボトルを抜き、彼女のグラスに注いだ。

「どうしてそう思う？」

「そんな気がしただけ」

「正解だ」フランクは言った。「行きたくない」

「どうして？」

「ひとり占めしたいから。きみとあの子たちを。ほかの誰とも分かち合いたくない。一日の午後のあいだだけだとしても」

シャーロットはそのことばを信じた。フランクはテーブルに身を乗り出して彼女にキスをした。すばらしいひとときだった。シャンパン、蠟燭の明かり、音楽。フランクがナプキンをきれいにたたみ、席を立ってトイレに向かったとき、シャーロットは初めて考えた。そもそも彼のことばを信じるかどうか自分に尋ねたのは、なぜだったのだろう。

26

バローネはダウンタウンの駅のそばにフォード・フェアレーンを乗り捨てた。きれいにふき、なかには何も残さなかった。少年が残していたのはウインドブレーカーと、途中で買った歯ブラシ、練り歯磨き、にきび用クリームが入った茶色の紙袋だった。ウインドブレーカーは小さく丸め、〈ゴールデン・ナゲット・ホテル〉の向かいのゴミ箱に押しこんだ。紙袋はその一区画先のゴミ箱の奥に。

タクシーに乗り、〈トロピカーナ・ホテル〉へ向かった。カルロスがヴェガスで所有しているホテルだ。あるいはその大部分を所有しているだけか。どちらなのか、バローネにはわからなかった。

ダンディ・スタン・コンティーニには、必要なものすべてが備わっていた。指輪、ダイヤモンドのタイピン、象牙の持ち手に彫刻が入った杖《つえ》。その反面、見えないところでは、灰色の肌がたるみ、もはや骸骨のように痩せて、呼吸のたびに胸をぜいぜい言わせていた。彼はバローネを事務所に通した。

「何か飲むか？　食べ物は？」

「いらない」

「癌《がん》だよ、そう思ってたかもしれないが。胃と肺。当たりをふたつも引いた。なるほど、あんたが悪名高いポール・バローネか。言っちゃ悪いが、それほど血の気が多いようには見えんな」

「ギドリーについてわかってることは？」バローネは言った。

コンティーニは咳をしはじめ、止められなかった。カーペットに杖を突き立てて、しがみついた。そうしなければ、咳で体がばらばらになってしまうかのように。象牙の持ち手の彫刻は、網タイツをはいた女の脚のような模様だった。

ようやく咳に痰《たん》が絡まなくなった。コンティーニは首に巻いたスカーフとそろいのハンカチで額をふいた。「すまんな」

「ギドリーについてわかってることは？」バローネは言った。

「いまのところ何も」コンティーニは言った。「部下が探しまわってる。ヴェガスにいるなら、じきにわかるだろう」

「おれも自分で探すつもりだ」

「好きにしろ。おれはかまわん」

コンティーニがかまうかどうかなど訊いていなかった。「ほかには？」

「慎重にな」コンティーニは言った。「ここはヴェガスだ。セラフィーヌに言われなかったか？」

ふん。セラフィーヌに言われなかったかだと。少年の声が聞こえるようだった。バローネは笑いそうになったが、笑わずに立ち上がった。「何かわかったら、すぐに教えてほしい」

コンティーニはメモ用紙に何かを走り書きしてページをはがした。「これを下のフロントに持っていけ。スリムが部屋を用意する。何かあったら電話してくれ。ほかには？」

「車が必要だ」

「それもスリムに。あいつが用意する。必要なら――」

また咳きこみはじめた。バローネは部屋から出るまえに立ち止まった。「あとどのくらいだと言われてる？　医者からは」

コンティーニはまだ咳をしていた。ふんと手を振った。言われた余命は長すぎる。

〈トロピカーナ〉の部屋からはストリップが見えた。ルームサービスのステーキが運ばれてきた。バローネは何口か食べた。ライウイスキーはあまり飲まないようにした。氷に少しかける程度。鎮痛剤を一錠のんだ。もうひとつの薬の壜は……どこだ？　くそ。少年のポケットに入ったままだった。まあいい。具合はよくなっていた。食欲が戻ってきた。いい兆候だ。セラフィーヌに電話をかけ、〈トロピカーナ〉の部屋番号を伝えた。

〈デューンズ〉。通りの先のそのホテルから始めた。カジノはごった返し、身動きがとれないほどだった。週末に浮かれ騒ぐまじめな郊外族。眼をぎらつかせ、派手に着飾り、やかましい声で笑う。まわりの人を火傷させないように煙草を頭上に掲げて動いている。

私立探偵です。男を探しています。会社の給料を持ち逃げしたので、上司から見つけてほしいと依頼されました。妻とふたりの幼い娘を連れています。

賭博の世話人《スティックマン》、バーテンダー、カクテルウェイトレス、ベルボーイ。守衛が近づいてきて、おまえは何者だ、なんのつもりだ、と訊いた。

「私立探偵です」云々《うんぬん》。

「出ていけ」守衛は言った。

バローネは出た。いずれにせよ、〈デューンズ〉でやることはもうなかった。

〈スターダスト〉。〈サンズ〉。

収穫なし。三十分おきに〈トロピカーナ〉に電話をかけ、メッセージがないか確認した。日曜にはストリップのほかの場所を調べた。〈サハラ〉。〈ニュー・フロンティア〉。〈フラミンゴ〉。〈デザート・イン〉の守衛は失礼なやつだった。バローネはこらえた。ダウンタウンのホテルにも当たってみた。〈ミント〉。熱がじわじわとぶり返していた。ポール・バローネは投げ出さない。〈ビニオンズ・ホースシュー〉。

収穫なし。なし。まったくなし。

ギドリーはいったいどこにいる？　日曜の夜八時、バローネは自分の部屋に戻って休んだ。小休止。フロントに電話をかけ、一時間後に起こしてくれと伝えた。

しかし、眠れなかった。ベッドに横たわったが、部屋は暑く、カーテンの隙間からストリップの明かりが入ってきた。バローネは車線をまちがえていたことに気づいた。誤った方向に走っていた。ギドリーは大きな高級ホテルには泊まらない。人が多すぎる。人目につきすぎる。誰かに気づかれるかもしれない。街に数十軒ある小さなモーテルのどれかだ。〈デル・レイ〉、〈モニー・マリー〉、〈サンライズ〉、〈ロイヤル・ヴェガス〉。いや、ちがう。それもちがう気がする。人がそれなりにいなければ目立ってしまう。

ベッドから出て階下に行くと、ショールームにダンディ・スタン・コンティーニがいた。杖をくるくるまわして、タップダンスを踊っている。「ご覧あれ！」コンティーニが歌う。「おれは死んだ。億万長者の気分だ！」

嘘だ。これは現実じゃない。熱のせいだ。黒人の少年が振り向いてこちらを見ている。**セオドアだ、テッドと呼ぶな、テディと呼ぶな**。これも熱のせいだ。引き金を引くまえから頭に弾痕のある少年が、こちらを見ている。

バローネが目を覚ましたのは朝の八時だった。月曜日。カーテンを開けると、砂漠の白い光が一気に射して顔を殴られた気分になった。怪我をした手がまたひどく痛んだ。医者に行け。そうするが、まず思いついたことを確かめないと。電話交換手を呼び出して、ダンディ・スタン・コンティーニにつないでもらった。

「まだなんの情報もない」コンティーニが言った。

「家族連れはどこに泊まる？」バローネは言った。

「どういうことだ？」

「家族でヴェガスに来たとする。そういうときに泊まれるところは？」

「どこのどいつが家族で来る？　まあ、〈アシエンダ〉だな、泊まるなら」

〈アシエンダ〉は〈トロピカーナ〉から一・五キロほど南、空港の向かいの人気《ひとけ》のない場所にぽつんと立っていた。バローネは駐車場に入り、行き交う人を眺めた。なかにはストリップじゅうで見かける狼や羊もいるが、家族連れもたくさんいる。そろいのマドラスチェックのゴルフ用スラックスをはいた、父親とティーンエイジの息子ふたり。赤いビロードのドレスを着て、けんけん跳びをしている幼い女の子。ドアマンがサンタクロース帽をかぶり、通りかかる子供全員に杖の形のキャンディを渡している。

ギドリーはここにいる。なぜそう思うのか理由はわからないが、バローネは確信した。なかに入って宿泊料を払った。二ドルの追加料金でプールが見える部屋にできます。もちろん、そうしよう。

ホテルのカフェからロビーの入口がよく見えた。バローネはカウンター席で、骨つき肉とブラックコーヒーを注文した。ルームキーを皿の横に置き、ウェイトレスの目に入るようにした。長く待つことになりそうだから、いざこざは起こしたくない。

ギドリーに気づかれる心配はなかった。名前は知られているが、直接の面識はない。数年前に二度ほど同じ部屋に居合わせただけだ。パーティでギドリーは笑顔を振りまいてよろしく立ちまわっていた。バローネは人混みのなかの目立たないひとりにすぎなかった。ギドリーを観察し、全員を観察していた。

「コーヒーはいかが?」ウェイトレスが言った。

「頼む」バローネは言った。「あと、冷たい水も」

「今日は運がよかった?」

「いや、まだだ」

二時間ほどたった正午前、ギドリーがエレベーターから出てきた。いっしょにいるのは女——やつが利用している女——とふたりの幼い娘。ギドリーが何か言うと、女が微笑んだ。サンタクロース帽のドアマンが、彼らのためにドアを押さえていた。

バローネは焦らず、ギドリーをそのまま行かせた。会計をすませ、トレイから楊枝《ようじ》を取ると、カフェからのんびり出た。ロビーの大きなガラスドア越しに、ギドリーと女たちがメタリックグリーンのロールスロイスに乗りこむのが見えた。スーツケースは持っていない。ロールスロイスが走りだした。いずれ戻ってくる。

バローネは外に出て、あたりを見まわした。

「どうなさいました?」ドアマンが言った。

「まいったな」バローネは言った。「見失ったみたいだ」

「どなたを?」

「友だちと奥さんだ。いましがたロールスロイスに乗った人を見てないよね?」

「ウェインライトご夫妻ですね。見ました」

つまり、ギドリーは名前を変えていない。手を抜いた。油断しはじめている。けっこう。それとも、女をだましつづけるために名前をそのままにしているのか。

「おれに会ったことを彼らには言わないでくれるかな?」バローネはドアマンに言った。「びっくりさせたいんだ。記念パーティのために来たんだが、そのことを彼らは知らないので」

バーに入った。バローネはライウイスキーをロックで注文し、また鎮痛剤を二錠のんだ。さあ、どうする? この段階が仕事のなかでいちばん愉しい。眼のまえのテーブルに部品がすべて広げられている。歯車、バネ、ネジ。あれもこれも試してみる。すべてをうまく組み合わせ、ゼンマイを巻き、時計の針がチクタク進みだすのを見守る。

女とふたりの娘のおかげで俄然《がぜん》おもしろくなった。ギドリーとは別々に片づけたい。ギドリーだけを階下におびき出す方法はあるだろう。車に乗せ、どこか静かでよさそうなところへ連れていく。それから女たちのところに戻るのだ。

やあ、フランク、車で出かけよう。

だが、ギドリーは騒ぎを起こすかもしれない。すでに一度ヒューストンで逃げ出している。たいていの人間は状況を理解し、避けられない事態を受け入れるが、最後の最後までじたばたするやつもいる。相手がバローネでなければ、そうしてもいい。バローネは、ヒューストンの旧友フィスクを思い出した。手の痛みのせいで、あのあほうの飛び出しナイフが忘れられなかった。

飲み物に入れる氷を追加で頼んだ。バーテンダーが氷の塊を砕いた。バローネは、アイスピックがきらめき、光の粒が飛ぶのを眺めていた。

車で出かけよう、フランク。おとなしくしていれば、女と子供には手を出さない。

だめだ。ギドリーは信じない。あいつは馬鹿じゃないし、つまるところ、あの女と子供に何があろうと屁《へ》とも思わないだろう。

ギドリーにチャンスを与えるな。部屋を見つけ、鍵をこじ開け、やつが入ってきたところで殴って気絶させる。バローネはいつも鉛玉を詰めた革製の棍棒《こんぼう》を持ち歩いていた。

女と娘たちはギドリーと同じ部屋だろうか。それならバスルームに閉じこめておき、ギドリーをベルトで絞め殺す。スタン・コンティーニがあと始末に部下をよこすだろう。ホテルに残す死体は一体だけだ。たいして散らかることはない。女子供はどこか人目につかないところで片づける。

車で出かけよう、奥さん。娘たちもいっしょに。心配するな、傷つけはしない。あの女は信じる。**傷つけはしない。**信じたいと心の底から思っているから。バローネは氷の入ったグラスを額に当て、眼を閉じた。眼を開けると、右のスツールに男が坐っていた。左にもうひとり坐った。バローネは鏡に映った彼らを見た。どちらもヘビー級で、満面の笑みを浮かべている。

右の巨漢は、バーテンダーからは見えない膝の位置に四五口径を持っていた。「ミスター・バローネ、ラスヴェガスへようこそ」

「仕事中だ」バローネは言った。

「そのとおり。だから、うちのボスが話したがってる」

発熱と疲労のせいで、バローネはこの意外な展開に微笑むこともできなかった。「車で出かけよう、か？」

右の巨漢が仲間をちらっと見た。警告されたが、近くで見るとバローネってのはたいした悪《わる》でもないな？

「そうだ、ミスター・バローネ。厄介事はなし。いいな？　みんな友だちだ」

「ああ、もちろん」バローネは言った。

男たちはバローネのポリス・ポジティブを取り上げ、車で〈デザート・イン〉に向かった。バローネは後部座席でぼんやり考えていた。何かを思い出していたわけでもない。ロのなかにイチゴの味が広がったり、頭の片隅でかすかに歌が流れたりした。

アコーディオンフェンスが並ぶまえを通りすぎ、通路を進み、エレベーターで上がった。事務所のドアは木の部分に彫刻がほどこされ、黒い鉄の飾りがついて、ドイツの大聖堂からはずしてきたかのようだった。

「先に入れ、ミスター・バローネ」話をするほうの巨漢が言った。

机の向こうに坐っている男は、世界水準の巨大な鼻と人のよさそうな眉を持ち、黒いプラスチックフレームの分厚い眼鏡をかけていた。

「おれが誰かはわかるな？」男が言った。

「モー・ダリッツ」バローネは言った。

「なら、おれがこの街を仕切ってることも知ってるな？」

「東部の人間のわりには」

うしろにいる巨漢が、はっと緊張し、身じろぎしたのをバローネは感じ取った。だが、モー・ダリッツはにやりとしただけで、大きな鼻を指でぽんと叩いた。

「そのとおり。ミスター・バローネ、あんたと同じで、おれは大義のために働く。いわば共同体のために」

「誰があんたにもらした？」バローネにはわからなかった。彼が〈アシエンダ〉にいることを知っているのは、スタン・コンティーニだけだ。モー・ダリッツを今回のことに巻きこむ理由はない。巻きこまない理由なら腐るほどある。

「誰がもらしたか？」ダリッツは言った。「誰も。あんたが死人を起こすほど波風を立てただけさ。張りきってあちこち訊いてまわったろう」

嘘だ。土曜か日曜にダリッツの尾行がついていたら、気づいたはずだった。だが、気づかなかった。こいつらがバーに入ってきて隣に坐るまで。

不注意だったのはわかっていた。発熱。とはいえ、ダリッツにもらした人間はいる。

「あんたのことは大いに尊敬している、ミスター・バローネ」ダリッツが言った。「あんたの雇い主のことも。だが、ラスヴェガスにはラスヴェガスの作法がある」

「ここは開かれた街だろう」バローネは言った。

「またしても正しい。だが、それは誰もが開かれた街であることに同意し、ルールにしたがっていればこそだ」

どんなくそルールだ？　こうしてモー・ダリッツのちんぽこをさすって、なすすべもなく時間を無駄にしているあいだに、フランク・ギドリーは〈アシエンダ〉に帰ってくる。スーツケースに荷物を詰め、空港に向かい、完全に姿を消してしまう。いままでやってきたことが、この一週間が、川床で死んだ少年が、すべて無駄になる。

「こういうことは〝委員会〟で検討しなければならない」ダリッツが言った。「細かいところまでな。青信号が出るかどうかはそれからだ」

「カルロスに電話しろ」バローネは言った。

「するとも。すべて〝委員会〟で話し合う。とりあえず楽にしてろ。くつろぐといい」

「いま電話しろ」

「急ぎだな。わかる」モー・ダリッツは大げさに肩をすくめ、耳のあたりで止めた。**おれに何ができる？**

　ダリッツにもらしたのは誰だ？　なぜだ？　この仕事を台なしにして、あと五分余計にギドリーを生かしておきたいやつの仕業だ。それとも自分がしくじっただけで、モー・ダリッツは本当のことを言っているのか？　本当におれは尾行に気づかなかったのか？

「あんたの世話はこのふたりがする」ダリッツは言った。「必要なものがあったら、なんでも言うといい。サーチライトの町にちょっとした場所を確保してある。〈エル・コンドル・ホテル〉だ。気に入ると思うぞ。クラップス、女、欲しいものは自由にやってくれ。青信号が出るまで全部無料《ただ》だ。青信号は出る。しばらくの辛抱だ。いいな？」

　人のいい無邪気そうな眉だが、眼はちがった。バローネが了解するかどうかなど、ダリッツには関係ないのだ。おれにおまえを殺させるな。彼が言っているのはそういうことだった。おまえは歩く痔《じ》の種だが、死んでもらう必要はない。殺さずにすませたい。

「おれの標的。やつはどうなる？」バローネは言った。

「どこにも行かないようにしておく」ダリッツは言った。「心配するな。ところで何者だ？　おまえが熱を上げてるウェインライトとかいうのは？」

「カルロスに電話しろ」

「おれに知らせたいことがあるなら、向こうから言ってくる。なかなかやるじゃないか。おまえみたいな男が部下にいてもいいな」

食い下がることもできたが、時間の無駄だった。ただ、もうひとつ訊きたいことがあった。

「この街にグリーンのロールスロイスを持ってるやつはいるか？」バローネは言った。

「グリーンのロールスロイス？　ピンと来ないな」

ダリッツは空白の上に空白を重ねた顔だった。無表情で集中している。密告があったことについて嘘をついているのか、ロールスロイスについて嘘をついているのか、バローネにはわからなかった。**いちばん得意なことだけをしていなさい、モン・シェール**。かつてセラフィーヌの心中を読もうとしたときに、そう言われたことがある。

バローネはモー・ダリッツに礼儀正しくうなずいた。地獄に堕ちろ。セラフィーヌの助言は正しい。いちばん得意なことだけをしよう。

バローネは巨漢のほうを向いた。「行くぞ。案内しろ」

27

月曜の朝、シャーロットはいつものように娘たちより先に目を覚ました。服を着替え、犬を連れてサボテン園に行った。そこで人々が日の出を見ていた。山々が太陽の色と光を最後の一滴まで呑みこむのを。そして、そう、影も。

正午にリムジンが迎えに来た。運転手がシャーロットにお辞儀をした。娘たちにもそれぞれ一礼した。

「レオと申します。ミスター・ツィンゲルの助手です。初めまして。ミスター・ツィンゲルがマリーナでお待ちです」

イギリス訛りと、おもしろがっているような笑み、市松模様のベスト、整髪料で光らせた口ひげのせいで、運転手はエドに劣らず個性的だった——とはいえ、エドとはちがう本のページから出てきたようだとシャーロットは思った。ディケンズやブロンテ姉妹の小説から。

ミード湖はかなりの衝撃だった。乾いた砂漠のまんなかで、チョコレート色とシナモン色の山脈に囲まれた、荒々しくも美しい青と玉虫色の切れ目。リムジンが湖畔を曲がりくねって進むあいだ、シャーロットは窓をおろして写真を撮った。フィルムを節約しなければ。一本しかないが、この日はまだ撮るべきものがたくさんありそうだった。

マリーナに着くと、エドの〝小さなボート〟、ミス・アドベンチャー号は、巨大なヨットだった。オクラホマ州ウッドロウの住人の半分が乗れそうなほど広い。シャーロットはもう驚かなかった。エドが船橋《ブリッジ》から手を振っていた。気取って船長帽を斜めにかぶっている。どの小説の登場人物だろう。それが問題だ。たぶん『グレート・ギャッツビー』。いや、あの体の幅や大きさを考えると、もっと動きまわれるほうがいい。たとえば『オデュッセイア』のような叙事詩。

一同が乗りこんだ。ミス・アドベンチャー号が船着場から離れると、レオはシャーロットとフランクと娘たちを広大なチーク材の甲板に案内し、ほかの乗客――ティーンエイジの少年ふたりと少女ひとり――に紹介した。エドの甥のデニスとティム、姪のシンディだった。

「お目にかかれて光栄です」デニスがシャーロットに言った。

「ラスヴェガスを愉しまれていますか?」ティムが言った。

シンディは、ブロンドの髪をアルプスの少女ハイジふうのおさげにした美少女だった。片足の踵《かかと》を上げ、もう一方の膝を曲げて小さくお辞儀した。

エドの甥と姪は、これまで見たことがないほど極めつき行儀がいい高校生なのか、それともそういうふりをしているだけなのか。シャーロットにはわからなかった。

「学校からそのまま来たの?」シャーロットは訊いた。

三人ともカトリック校の制服を着ていた。少年たちはシャツにネクタイ、折り目がついた紺のスラックス、シンディは白い丸襟のブラウスと格子柄のスカート、ハイソックス。シャーロットの頭には、エドが修道女たちに魅力と恐怖を振りまきながら、強風よろしく高校のなかを突き進んで、いっしょに午後をすごす甥や姪を代数Ⅱの授業から連れ出す場面が浮かんだ。

「どうしました?」ティムが言った。三人の若者はシャーロットをぼんやり見ていた。

「ちょっと思っただけ」シャーロットは言った。「制服だから……」

「ええ」シンディが言った。「学校から来ました」

「ええ」デニスとティムも同意した。

シャーロットが彼らの反応を不審に思うまえに、フランクが彼女の肩に手を置き、甲板の先を指差した。ひげが伸び、黒いサングラスをかけた男が、キャンバス地のデッキチェアで毛布にくるまってぼうっとしていた。シャーロットはその男になんとなく見憶えがあったが、誰なのかはわからなかった。

「あれがそうかな?」フランクが言った。「そうだと思う」

男は見られていることに気づいた。ビール壜を持ち上げて挨拶すると、ふいに『オズの魔法使い』の『もしも知恵があったなら』を歌いはじめた。

シャーロットの眼のまえで、ジョアンがローズマリーの手をぎゅっと握った。彼よ。

「わかってる」ローズマリーがささやいた。だが、確信はしていない。フロッピーハットはどこ？　藁は？　なぜ砂利のなかを引きずってるみたいな声なの？

それにしても、なんという声だろう。とても独特で、ほかの誰ともちがう。

「レイは夜更かしをしたようだ」フランクがシャーロットに小声で言った。「頭のなかが本当に藁でいっぱいだと思う」

三番を途中まで歌ったところで、レイ・ボルジャーは精根尽きたが、ビールをぐいと飲み、どうにか歌いきった。毛布を払いのけ、みなの喝采を浴びながら、覚束ない足取りで近づいてきた。フランクが進み出て彼の肘を取り、手すりの向こうへ転げ落ちないようにした。

「皆さん、どうもありがとう」レイが言った。「本当に、本当に感謝します。次の曲は……」

レイの顔にある表情が浮かんだ。シャーロットは長いあいだドゥーリーとすごした経験から、その表情を知っていた。娘たちもだ。

「具合が悪いの？」ローズマリーが訊いた。

「だいじょうぶ」レイ・ボルジャーは言った。手すりをじっと見ていたが、吐き気はおさまったようだった。「ぴんぴんしてるよ。絶好調。いままででいちばんだ」

「お会いできて光栄です。ミスター・ボルジャー」シャーロットは言った。

「こちらこそ、ここにいられて光栄だ」レイが言った。「つまり、湖の上に」

娘たちが声を出さずに相談しているのがわかった。あ、な、た、が訊いて。やだ、あ、な、た、が訊いて。ついにジョアンが意を決した。

「本当に案山子なの？」

「この二十五年間、ずっとそうさ」レイは言った。「さて、よければここらで小休止にさせてもらおう。きみたちは誰よりも気持ちのいいお客さんだ」

湖面はガラスのように平らで、微風すら吹いていなかったが、レイは甲板を歩くだけで倒れそうになり、ふらふらとよろめいた。けれども、ハッチのすぐ手前で脚を蹴り出し、一方の肩をすくめ、反対の腕をひらりと振った。手首、肘、腰、膝——優雅に関節がはずれたような動き。このダンスを、シャーロットは映画館のスクリーンで何度も見た。

「本物だよ、ジョアン」ローズマリーが言った。

「わかってる」ジョアンが言った。

シャーロットはフランクのほうを向いて微笑んだが、彼はエドの姪のシンディが手を伸ばしてジョアンの頭をなでるのを見ていた。

「すごくさらさら」シンディが言った。

「まえに行こう」フランクは言い、ジョアンの手を取った。「エド！　このおんぼろ船に食べ物はないのか？」

　もちろんエドはあらゆる食べ物を用意していた。船長帽をコック帽に替え、小型の炭火焼きグリルでハンバーガーとホットドッグを作った。レオはビュッフェの用意をし、デビルドエッグ（ゆで卵を半分に切り、黄身をマヨネーズや香辛料であえて白身に詰め直した料理）、ジャーマンポテトサラダ、軸つきトウモロコシ、サコタッシュ（豆やトウモロコシの炒め物）を並べた。デザートには、チョコチップクッキー、ファッジブラウニー、イチゴ味のゼリーで固めたフルーツカクテルにホイップクリームをのせたものがあった。

　食べても食べても、料理はほとんど減らなかった。シャーロットは高い位置から広角の写真を撮ろうと格納箱に上がった。勝手に食べ物が補充される魔法のテーブルが出てくるのは、どのおとぎ話だっけ。魔法のテーブルは主人公への褒美だった？　それとも危険な誘惑？　思い出せなかった。

　岸から遠く離れた、湖のちょうどまんなかあたりで錨《いかり》をおろした。水深はどれくらいだろうとシャーロットは考えた。ミード湖に比べたら、オクラホマの貯水池や農場にある池は、ブーツの足跡に濁った雨水がたまったようなものだ。娘たちから眼を離さないようにした。手すりにはコルクの救命胴衣がふたつくくりつけられているが、実用に耐えるというより飾りに見えた。

エドが手招きした。シャーロットは、ローズマリーとジョアンからダウン・ダウン・ベイビー（数人で輪になり、歌に合わせて両隣の人と手を叩き合う遊び）を教わっているフランクとレオを残して、椅子をエドの横に持っていった。

「愉しんでるかな？」エドが言った。

「とっても」シャーロットは言った。「すばらしい時間をすごしてます」

「よかった。じゃあお互いのことを知り合おう。あんたのとっておきの秘密を教えてくれ。ひと言ももらさないと約束するから」

シャーロットは笑った。「申しわけないけれど、秘密はありません。とっておきのも、そうじゃないのも」

「あるはずだ。誰にでもひとつやふたつはある」

「それなら先に話してもらえます？」

エドはにやりと笑って同意した。「なるほど、フランクがあんたを好きになるわけだ。いいだろう。そうだな。昔々、ひとりの少年がいた。彼は何も持っていなかった。すべてが欲しかった。だから一生懸命働いた。犠牲にしたものもあった。必死にがんばった。それ以外に言いようがない。そしていま、少年は欲しかったものをすべて手にしている」

「ところが？」シャーロットが言った。

「ところが？」

「その物語に教訓はないの？」

「もちろんある」エドは言った。「欲しいものを決めたら、障害物は跳ね飛ばせ。来た、見た、勝った（カエサルがポントス王ファルナケスを破ったときに、ローマに知らせたことば）。それが物語の教訓だ。おれはフランクのそんなところが気に入ってる」

フランクの？　その評価にシャーロットは驚いた。そしてこのまえの夜、フランクと愛し合ったあとに自分が言ったことを思い出した。**あなたのこと、あまり知らないわね**。最初からその考えが頭のどこかに引っかかっていたことを思い出した。ただでさえ知らないのに、もっと知らないことがあるのかもしれない。

それに、エドについても何を知っている？　リムジン、ヨット。ミネアポリスの保険の会合で親しくなった、保険金について議論した、とフランクは言っていた。実際にエドに会ってみると、その説明では納得できないことばかりだった。

シャーロットはフランクを見た。素直にローズマリーの指示にしたがっている。手拍子、手拍子、シミー、手拍子、ダウン、ダウン、ベイビー。シャーロットは、フランクも横目で彼女とエドの様子をうかがっていることに気づいた。

「エド、あなたとフランクはどうやって知り合いました？」

「いやいや、ちがうぞ」エドは言った。「おれを出し抜けると思ったのか？　あんたの番だ。あんたとフランクはどうやって知り合った？」

「フランクから聞いてませんか？」

「あんたの説明が聞きたい」

シャーロットは、車の事故のこと、モーテルのこと、整備士のことを話した。

エドはまたにやりとした。「そこへフランクが颯爽《さつそう》と現れた。白馬の騎士が」

「フランクはとてもやさしいんです。あなたもですけど」

エドは彼女に身を寄せた。「なら教えてくれ。その指にあるのはなんだ？」

金の結婚指輪。はずすのを忘れていた。長年自分の一部だったので、目に入らなくなっていた。シャーロットは指輪をはずし、ハンドバッグに入れた。

「昔々、ひとりの少女がいました。彼女は何が欲しいのかわかりませんでした。というか、欲しいものはわかっていましたが、怖くてそれを認められませんでした。そしてある日……」

「もう怖くなりました。彼女は心を決めて、必死にがんばりました」

「そのとおりよ」

エドはシャーロットを見つめた。「もうひとつ秘密を教えよう」だが、そのときフランクがそばに現れ、横に娘たちが並んだ。

「仲よくやってるか？」フランクが言った。「彼女は得がたい人だと言ったろう、エド？」

「そうだったな。おまえの言うとおりだ」エドは父親のような親しみをこめてシャーロットの膝をぽんと叩き、立ち上がった。「下のサロンに行くぞ、小僧。ふたりだけで仕事の話がしたい」

フランクはうなった。「なんてこった、エド。いまは休暇中だ。せめて夕方まで待とうじゃないか。車でそっちの家に行く。こんなすばらしい日に、すばらしい女性三人を放っておけなんて言わないでくれ」

「シンディが相手をする」エドは言った。「シンディ！　新入りの子たちと遊んでやれ！」離れたところにひとりでいた姪に手を振った。シンディは手すりから身を乗り出し、水面を見ていた。

「エド、お願いだ」フランクは言った。今度は見まちがえようのない眉間のしわだった。薄い布をきつく縫いすぎたときのような。「あとで好きなだけ話せる」

「わたしたちは平気よ」シャーロットは言った。

フランクがなぜこうも嫌がるのかわからなかった。「ほんとに平気だから」

それでもフランクはためらっていた。が、シャーロットが困惑していることに気づいて、「わかったよ、エド」とようやく言った。「行こう。あんたの望みは、おれにとって命令だ」

フランクとエドは甲板からおりていった。エドの甥たちは、レオがビュッフェを片づけるのを手伝っていた。シンディがふわふわと歩いてきた。人差し指を手すりに這わせ、彼女にだけ聞こえているらしい歌に合わせて体を揺すっていた。

「それは何？」シンディが尋ねた。

「これ？」シャーロットは言った。「カメラよ」

「わたしを撮りたい？　エドのお友だちはいつもわたしの写真を撮るの」

シンディの青い眼とハート型の顔は、たしかに人目を惹く。「そうね」シャーロットは言った。「写真家なの？　エドのお友だちは」

「そう」

シャーロットは、シンディがまた湖面を見るまで待ち、写真を撮った。少し傾いた顎、ほどけかけたブロンドのおさげ、わずかにピンぼけしているような夢心地の表情。

「ダウン・ダウン・ベイビーの遊び方、知ってる？」ローズマリーがシンディに訊いた。

「ちょっとむずかしいけど、教えてあげる」

シンディには聞こえていないようだった。「彼女を探してるの」

「誰を？」ローズマリーが言った。

「幽霊」

ローズマリーの動きがぴたりと止まった。「なんの幽霊？」

「女の子。その子は夜中、ボートにいるほかのみんなが寝てるときに泳ぎに行ったの。わたしたちは寝てた」

「このボート?」ローズマリーが言った。

「去年の夏。そうよ。泳ぎに行ったきり戻ってこない」シンディはくすくす笑った。「ダウン、ダウン、ベイビー」

ジョアンがシャーロットに体を押しつけた。妹とちがって幽霊話が好きではないのだ。シャーロットも好きではなく、とりわけこれは嫌だった。

「ほかの話をしない?」シャーロットは言った。「本や映画のなかから好きなボートのリストを作りましょう」

けれども、ローズマリーはやめなかった。「それは誰? その幽霊って」

「〈スターダスト〉のカクテルウェイトレス」シンディが言った。「本人はみんなにそう言ってたけど、わたしたち、嘘だとわかってた。汚いちんけな嘘つき。エドはそう呼んでたわ」

シャーロットの肌の下でうごめいていた不安の棘が痛みを与えはじめた。こんな話、事実のはずがない。娘たちを怖がらせるためにシンディがでっちあげた作り話に決まっている。

シンディは唇に指を当てた。しーっ。「約束よ」とローズマリーに言った。「内緒にね。約束を破ったらどうなるかわかるわね」

「もういいわ」シャーロットは言った。思いがけず厳しい口調になった。ローズマリーを引き寄せた。

シンディは落ち着いてシャーロットを見ていた。「わかった」

「でも、幽霊の話もっと聞きたい」ローズマリーが言った。「でしょ、ジョアン？」

「いいえ」ジョアンは言った。

「一度見たことがある」シンディが言った。「その幽霊を。いまはきれいよ。枯れた花みたいに。あの人、穏やかだった。夢を見てると思ってたんでしょうね。いつか目が覚めるって」

「ママ」ローズマリーが言った。「ママの心臓、ドキドキしてる」

シンディがまたローズマリーに注意を向けた。人差し指を曲げて、「いっしょにおいで」と言った。「幽霊を探しに行きましょう」

フランクはまだ甲板の下だった。レオと甥たちの姿は見えない。船室の向こう側だろう。とにかく近くにはいなかった。シンディがローズマリーの手を握ろうとし、ローズマリーは無意識にその手を取ろうとした。シャーロットも無意識にシンディの手首をつかみ、荒々しくローズマリーから引き離した。

娘たちは驚いて母親を見つめた。

シンディは自分の手首を握っているシャーロットの手を見つめた。「ワオ」

シャーロットは握った手に力をこめた。「あっちに行って。わかった? わたしたちに近づかないで」

シンディが初めてしっかりとシャーロットを見た。ようやく彼女の存在に気づいたかのように。シンディの表情——怒りも、驚きも、何もない——を見て、シャーロットは凍りついた。幼いころ、近所の子供ふたりに咬《か》みついた野良犬を思い出した。父親が熊手で追い払ってくれなければ、シャーロットにも近づいたところだった。あの犬はゆっくりと、静かに、まったく何も感じていない様子で動いていた。

「後悔するわよ」シンディが言った。

「わかった?」シャーロットは言った。「わたしたちに近づかないで」

シャーロットの足元で甲板が揺れた。エドがブリッジに戻り、エンジンをかけたのだ。シャーロットが手首を放すと、シンディは笑いながらさっと離れた。格子柄のスカートが広がった。

シャーロットの体にまた血がかよいはじめたとき、フランクが微笑みながら彼女たちのほうへ歩いてきた。

28

ギドリーにはわかっていた。エドには甲板の下で話し合うべき差し迫った用件などない。エドはギドリーを操る糸を引き、踊らせて、彼の言う愉しいことをしているだけだ。ギドリーは騒ぎを起こすわけにはいかなかった。自分のためにも、シャーロットのためにも。五分間なら、シャーロットと娘たちは無事でいられるだろう。レオもいっしょにいる。シンディを遠ざけておいてくれるはずだ。

「スコッチは？」エドは返事を待たずに注いだ。彼らは下におりて、エドがサロンと呼んだ場所にいた。ギドリーは、この部屋より真鍮と赤いビロードの使い方が控えめな娼館《しょうかん》を見たことがあった。

「何をそんなにあわててるんだ、エド？」ギドリーは言った。「ヴェトナムに行かせる気がなくなったなんて言うなよ」

おれが？　エドはその考えを手で振り払った。ふかふかの革張りのウィングチェアに腰を落ち着け、両脚を上げた。

「小僧」エドは言った。「傑作だな。どうするつもりだ。あの女がおまえをどう見てるかわかるか。すてきな人だと思ってるぞ。心配するな、邪魔はしないから」

「おれが居心地悪そうにするのを見たいだけだろ」ギドリーは言った。

「たしかに、ちょっとだけな」

「いまは彼女が必要なんだ。わかるだろ。おれはまだサイゴンに着いてない」

「心配するなって。こっちの子供は行儀よくしてるさ。いい身なりをしてたろ？　おれのアイデアだ。おまえがおもしろがると思ってな」

ギドリーは、船体に水がはねかかる音や、チャプチャプと波を受けるくぐもった音に耳をすました。レイ・ボルジャーが壁の向こうでかくいびきの音にも。甲板で何かが起きているような音はしなかった。何が起きてもおかしくない。それはわかっていた。

ギドリーはグラスを持ち上げ、スコッチを通り抜ける光をじっくり眺めた。焦るな。焦ればエドはかえって時間をかけ、苦しませようとする。

エドが葉巻に火をつけた。「さては、われらが親愛なるシャーロットに惚《ほ》れたな？」

「惚れた？」ギドリーは言った。「何が言いたい」

「人もあろうにフランク・ギドリーがな。この眼で見なきゃ信じられなかったよ」

巧みに切り抜ける方法はなかった。虚勢を張りつづけて祈るか、洗いざらい白状して祈るか。エドは、ギドリーのシャーロットに対する感情を、許容できない弱みと見なすかもしれない。あるいは、ギドリーが見え透いた虚勢を張りつづけることを、許容できない弱みと見なすかもしれない。

ギドリーは肩をすくめた。「たしかに、おれは彼女に惚れてる。それがどうした？」

それがどうした？　彼は自分自身にも同じことを問いかけた。シャーロットと娘たちと暮らしたいとしても、それがどうした？　自分の頭がおかしくなっているとしても、それがどうした？　明日ヴェトナム行きの飛行機に乗るか、死ぬかだ。どちらにしても、シャーロットとあの子たちには二度と会えない。

エドは葉巻を吸いつづけていた。最初のマッチが燃え尽きたので、二本目に火をつけた。ギドリーの答えに満足してうなずいた。

「レイは三十分歌うはずだった」エドは言った。「あの酔っ払いのあほボストン人。報酬はなしだ、ぜったいに」

「湖に投げこめよ」ギドリーは言った。「泳いで帰らせればいい」

「今夜うちに寄れ。九時ごろにな。明日必要なものをそろえておく。レオを迎えに行かせようか？」

「道は憶えてる」

「よし」エドは立ち上がった。「パーティに戻るぞ」

シャーロットと娘たちは無事だった。最初から気に病む必要はなかったのだ、とギドリーは自分に言い聞かせた。エドが錨を上げ、ボートは船着場に向かった。ギドリーはローズマリーとジョアンが納得するまで、習った遊びを憶えていることを証明しなければならなかった。かけ声や手拍子も全部。

スイート、スイート、ベイビー、
あなたを決して放さない、
シミー、シミー・ココア・ポップ、
シミー、シミー・パウ。

シャーロットがひとりで坐って、娘たちを見、ギドリーを見ていた。宵闇がおりてきて、船着場の明かりがまたたいた。薄れゆく光のなかでシャーロットの姿も薄れ、ギドリーの想像の断片でしかなくなるように思えた。彼女は現実ではない、このすべては現実ではないという考えが浮かび、ギドリーはそれまで味わったことのない恐怖に満たされた。はるか昔までさかのぼっても、味わったことがなかった。おれは正気を失った。尊厳を失ってしまった。シャーロットと娘たちに出会うまで、地上にも天上にもおれの心を動かせるものはなかったのに。

ロールスロイスでは、ギドリーがレオとまえの席に坐ったので、シャーロットと娘たちは後部座席で手足を伸ばすことができた。ローズマリーとジョアンは〈アシエンダ〉に着くまでずっと眠っていた。シャーロットも座席の隅で体を丸め、頭を窓にもたせかけて眠っていた。彼女のうしろの窓ガラスに、車のヘッドライト、看板、砂漠のはるか向こうで光る稲妻が映って、閃き、広がった。彼女の夢が映画館のスクリーンに映し出されるのを見ているようだった。

シャーロットたちとロサンジェルスに行くことはできない。そのことを受け入れるのはあまりにもむずかしかった。だが、この国にいるかぎり、どこであろうとカルロスに見つかるのは時間の問題だ。それもエドに、**すまない、ヴェトナムの件は気が変わった、面倒をかけて申しわけない**と言って、殺されずにすんだとしてである。

「レオ」後部座席はだいぶ離れていて、タイヤと舗道の摩擦音がやかましかったが、それでもギドリーは声をひそめた。レオは物思いに耽《ふけ》っていたようで、初めは反応しなかった。

「レオ」

「はい?」レオが言った。

「いいアドバイスが必要なんだが」ギドリーは言った。

「私たちはみなそうです」

シャーロットたちとロサンジェルスに行くことはできない。だが、三人を連れてヴェトナムへ行くのはどうだ？　エドを説得するつもりだった。なおさらむずかしい危険な考えだろうか。

「ある男が気づくと、暗い森のなかにいた」ギドリーは言った。「そしてまた気づくと、別のもっと暗い森のなかにいた。彼は自分の運命に腹を立てた」

「よくわかります」

「ミルトンだよな？　ルシファーはどこで神の恩寵《おんちょう》を失ったんだっけ？　ミルトンは読んだことがない。ダンテもじつは読んでない。読んだふりをしてるだけで」

「目覚めよ、立てよ、さなくば永遠に堕ちてあれ」

「それはミルトンか？　ひけらかすなよ、レオ。あんたの訛りで言われちゃ敵《かな》わない」

レオは満足げにうなずいて同意した。

「おれは幸せに暮らすコツを知ってる、レオ」ギドリーは言った。「おかげで何を決断するのも簡単だ。いままで苦労したことはない」

レオはそのコツを教えてほしいとは言わなかった。苦笑いで片方の眉を上げることすらなかった。ギドリーの言いたいことは理解しているようだった。シャーロットへの思いをエドが勘づいたのなら、レオも勘づいていたのだろう。

「何か言ってくれ、レオ」

だめだ。返事なし。クラーク・ゲーブルふうの口ひげは、ぴくりとも動かなかった。ギドリーはあきらめた。しかし、そこでレオがため息をついた。

「あらゆる決断によって、私たちは新しい未来をひとつ作ります。ほかの未来をすべて潰して」

「重いな、レオ」

「そうですか？」

「少なくとも、重く聞こえる。その訛りのせいで」

レオは苦笑いで眉を上げ、ロールスロイスをホテルの入口で停めた。ギドリーは座席越しに手を伸ばして、シャーロットの膝に触れようとしたが、彼女はもう起きていた。そもそも眠っていなかったのだ。

「着いた」ギドリーは言った。

「ええ」シャーロットが言った。

エドのボートでご馳走《ちそう》を食べたせいで、誰もあまり食欲が湧かなかった。夕食はやめて、ゴーカートを見に行った。

やかましい昆虫、油まみれの小さな甲羅がコースを勢いよく走るのを、ギドリーとシャーロットとジョアンは見た。ローズマリーはコースに出たがり、金網を握りしめて、コーナーを曲がるドライバー一人ひとりを眼で追っていた。ギドリーは微笑んだが、シャーロットは気づいていなかった。ゴーカート場から引きあげ、シャーロットが娘たちを入浴させ、祈らせ、寝かしつけているあいだ、ギドリーはバーで飲んでいた。

階上《うえ》の自分の部屋で、ギドリーはシャーロットの腰に手をまわし、キスをしようと引き寄せた。しかし、彼女が手からすり抜けたので、そこから先に進めなかった。

「どうした?」ギドリーは言った。

シャーロットは窓辺に行った。背を向けていたが、思いつめた横顔が見えた。どうしていままで気づかなかった? ボートの上でも、車のなかでも。フランク・ウェインライトは気づかなかった。ギドリーなら——自分が自分のままだったら、正気を失っていなければ——こうなることはずっとまえにわかったはずだった。

「気分が悪いとか? デザートを食べすぎて?」

「フランク」シャーロットが言った。

ボートでシンディに何を言われた? 神のみぞ知る。どんなダメージを修復する必要があるのか、わからなかった。

ギドリーはシャーロットに近づいて、肩をなでた。「どうした？」

ようやくシャーロットが振り向いた。「わたしに隠してることはない、フランク?」

ギドリーは彼女の眼を見つめた。すべて伝えてしまえ。すべてを。衝動を抑えなければならなかった。彼女にすべてを伝え、信じてくれと頼みこめ。自分は変わった、変わろうとしている、変われるはずだ、少しでいいからチャンスをくれ、と。

シャーロットはギドリーの誠意に心を打たれ、映画で女優がやるように両腕をギドリーの首にまわす。めくるめく香水のにおいとバイオリンの音色。そうなるはずだ。**ああ、フランク、救ってくれる親切な女性がいるだけでいいのね?**

「隠してること？」ギドリーは言った。「あるわけない」

「エドよ」シャーロットは言った。「わたしがどうかしてるのかもしれない。でも、そんな気がするの……わからないけど。フランク、あなたがエドといっしょにいるのを見て、ちょっと思った……何かおかしいって」

「そうか……」

「彼の姪のシンディが、溺れた女性の話をしたの。エドのボートに乗ってた〈スターダスト〉のカクテルウェイトレス。カクテルウェイトレスだと本人が言ってただけかもしれない。シンディの話だと、まるでエドが……最初はただのくだらない怪談かと思ったけど、いまはもうわからない」

　J・エドガー・フーヴァーの女スパイだ。ギドリーは胸の内でシンディを呪った。「だからきみたちをシンディのそばに残したくなかった。初めから正直に話しておくべきだったよ。そもそもそれがミード湖に行きたくなかった理由なんだ」

「どういうこと？」

「エドはシンディのためならなんでもする。妹のひとり娘なんだ。いままで五、六カ所の私立学校の学費を彼が支払ってきた。シンディの頭は混乱してる。少し……おかしい。いっしょにいればわかる」

　歌詞はいいのにメロディがひどいのが、ギドリーにはわかった。シャーロットが眼を合わせようとした。自分の心を欺くことに全力を傾けるべきときだ。ギドリーは、そんなことはしたくなかった。もう二度と彼女に嘘をつきたくなかった。

だが、シャーロットはうなずいた。「そうね、わたしもわかった」

「シンディは何か新聞で読んだんだろう。それとも映画で見たか。誰も溺れてはいない。ある日、バスか何かで〈スターダスト〉のカクテルウェイトレスと席が隣になったんじゃないか。シンディの頭はそんなふうに働く。エドのボートで溺れた人なんかいない」

「彼は何者なの?」

「エド?」

「本当は何者なの?」

集中しろ、ギドリーは自分に警告した。いますぐ。いま集中しなければ、すべてが水の泡だ。

「たしかに、エドは純真無垢《むく》じゃない。それは認めよう。だから会わせたくなかった。違法なことはしていないけれど、仕事のやり方が独特だ。そうせざるをえないときもある。なんと言っても、ここはラスヴェガスだから」

「わたしには子供がいるのよ、フランク」シャーロットは言った。「娘がふたり。わかる?」

「あの子たちを危険にさらすようなことは二度としない。ぜったいに。命に賭けて誓う。

エドとはこれっきりだ。シンディとも。いいかな？」

シャーロットは深く息を吸い、ゆっくり吐き出した。そして、またうなずいた。いまのことばを信じている。ギドリーは恥ずかしさで吐きそうだった。本当に彼女を愛しているなら、背を向けて部屋から出ていくべきだ。シャーロットが本当の彼を知ったら、出ていって走り去るだろう。

しかし、シャーロットを失うと思うと、娘たちを失うと思うと——どうしても耐えられなかった。

「愛してる」彼は言った。

シャーロットはため息をついた。「フランク」

「どうかしてる。それは説明してくれなくてもわかってる。知り合って一週間もたってない。でも……」

ギドリーは十歳のときにひとりで車の運転を憶えた。日曜の朝、父親がまえの晩に飲みすぎて寝ているあいだに。おんぼろのフォードのトラックだった。押しボタン式のエンジンスイッチに、床についた変速レバー。体をガタゴト揺さぶられながら、郡の田舎道を走った。ハンドルを握る手が汗ばみ、怖くてまばたきができない眼に涙がにじんだ。ミラーを確認しろ。もうひとつのミラーも忘れるな。すべての考えと動きを意識しろ。どんな動きにも、まず考えることが必要だ。

ギドリーはあのときの感覚を思い出した。息を吸うのを忘れるな。

「ぼくはもう子供じゃない。何が偽物で、何が本物かはわかる。わかると思ってる。きみもだろう？」

シャーロットは何も言わなかったが、ギドリーが手を取って自分の頰に当てても拒まなかった。

「ランプはこすっていないし、こんなことは望まなかった。だからと言って、いま何ができる？　ぼくはきみとあの子たちといっしょにいたい。この先ずっと。それ以外の人生は想像できない」

「フランク……」

「エドから外国の仕事を頼まれている。アジアだ。ヴェトナム。その件でこれからすぐエドに会いに行かなきゃならない。合法の仕事だ。不正はない。いっしょに来てほしいんだ。きみと、あの子たちも」

「あなたといっしょに？」シャーロットは驚いて言った。「アジアへ？」

「そう、いっしょに。ヴェトナムは美しい国だ。そこで撮る写真のことを考えてごらん。ほかの場所では見られない影のことを。その仕事は断れない。でも、一年か二年だけだ。そのあとはどこでも行きたいところに行ける」

シャーロットはギドリーを見つめた。本気なのか見きわめようとしていた。

ギドリーは、最初のときのように、またうなずいてほしかった。サンタマリアで、ロサンジェルスまで乗っていかないかと声をかけたときのように、チャンスを与えてほしかった。

「よく考えてから決めてほしい。そうしてくれるか？　頼みたいのはこれだけだ。よく考えてから決めてほしい。あの子たちは新しいことばを憶えられる。みんなで新しいことばを憶えるんだ。世界を見てみたいと言ってたろ。いっしょに見よう」

「フランク」シャーロットは言った。「まだ離婚もしてないのよ」

「たいしたことじゃない」

「たいしたことよ。わたしがオクラホマを出たのは、自分のため、娘たちのために新しい人生を作りたかったから。自分の力でやらなくちゃ。自分でやりたいの」

「できるよ。できる。結婚する必要はない。それもたいしたことじゃない。大事なのは、きみがぼくといること、ぼくがきみといることだけだ。きみを愛してる。あの子たちも愛してる」

「わたしの話を聞いてないのね、フランク」

「聞いてるさ。お願いだ。自分に何が起きたのかわからない。きみたちに出会うまえは、人生に筋が通っていた。ところがいまは……きみとあの子たちに会って、自分のなかの何かが棚から落ちたかのようだ。いや、自分のすべてが棚から落ちて、床で砕け散ったみたいだ。いったい何が……」

ことばが出てこなかった。これまでの人生でこんなことがあっただろうか。

シャーロットはまた窓のほうを向き、ギドリーから離れた。ゴーカート場の光を見ているのか、ガラスに映った自分の姿を見ているのか、ギドリーにはわからなかった。

「あなたに会えて本当に感謝してる、フランク」シャーロットが言った。「あなたにはわからないわ。たぶんわたしがランプをこすって、あなたを呼び出したのよ。いっしょにいたこの一週間の夢を叶えた。わたしが気づいてなかっただけ」

「きみはぼくを愛している?」ギドリーは言った。

「いっしょには行けないわ、フランク」

「いっしょに人生を作ろう。どんな人生でも、きみが望むとおりに」

シャーロットの細い腕を強くつかむと、彼女の鼓動が伝わってきた。これまでの人生でギドリーは、すでに手中にあるものしか望まないように心がけてきた。手放してもかまわないものは望まないように。

いまはちがった。いまは。

「お願いだ」彼は言った。「一時間で戻る。話し合おう。考えてみてほしい。チャンスをくれ」

「ああ、フランク」

「ぼくたちは愛し合っている。ほかに大事なことなんてない」

ギドリーは唇をシャーロットの唇に押し当てた。すぐに彼女もキスを返した。

「考えてみてほしい」ギドリーが言った。「いいね？」

シャーロットはまたうなずいた。「わかった」

29

サーチライトは、南のブルヘッド・シティのほうに一時間走ったところにあった。バローネはラスヴェガスに来る途中で〈エル・コンドル・ホテル〉のすぐそばを通過していた。モー・ダリッツの巨漢たちには、呼び名がいくつもあった。ジョーイ、運転手、話し手、若いほう、馬鹿なほう、剃刀負けした猪首《いくび》。〈アシエンダ〉でバローネに腕をまわした男だ。助手席にいるシェリーはあまりしゃべらず、ガムをパチンと鳴らしながら嚙み、右手の関節をひとつずつポキポキ言わせていた。耳の潰れ方からして、昔はボクサーだったらしい。こちらもあまり利口そうには見えなかった。

おまえみたいな男が部下にいてもいいな。ダリッツはバローネにそう言ったが、それはまちがっている。ダリッツとサム・ジアンカーナには、バローネくらい優秀な部下が何人かいる。ところが、ダリッツは彼らではなく、〝おしゃべり〟ジョーイと〝壊れたへぼボクサー〟シェリーを、バローネの迎えと世話役にあてた。

これには何か意味があるのか。ダリッツはメッセージを送っているのか。何かを伝え、行動をとらせようとしている？　バローネにはわからなかった。推測は彼の仕事ではない。モー・ダリッツ、カルロス、セラフィーヌ。彼らはあらゆる行動を煙《けむ》に巻く。真実に嘘を添え、嘘に真実を添えて伝える。ドミノを並べて、どこかの馬鹿に倒させる。

バローネは熱がぐんぐん上がるのを感じた。ニューメキシコにいたときのようだった。しばらく頭がはっきりしていたかと思えば、なんの前触れもなく海のなかにいて、浮いたり沈んだりする。時をさかのぼって、黒人の年寄りが『ラウンド・ミッドナイト』を演奏していたフレンチ・クォーターに戻っている。

少年を残してきた川床は、ブルヘッド・シティの反対側だった。セオドアだ、テッドと呼ぶな、テディと呼ぶな。いまごろ警察が彼の死体を見つけているかもしれない。ただの黒人の子供だ。誰が気にする？　警察がわざわざ動くことはない。

ギドリーを始末したら、ニューオーリンズのことは忘れてしまうだろう。自分がどこへ行き、何をするのかもわからない。雪に覆われた場所が頭に浮かんだ。空気が新鮮で冷たい。たぶんアラスカだ。

「聞いてるか？」

バローネの意識がアラスカから戻った。「なんだって？」

「着いたぞ」〝おしゃべり〟ジョーイが言った。

バローネは〈エル・コンドル・ホテル〉に入った。とりあえず頭ははっきりしていた。

雲はなく、空は晴れている。ジョーイもいっしょに入ってきた。シェリーは車に残って駐車場を見張っている。バローネがホテルを抜け出し、逃げてしまわないように。

ジョーイが支配人と話し、バローネのルームキーを持って戻ってきた。狭くてみすぼらしい部屋には、ベッド、椅子、化粧台があった。ジョーイ相手に使えそうなものは見当たらなかった。テレビのアンテナくらいか。ガラスの灰皿もある。調子がいい日なら、九割方、ジョーイに勝てるだろう。ジョーイが銃を持っていて、自分が丸腰でも。だが、今日はちがうし、そもそも九割というのはあまりいい確率ではない。

バローネはずっと昔に学んでいた。フェアな闘いになるとしたら、すでにどこかでしくじっているのだ。

ベッドの端に坐った。ジョーイは椅子に坐った。バローネはまた立った。ジョーイも立った。

「飲みに行く」バローネは言った。

「なんなりと、ミスター・バローネ」

バーは薄暗く、ほとんど人がいなかった。彼らはカウンター席についた。バローネは、ジガー、シェイカー、スプーン、ストレーナー、氷がいっぱい入った容器がそばにある場所を選んだ。ダブルのライウイスキーをコカ・コーラと氷で割ったものを、自分とジョーイに注文した。

「どうも」ジョーイが言った。「兄弟みたいな思いやりか」

「おれの膝の上に坐るか?」バローネは言った。

ジョーイはにやりと笑った。音をたててスツールを引き、バローネに数センチ近づいた。

「おれは自分の仕事をしてるだけだ。ミスター・バローネ」

「ポールでいい」

「おれの兄貴もポールだ。東部のプロヴィデンスに住んで、建設の仕事をしてる。あんた、おれをでぶだと思ってるだろうが、ポーリーに会ってみろ。おれは家族でいちばんのちびだ」

「誰がおまえのボスに情報をもらした?」バローネは言った。「何か知らないか? おまえはゆうべ、おれを尾けていなかった。おれは尾けられれば気づく」

ジョーイがにやりと笑った。バローネを怖れていない。怖れるはずがない。ジョーイはモー・ダリッツの部下なのだ。モー・ダリッツの部下を攻撃すれば、モー本人を攻撃して、あとから用心するようなものだ。ジョーイは、攻撃してくる馬鹿はいないと信じている。しかしバローネは、状況はもっと複雑だとわかっていた。誰よりもよく。

「ポーリーは、ノートルダム大学のフットボールチームでライトタックルだった」ジョーイが言った。「あんたもあいつのプレーを見られればよかったな。ディフェンシブラインに突っこむと、手榴弾《しゅりゅうだん》を放りこんだみたいに相手が吹っ飛ぶ。ドカーン。プロでもやれたかもな。みんなそう言ってた」

バローネは壁にぶち当たった。自分がギドリーを追って〈アシエンダ〉まで来たことは、誰も知らない。スタン・コンティーニだけだ。あとはセラフィーヌがスタンから聞いて知っているかもしれない。ではどうして……？

セラフィーヌ。

いや、彼女はこの仕事を台なしにしたくないはずだ。バローネがギドリーを仕留めることを望んでいる。仕留めてもらわなければ困るのだ。この件に関しては、セラフィーヌも窮地に立っている。おれと同じように。

誰かがモー・ダリッツに情報をもらした。誰が……くそ。バローネは、やっと気がついた。結び目が解けはじめた。ヒューストンまでさかのぼれ。最初の夜、ホテルのバーでどうしてギドリーはレミーから逃れられた？　誰かがギドリーに情報を流したからだ。やつはレミーが待ち伏せしていることを知っていた。

セラフィーヌだ。彼女がヒューストンでギドリーに情報を流したのだ。そしてここヴェガスでは、バローネの仕事を台なしにしつつある。セラフィーヌでなければ、メタリックグリーンのロールスロイスの持ち主だ。

ジョーイはマドラーをバローネの包帯を巻いた右手に向けた。怪我をした手。「それはどうした？」

「間が悪いときに間の悪い場所にいた」

「かなり痛むのか？」

「心臓が脈を打つときだけな」

「もうひとり兄弟がいる。ゲイリーだ。ボストンのレイのところで働いてる」ジョーイは言った。「聞いたことあるか？　ゲイリー・ガンザ。レイ一家の頭脳さ。出世したもんだ。ゲイリー・ガンザ。劇場の看板をよく見とけ。そのうちあいつの名前が光り輝くから」

ジョーイがピーナッツをひと握り取ろうと身を乗り出した。バローネはこれを待っていた。ジョーイのスツールを膝で押した。ジョーイはヒューストンの標的と同じくらい大きい——もっと大きい——が、梃子《てこ》があれば世界でも動かせる。

ジョーイはぐらっと倒れかかり、かろうじて体勢を立て直した。ただ、カウンターをバンと叩き、罵り声をあげながらピーナッツをばらまいた。バーテンダーはこういう光景に出くわしたことがあって、ジョーイに怒りの眼を向けたあと、黙って煙草を吸いに行った。

「もう酔ったのか？　ジョーイ」バローネは言った。「一杯だけで？」

ジョーイはもう笑っていなかった。背中を丸めて下を睨んでいた。「くそスツールがおかしい」

「議員に手紙で知らせたらどうだ」

「うるさい」

「パトリアルカの下で働いてるゲイリーなら聞いたことがある」バローネは言った。アイスピックのラッカーで仕上げたチェリーウッドの持ち手は、砂時計のように湾曲していた。バーテンダーが氷の容器のすぐそばに置いていったので、バローネが左手で握ると、冷たくなっていた。「苗字《みようじ》はなんだって？」

ジョーイはスツールを罵るのをやめた。「ガンザだ。ゲイリーのどんな話を聞いた？」

「悪い話は広めたくない」

「いいだろ。言えよ」

バローネが右腕をジョーイの肩にまわすと、ジョーイは話を聞こうと寄ってきた。バローネは左手を上げ、アイスピックの十センチあまりの針をジョーイの耳の穴に突き立てた。手早くきれいに刺して抜いたので、ジョーイは何もわからずに死んだ。まつげを震わせ、唇をすぼめ、崩れ落ちた。バローネは、ジョーイがスツールから落ちるまえに、狙いどおり受け止めた。血は一滴も流れていない。こうするには正確な角度で脳に刺す必要があるが、アイスピックならもってこいだった。

ここからがむずかしい。バローネはジョーイの脇の下に入り、立たせるように担ぎ上げた。家族のなかでいちばんちび。信じがたい。バローネはふらつきながら懸命に進んだ。人は死ぬと、生きているときより重くなる。それは事実だ。

「ほら、相棒。よく飲んだな。寝かせてやる」

五ドル札をカウンターに残した。バーテンダーがちらと視線をよこしたとき、バローネはモー・ダリッツのように耳のあたりまで肩をすくめた。な、どうしようもないだろ？

死体をバーから運び出した。時間のかかる仕事だった。持ち上げろ。ふう。汗をかきはじめた。両脚が震える。ブラックジャックの台を通りすぎた。誰もバローネとジョーイに注意を払わなかった。廊下を進む。幸い〈エル・コンドル〉も〝ちび〟だ。建物全体でも、せいぜい〈デューンズ〉や〈スターダスト〉のロビーぐらいしかない。〈デューンズ〉や〈スターダスト〉からジョーイを運び出そうとしても、うまくいかなかっただろう。

ようやく部屋。バローネは鍵を開け、ジョーイをどさりとベッドにおろした。いくつかの体勢をとらせてみた。腕や脚をあちこちに動かし、枕を置いたりどかしたりして、いかにも大酒を飲んで倒れこんだように見える恰好にした。

ジョーイの四五口径を取り上げた。死体の耳からわずかな血が頬の曲線を流れ、顎を伝った。ジョーイのジャケットの胸ポケットにハンカチが入っていた。それを軽く当てて血をふき取り、ハンカチをたたみ直して、しまった。

ベルギーでは、すぐ近くで砲弾が炸裂したときに、衝撃で意識が体から分離し、押し戻された――逆さまに。今回の発熱はもっと穏やかで、宇宙に吸いこまれ吐き出されるのをくり返すようなものだが、全身に広がる不快感は変わらなかった。吐き気がした。バローネはバスルームに入り、便器の上に身を屈めた。何も出てこない。汗がどっと流れた。だが、少し待てばだいじょうぶだ。そのうちおさまる。セラフィーヌ。ヒューストンでギドリーに情報をもらしたのは彼女か？　ヴェガスでおれの仕事を邪魔したのは誰だ？

見つけ出してやる。待ってろ。ギドリーを始末したあと、いちばん早い飛行機に乗ってニューオーリンズに戻り、オーデュボン・パークのセラフィーヌの家のドアを蹴破る。長年あの女に仕事でやらされてきたあらゆることを、今度は愉しみのためにあの女にしてやるのだ。

〝壊れたへぼボクサー〟シェリーは、車の窓を開け、腕を窓枠にのせていた。バローネが近づいてくるのを見て、どういうことか考えた。バローネはひとりだが、逃げ出してきたようには見えない。ひとりで落ち着き払い、親しげな表情を浮かべている。そして言う。

「ホテルに来てくれ。ジョーイが朝食を吐いてる。悪いものでも食ったんだろう」

シェリーがホルスターの銃を取ろうとしたときには、バローネはすぐそばにいて、手遅れだった。

30

いっしょにヴェトナムに行くことを考えてみる、説得するチャンスをあげるとシャーロットに言われたとき、ギドリーは心地よい雷鳴《サッチ・スイート・サンダー》（シェイクスピア『真夏の夜の夢』第四幕より。またそれにもとづくデューク・エリントンの楽曲）を感じた——空が割れ、雨が乾いた大地を均《なら》した。とはいえ、歓喜したのは、文字どおり一瞬だけだった。エレベーターでロビーにおり、入口のドアがうるさい音をたてて開くころには、胃が痛み、口が乾いていた。

まずむずかしいこと、いまはもっとむずかしいこと。さあ、行くぞ。

ギドリーは駐車場を歩いた。夜は冷えこみ、風が身を切るようだった。シャーロットと娘たちをサイゴンに連れていかせてくれと頼んだら、エドはなんと言うだろう。かまわないと言うかもしれない。肩をすくめ、好きにしろと。エドは、正直なところ、底抜けの奇人だから。おもしろがるかもしれない——ギドリーがジューン・クリーヴァーと女の子ビーバーふたりを連れてサイゴンに行くなんて（ジューンはホームドラマ『ビーバーちゃん』の主人公で、ビーバーはその息子）。ギドリーがエドの望む仕事をしさえすれば、うまくやりさえすればだが。**もちろんだ、小僧、好きに**

しろ。エドは笑える話をくわしく聞きたがるだろう。それも毎週のように。

ギドリーは車を走らせながら、説明のしかたを考えた。**エド、あんたが望む仕事をする。うまくやるさ。**

シャーロットと娘たちがいれば、ヴェトナムでは弱みではなく強みになる。あの天使たちのことを考えてみるがいい。現地では有力なコネを作る必要がある。サイゴンにいる大勢のアメリカ人――中佐や准将、大使館職員や経済顧問、調達業者や供給業者――の多くは妻子を連れてきている。家族持ちの男は信用されるだろう。バーベキュー、ダンスパーティ、ホテルのプールで日光浴。**なあ、ジム、きみとスージーは信頼できるベビーシッターを見つけたかい？**

わかるだろ、エド？

そこまで行ければ、エドもわかってくれるかもしれない。仕事に取りかかってもいないうちに、笑っておれを撃ち殺さなければ。

なぜ心配する？　その段階はもうすぎている。ギドリーの歴史はすでに書き上げられた。彼はレオが言ったことを考えた。**あらゆる決断によって、私たちは新しい未来をひとつ作ります。ほかの未来をすべて潰して。**決断はした。このひとつ以外、ほかの未来はすべて潰した。

ギドリーはハイウェイからおり、曲がりくねった道をエドの家へ向かった。優柔不断な夜だった。暗いのか、明るいのか。百メートルほど、ヘッドライトの光が届かないところはまったく見えなかったが、そのあと雲を押しのけるように月が現れた。巨大なサボテンがそびえ立ち、赤い岩壁がいまにも倒れてきそうだった。

車の窓は開けたままだった。体じゅう冷えきったが、汗をかきたくなかった。

エドのガラスの家は暗かった。端の窓のひとつに、煙草の先端らしき光がともった。初めて来たときには気づかなかったが、玄関のドアにはずっしりした真鍮のノッカーがついていた。眼を閉じた悲しげなガーゴイルの像。ノックしようとそれを持ち上げると、下にもうひとつ顔があった。やはりガーゴイルだが、こちらは歯をむいて笑い、眼を開けてギドリーを見つめ返していた。

かなり時間がたってから、レオがドアを開けた。いつもの最高級の黒いスーツではなく、カジュアルなシャツに色褪せたブルージーンズ、革サンダルという恰好だった。

「これは失礼」ギドリーは言った。「おれの知ってるレオはどこだろうと思ったよ」

レオの眼がきらりと光った。「こんばんは。ミスター・ツィンゲルは書斎です。ご案内します」

彼らは暗くがらんとしたリビングルームを通り抜けた。暗くがらんとしたダイニングルームを通り抜けた。大理石をコツ、コツ、コツと鳴らすふたりの足音と、風がガラスの外壁にぶつかる音以外には何も聞こえなかった。砂漠の向こうで月がまたたいていた。ギドリーは、シンディや若者たちにいてほしかった。プールで水を散らしたり、シマウマの毛皮の敷物の上でごろごろしていてほしかった。魂が抜けたあの連中にはぞっとするが、家のなかに彼らがいないとなおさら不気味だった。

「今夜は若いやつらはどこに行った、レオ？」ギドリーは言った。

「ミスター・ツィンゲルが街に映画を見に行かせました」レオが言った。

トンネルの先に見える光——暖炉の明るい金色の炎——エドの書斎。エドはオーク材の大きな机の向こうに坐っていた。ギドリーはそのまえにあるクラブチェアのひとつに腰をおろした。机の上にはあまりものがなかった。電話、葉巻の箱、分厚くふくらんだマニラ封筒。エドの銃。

「ロマンティックだ、エド」ギドリーは言った。「雰囲気の演出はありがたいが、明かりをつけてくれないか？」

「ものを考えるには、暗くするのがいちばんだ」エドは言った。

月がふいに明るくなった。書斎の壁二面は完全なガラス張りだった。

ギドリーはうなずいた。「これでいい。ありがとう」

「なんでも叶えてやるよ、小僧」

「あんたはまだ考えてるのか？」

「このことじゃない。おまえのことでもない」エドは腕時計に目を落とした。「何分もまえに心は決まった」

　レオがグラスに注いだストレートのスコッチをギドリーに持ってきた。エドはマニラ封筒を指差した。

「ネリスに行き、出発して、ヴェトナムに入るまでの書類だ。これでほぼ信用される。おまえは軍の契約企業の中間管理職だ。防水パーカと軍服ズボン。軽量。限定注文書第八九〇一号。マサチューセッツ州ホルヨークの〈フレッチャーズ&サンズ・ファブリック&アパレル〉。実在する会社の実在する契約だ。本当に利益が出るかもな」

「昔からズボンのなかに入りたかったんだ」

「乗せてくれるのは、ブッチ・トリヴァー大佐という腕利きのパイロット、堕落したギャンブラーだ。明日の夜七時きっかりに輸送機カーゴマスターで飛ぶ。パスポートはいま用意中だ。数週間待て。タンソンニャットに着くから、すぐにはいらない。空軍基地だ。必要なことは全部、グエンがうまくやってくれた。だからしばらく、おまえはフランク・ギドリーのままだ。憶えておけるか?」

「ベストを尽くすよ」ギドリーは言った
「レオ、階下《した》に行って、上等のボトルを取ってきてくれ」エドが言った。「一九四六年ものマッカランだ。祝おうじゃないか。自分のグラスも持ってこい」

　エドはマニラ封筒を指で弾いた。封筒はつるつるの机の上をまわりながらギドリーのまえまですべった。ギドリーは手を伸ばさなかった。

「何をためらってる、小僧?」エドが言った。「驚きの展開はないぞ。驚きの展開がないこと自体が驚きの展開だ。長く充実した人生が手に入る。おれたちは長く充実した協力関係を築く」

「お願いがあるんだ、エド」

エドは葉巻の端を切ろうとしていた。カッターを置いた。葉巻を置いた。「まだ頼みがあるのか」

「すでに充分なことをしてもらった。それは誰よりもよくわかってる」

「そうは思えんな。わかってるなら、まだ何か頼もうなんて思わない。おまえのために、おれがどんな犠牲を払ったかわかるか? 金や善意を惜しんだか? カルロスにとってのおまえの価値がどのくらいか考えてみろ」

「だからこそ、あんたは入念に調べた」

「もちろん調べたさ。ショックを受けたような声を出すな」

「ショックは受けてない」

「おれと同じ立場なら、おまえも同じことをしたはずだ、小僧。そうあってほしいよ」

ギドリーはひと息でスコッチを飲み干した。「シャーロットと娘たちをヴェトナムに連れていきたい」

月の光が消えた。部屋がまた暗くなった。エドの表情が見えない。外の風がいったんやみ、力を蓄えてまた吹きだした。遠吠えのような音をたててガラスに打ち当たった。

「度胸があるな」エドが言った。「それは認めてやる」

「利点を説明する」

「おまえの口癖はなんだっけ？〝なんてこった〟だな。おれも使っていいか？」

「よく考えたんだ。エド。おれはあんたが望む仕事をやる。うまくやる。そこは何も変わらない」

ギドリーは自分の口から出ることばを聞きながら、この議論はむなしく終わるだろうと思っていた。最初からわかっていたことだが、認めたくなかった。たいした度胸があっても、一週間前に出会ったばかりの女と子供ふたりのためにその度胸を使いきる男？　そんなやつの判断をこの世の誰が二度も三度も信用する？

「なんてこった」エドが言った。

「エド……」

「わかった。手筈は整えよう」

ギドリーは次の台詞を口にしかけていた。**エド、聞いてくれ、ひとり身より家族持ちのほうが信用される……**。

「え？」ギドリーは言った。

「賭ける馬は決めたんだ、小僧。それが走るのを見たい。おれに稼がせてくれるのか、そうでないのか。それに、おれが真実の愛を邪魔する男に見えるか？」

え？

だが、エドは椅子に坐り直した。一瞬、闇のなかに彼の笑みが浮かび上がった。手は銃の上に置いている。

「ひとつだけ条件がある。娘をひとり、おれが預かる。おまえが選べ。おれはどっちでもいい」

ギドリーは笑みを返そうとした。「おもしろいな、エド」

「そうか？　いい取引だと思うがな。これでもおまえに有利な話だ。なんならコインで決めてもいい。あの子たちの名前はなんだった？」

暖炉で薪がはぜ、輝く紙吹雪のように火の粉が舞い上がった。月がまた照りだした。エドは大笑いした。「おまえのその顔」

「ちくしょう、エド」

「おれは怪物か？　おれのことをそう思うのか？　がっかりだよ。光栄だがな」

「ちくしょう」

エドはまた葉巻を取り、端を切った。「すでに手筈は整えてある。シャーロット、子供たち。明日は四人全員、飛行機の上だ」

「すでに……」

「おまえがあの三人を連れていきたいのはわかってた。まあ、五分五分だとは思ったがな。必要なものは全部封筒のなかだ。さあ、持っていけ」

エドは、レオがまだドアのあたりにいることに気づいた。

「おれの思ったとおりだろ、レオ。でなきゃ祝いに一九四六年もののマッカランを取りに行かせたりするか？」

ギドリーはマニラ封筒を取り上げた。机を乗り越えて、この食えない大男を抱きしめたかった。「この野郎、エド」

「昔、おれも恋をした。おまえは知らないはずだ。ずっとまえのことだが、そのときの気持ちは憶えてる。愛は続かないが、なかったことにはならない」

「これが愛かどうかはわからない」ギドリーは言った。「なんなのか、わからないんだ」

「おれに泣きつくなよ。うんざりして、かみさんと子供たちをアメリカに送り返したくなってもな。ところで、今夜はここに泊まっていけ。そのほうが安全だ」

「安全？」

「彼女たちはレオに迎えに行かせる。電話しろ。レオが行くと伝えるんだ」エドはまたレオのほうを向いた。「レオ！　何をぼんやりしてる！」

レオはまだドアのところから動いていなかった。ほんの一瞬、ギドリーはレオがなぜ動かないのか不思議に思った。ほんの一瞬、なぜ彼が銃を持っているのか不思議に思った。そこで急に時間が動きだし、加速した。レオはすでに腕を上げて、引き金を引いていた。耳をつんざく音とともに、青い火がエドに向かって飛んだ。エドの頭がうしろに弾かれ、血が噴き出した。

レオ。

レオ。

レオは、カルロスにとってのギドリーの価値を――生死にかかわらず――知っていた。ギドリーは発砲された経験があった。戦時中には何度もそういう目に遭ったので、レオが振り向いて銃を向けても、凍りつくことはなかった。机の裏に飛びこみ、分厚いオークを盾にした。板に弾が当たって割れるのを感じ、聞いた。二発目がすぐ横をかすめた。坐っていた椅子のうしろのガラスの壁は、一面霜がついたようにひび割れていた。レオは左に数歩移動するだけでよかった。ギドリーは隅に追いつめられ、どこにも隠れられなくなる。エドが死ぬまえの最後の恩恵として、銃になんとか手を伸ばし、カーペットにはたき落としていた。だが離れすぎている。机の反対側だ。

レオ。大それた行動をとったものだ。エドを排除し、ギドリーで儲ける。頭を吹き飛ばされていなければ、エドも感心したことだろう。

「出てこい」レオが言った。

「レオ。話し合おう」

レオは何を待っている？　エドの銃をまだ見つけていないのだ。ギドリーが持っているかもしれないと思っている。

「出てこい」レオが言った。

月の光が消えた。ためらう者は好機を逃す。ギドリーはエドの銃に飛びついた。青い炎が走った。どこからともなく少女の叫び声が聞こえた。激しく、殺気立った叫び。

弾ははずれ、ギドリーは死んでいなかった。死んだ気はしなかった。起き上がると、レオの背中で暴れる悪魔のような姿が見えた。シンディがレオの顔に指を食いこませている。頭蓋骨から皮膚をはぎ取ろうとしているかのように。

レオは振り返って肩越しに彼女を撃とうとしていた。ふたりでよろめきながら書斎のなかを移動し、レオが発砲して、シンディの頭がうしろに弾かれた。それでもレオにしがみついている。レオはまたまわってシンディを振り払い、銃弾でひびが入っているガラスの壁にぶつけた。ガラスが砕けた。シンディはきらめくガラスの破片とともに、外の黒い溶岩石の上に落ちた。

レオがギドリーのほうを向いた。ギドリーはレオの胸を撃った。レオは銃を落とし、床に片膝をついた。笑いながら身を震わせた。**は、は！**　そう見えた。ギドリーはまた撃った。レオは倒れた。最後に黒い血の泡を吹いた。

シンディも死んだ。エドも死んだ。ギドリーは三回、深呼吸をした。一、二、三。それ以上何かをしている時間はなかった。車の鍵があるのを確かめた。マニラ封筒があるのも確かめた。

家のなかを通り抜け、外へ出た。ほかに誰かがいるような音は聞こえず、姿も見えなかった。シンディがひとりで映画から帰ってきたか、ほかのやつらが銃声を聞いて逃げたかだ。

出発するまえに、最後にもう一度、深呼吸。ギドリーは車に乗りこみ、エンジンをかけた。

31

シャーロットから見て、もはやフランクが何か隠していることは明らかだった。おそらく、すべてを隠している。エドのこと。自分自身のこと。しかし、ほかにも気づいたことがあった――フランクは彼女の話を聞いておらず、聞く気もなかった。そのせいで、シャーロットはさらに気が重くなった。

「わたしがオクラホマを出たのは、自分のため、娘たちのために新しい人生を作りたかったから」彼女は言った。「自分の力でやらなくちゃ。自分でやりたいの」

「考えてみてほしい」フランクは言った。「チャンスをくれ。ぼくたちは愛し合っている。ほかに大事なことなんてない」

彼はシャーロットにキスをした。彼女もキスを返した。

「考えてみてほしい」彼は言った。「いいね？」

シャーロットはうなずいた。「わかった」

わたしもフランクを愛していると思う。でも、人生のいまの時点では、ほかに大事なことがたくさんある。フランクが話を聞いていれば、そんなことはわかったはずだ。

「さよなら、フランク」シャーロットは言った。

「一時間で戻る」

フランクが出ていき、ドアを閉めた。シャーロットはベッドに坐って待った。シュニール織のクリーム色の上がけには、バラのつぼみの模様がついている。それをひとつずつ、五十まで数えた。フランクがエレベーターでおりて車まで歩いていくのに充分な時間がたった。車の鍵や財布を忘れて取りに戻ってくることはもうないと確信すると、シャーロットは立ち上がって向かいの自分の部屋に戻った。

部屋の明かりは消したまま——ミニゴルフ場の光で充分だ——できるだけ音をたてないように化粧台の抽斗を開けた。

娘たちは怒るだろう。いつも自分たちでスーツケースに荷物を詰めたがる。何をどこに、どの順番で置くかをまちがえないことが大事なのだ。だが、すべて準備ができるまで、ふたりを起こしたくなかった。ローズマリーは山ほど質問してくる。その間手を止め、説明しなければならなくなる。どうしてもう出発するの、どうしてフランクはいっしょに来ないの、どうしてそんなに急げ急げって言うの？　フランクが戻るまで一時間しかない。別れのことばを二度も言いたくなかった。

タクシーに乗って、あなたたち。早く、早く、早く。バスに乗ったら何もかも説明して

あげるから。

夜遅くにロサンジェルスへ行くバスはあるのだろうか。ええ、きっとある。なくても、そのとき考えればいい。

娘たちは、なぜフランクが別れの挨拶をしてくれなかったのか訊くだろうか。そう、もちろん訊くだろう。どう答えればいいのか、まだわからなかった。これもそのとき考えればいい。

ジョアンの靴の片方が見つからなかった。シャーロットは両膝を突いて身を屈め、ベッドの下を探った。犬が近づいてきて、冷たい鼻を彼女の首の横に押しつけた。

「心配しないで」と小声で言った。「あなたのことは忘れてないから」

犬は彼女の隣に寝そべり、疑っているようなため息をもらした。

「バスに乗せちゃだめって言われるでしょうけど」シャーロットは犬に言った。「そうはさせない」

気分は……よかった。力がみなぎり、頭が冴《さ》え、楽観的になっている。食卓でドゥーリーがローストビーフを切り分けているあいだ、疲れきってぼんやり坐っていたのは、ほんの十日ほどまえだ。自分の人生に、わが身に、また同じ一日が訪れるのが嫌で、二度と動かず体を丸めていたいと思っていたのは、ほんの十日ほどまえだった。

それがいまでは、この先まだ試練があるとわかっているのに、明日が待ちきれない。何が起きるのか知りたくてたまらなかった。

見当たらなかったジョアンの靴がようやく出てきた。ゴミ箱と机の脚のあいだに挟まっていた。立ち上がろうとしたとき、机の上の封筒が目に入った。薄暗いなかで見落とすところだった。封筒のなかには、ジジにフィルムを預けて現像してもらった写真が入っている。

シャーロットは写真の束をめくっていった。ミニゴルフ場で撮った写真は、思っていた仕上がりとはちがったが、むしろできたもののほうがよかった。シャッターを切るのがわずかに遅れ、風車の影がフランクと娘たちにかかっている。けれど、その一瞬の遅れによって、ローズマリーのピルエットが少し高くなり、ジョアンのゴルフボールが真っ白に映え、ちょうど笑おうとしているフランクの表情がとらえられていた。

写真をハンドバッグに入れて、荷造りをすませた。娘たちがまだ寝ていることを確かめた。湖で一日すごしてへとへとになったのだろう、少しも動かない。起こして着替えさせるのはひと苦労だろうが、時間はまだある。

廊下を挟んだフランクの部屋に戻り、備えつけのペンと便箋を見つけた。何を書けばいいのかわからなかった。いまさら言うことがあるだろうか。心のなかで、すでにフランクは変化しはじめていた。生身の人間から、愛おしい思い出に変わりつつあった。時間がたつにつれ、ますます愛おしくなるのかもしれないが、現実感は薄れていくのだろう。

ミニゴルフ場の写真をフランクにあげようかと考えた。しかし今回のなかでいちばんいい写真なので、自分で取っておくことにした。

部屋から出ようとドアを開けると、思いがけず男が立っていた。ノックするところだったのかと思ったが、男の両腕はおりたままだった。

「あ」シャーロットは言った。「こんばんは」

「ホテルの者だ」男が言った。

「何か問題でも?」

「なかに戻れ」

シャーロットは急にパニックになって考えた。火事だ。娘たち。どうして警報が聞こえなかったの? 娘たちのところに行かなければ、いま、すぐ。「娘たちが。行かないと――」

「なかに戻れ」男は一歩踏み出した。シャーロットは一歩下がるしかなく、何がどうなっているのかわからないうちに、相手が部屋に入ってドアを閉め、鍵をかけていた。

男は青白く、汗をかいていた。額に垂れた黒髪が濡れてギザギザに張りついている。スーツは着たまま寝たかのようにしわくちゃだった。

この人はホテルの従業員じゃない。男の眼は部屋のなかを見まわしていた。右手は手首から指先まで包帯が巻かれている。シャーロットはそのときまで気づかなかった。左手には銃を持っている。どこから出したのだろう。それにも気づかなかった。

めまいがした。もしかすると従業員だろうか。たとえば警備員とか……。

「やつはどこだ」男が言った。

「ここはわたしの部屋じゃないの」シャーロットは言った。

「やつはどこだ」

「ここにはいない。友だちのところに行ってる」

「坐れ。ベッドに」

叫び声をあげたら、娘たちが起きるかもしれない。走ってきてしまうかもしれない。毎晩ふたりを寝かしつけるときに、きちんと理解していることを確かめていた。**ママは向かいにいる。十時までには戻る。何かあったら、どんなに小さなことでもかまわないから、ママのところに来なさい。**

いま叫び声をあげて男に撃たれたら、娘たちは銃声を聞いて走ってくるだろう。そして男はふたりも撃つ。

娘たち、娘たち、娘たち。シャーロットの頭が鈍り、止まった。娘たち、娘たち、娘たち——ほかに何も考えられなかった。何が起きても、自分が何をしてもしなくても、この人に何をされてもされなくても、ローズマリーとジョアンからは遠ざけておかなければならない。

馬鹿だった。これにはフランクが関係している。いや、フランクだと思っていた男が。

どうしてこんなに馬鹿だったの？　両手が震えた。握りしめて、バラのつぼみ柄のシュニール織の上がけに拳を押しつけた。

「いつ戻る？」男が言った。

「わからない」シャーロットは言った。「あと四十五分ぐらいで戻ると思う」

男はバスルームとクロゼットをのぞいた。カーテンを閉めた。「あんたを傷つけるつもりはない」

静かで気安そうな声だから、シャーロットも安心できるはずだったが、できなかった。男は机から椅子を引き、ドアのそばに置いて坐った。包帯を巻いた手で、こめかみと額の汗をぬぐった。

歳はフランクと同じくらいだ。フランクより背が低く、細身で、なんと言うか……ふつうだ。この男の特徴については、ほかの表現が頭に浮かばなかった。顔色の悪さを除けば、ホテルで出会ったどの男――フロント係、ウェイター、ほかの宿泊客――とも変わらない。眼も、鼻も、口も。男がもう一度部屋を見まわしてまばたきするのを待ったが、そうしなかった。

男は脚を組んだ。包帯を巻いた手を椅子のうしろにまわし、だらりと下げている。銃は膝の上にあり、銃口がさり気なくシャーロットの数十センチ左を向いていた。

男は苛立っていない。どうして汗をかいているのだろう。酔ってもいない。

「面倒をかけたらどうなるか、わかってるな？」

シャーロットはあえて銃を無視した。わずかに上下する男の黒いオックスフォード靴の爪先に意識を集中した。娘たち、娘たち、娘たち。ローズマリーが悪い夢を見て怖がっていたら？　どうすればいいか、ジョアンが知っている。ママを呼びに行こう。ジョアンが腹痛で目を覚ましたら？　どうすればいいか、ローズマリーが知っている。ママを呼びに行こう。ママは向かいの部屋にいる。

軽い、ためらいがちなノック。いますぐ聞こえてもおかしくない。男が振り向く。シャーロットは出せるかぎりの大声で叫ぶ。**逃げて！**　男に体当たりし、銃をつかんで叫びつづける。**逃げて！**

娘たちはしたがうだろうか。逃げるだろうか。ローズマリーとジョアンは、何かを決めるとき、たいていふたりでよく話し合う。法廷にいる弁護士団のように、ふたりが頭を寄せてささやき合うのを何度見たことか。シャーロットの叫び声を聞いてすぐに行動するかもしれないし、その場で凍りつくかもしれない。

どちらになるかがわかるほど長くは生きられそうになかった。ふたりが無事かどうかわからないまま死ぬのだ。

「面倒をかけたらどうなるか、わかってるな？」また男が言った。

シャーロットは男を見上げた。「行かせて。お願い。出発するところなの。荷造りもすんでる。フランクやエドのことであなたが何を望んでいようと、わたしには関係ないわ。わたしは……どうでもいい」

「あんたを傷つけるつもりはない」男がそう言うまでに間があった。台本の台詞を言えと舞台袖から急かされた俳優のように。

「お願い」シャーロットは言った。「行かせて」

男はがっくりと肩を落とした。眼がとろんとした。どうしたのだろう。昔、チョコレートケーキを作り慣れないころ、オーブンから出すのが早すぎたことがあった。シャーロットは眼のまえでぺしゃんと潰れたあのチョコレートケーキを思い出した。

男はどうにか体勢を保った。背筋を伸ばした。銃は落とさない。

「テッド?」彼は言った。

「いいえ、エドよ。苗字は知らない。フランクの友だち」

男の体を震えが駆け抜けた。そしておさまった。頬や唇の血色がいくらかよくなった。

「病気なのね」シャーロットは言った。「熱があるんでしょう」

「まえはもっと悪かった」

「わたしはシャーロット。あなたは?」

望みがないのはわかっていた。男はシャーロットを見た。その視線は、卓上ランプや、サイドテーブルに置かれたガラスの灰皿や、彼女のうしろの殺風景な壁を見たときと変わらなかった。

「もし誰かに訊かれても」シャーロットは言った。「あなたに会ったことはぜったい言わないと誓うから」

「黙れ」

「水を持ってきましょうか？」

何をすればいいだろう。娘たち、娘たち、娘たち。いまこの瞬間にもノックがあるかもしれない。それに、フランクが戻ってきたら？

「子供はどこだ？」男が言った。

今度は震えが彼女の体を駆け抜けた。心を読まれたのかもしれない。ちがう。男がまだ入ってもいないうちに、こちらから娘のことを話したのだ。なんて愚かなことを。最初から愚かだった。

「子供はどこだと訊いてる」

「階下《した》よ」シャーロットは言った。「託児所」

「託児所は閉まってる」

男は託児所が閉まっているかどうか知らなかった。しかし、シャーロットがそれに気づいたときには遅すぎた。彼女がうろたえたのを相手は見逃さなかった。

「隣か？　向かいか？」

「その手はどうしたの？　ハンドバッグにアスピリンがあるけれど」とにかく話題を変える。「フランク・ウェインライトというのは本名なの？　ニューヨークで保険を売ってると言ってた。わたし、ほんとに馬鹿ね」

男は組んでいた脚をほどき、黒い靴でカーペットを踏んだ。背もたれに肘を当ててやっと十センチほど立ちかけたが、またどすんと坐った。怪我をしていないほうの手を使って立ち上がるために、銃を床か化粧台に置くのではないかとシャーロットは期待した。が、男はそうせず、二度目でうまく立ち上がった。

「よこせ」彼は言った。

「何を？」

「アスピリンだ」

シャーロットはハンドバッグを開けた。写真の束、爪やすり、マッチ箱、コンパクトと口紅、菱形《ひしがた》のプラスチックのタグがついたルームキー。武器として使えそうなものはない。ガム。ローズマリーの大好きな人力車――〈ライス・クリンクルズ〉シリアルについていた組み立て式のおもちゃだ。

「こっちに投げろ」

男は包帯を巻いた手と胸でアスピリンの壜を受け止めた。歯を使って蓋をはずした。壜を振って薬を何錠か口に落とし、嚙み砕いた。

「水を取ってきてあげる」シャーロットは言った。

「子供のところに行く」

男はほかにも何か言ったかもしれないが、シャーロットには聞こえなかった。一瞬、何も聞こえなくなった。耳のなかで、泣き声のようなうなりがか細く聞こえていた。それは蒸気圧が高まるようにどんどん大きくなった。心臓の鼓動が止まったあと、人はどれだけ生きていられるのだろう。

「行かない」シャーロットは言った。

「あんたの部屋に連れていけ。そこでフランクを待つ」

「ここでも待てる」

「子供といっしょにいたくないのか？」

わたしも娘たちも殺すつもりだ。シャーロットは確信した。彼女には見えた。陶材やタイルや鏡が放つ光。バスタブに横たわる生気のないローズマリーの体。それに寄り添う生気のないジョアンの体。さやに収まったふた粒の豆のよう。リングから引きちぎられたビニールのシャワーカーテン。床には生気のないシャーロット自身の体。シンクの蛇口から流れる水。それをすくう男の手。

銃を持つこの男に見えているものが、シャーロットにもはっきりと見えた。窓辺にふたりで立って、ともに分かち合う未来を見つめているように。

「立て」男が言った。

「立たない」シャーロットは言った。

男は銃を上げ、シャーロットに向けた。彼女はパニックになった。縫い目がほどけてバラバラになった。娘たち、娘たち、娘たち。しかし同時に、パニックよりも強い何かにつかまれて、動揺がおさまり、心が落ち着き、あらゆる恐怖、不安、混乱がなくなった。

撃たれてもいい。娘たちに銃声が聞こえるが、この棟にいるほかの人たちにも聞こえる。誰かがフロントや警察に電話するだろう。男は逃げなければならなくなる。彼もそれがわかっているから撃ちたくない。向かいの部屋にわたしを連れていって、静かにさせておきたいのだ。わたしが娘たちをおとなしくさせることを望んでいる。しーっ。そう娘たちに言ってほしいのだ。**だいじょうぶ、この人がわたしたちを傷つけることはないから。**

「さあ立て」男が言った。

シャーロットは撃たれると思った。かまわなかった。相手が弱い男であることはわかっていた。こちらが屈しないかぎり、男にわたしを動かす力はない。

そしてシャーロットは屈しなかった。心に迷いはなかった。

「どうして手に怪我をしたの？」彼女は言った。

「立て。立たないとどうなるか。もう言わないぞ」

「あなたには誰かいるの？」

「誰かいる?」

「奥さん。恋人。その手を手当てしてくれる誰か」

男はふらふらと立ち上がった。汗をかき、震えていた。シャーロットが見ているうちに、また同じことが始まった——肩を落とし、気が遠くなり、熱が急激に上がる。男も見ていた。窓辺に並んで立ち、未来をいっしょに見つめた。男の眼がどんよりし、膝がぐらついた。その手から銃が離れ、カーペットに落ちた。

「だいぶ具合が悪いのね。また坐ったら?」

男は銃を化粧台に置いた。そして驚くほど機敏に二歩進み——気づくとシャーロットのまえにそそり立ち、彼女の喉に手をかけてベッドに押し倒していた。その重さと圧力に彼女は驚愕した。空から千キロの物体が落ちてきたかのようだった。息もできない。体をひねって逃れようとしたが、かえって苦しくなった。喉……。すさまじい力で着実に絞めつけられた。両肩も押さえこまれた。息ができず、身動きもとれなかった。視界がゆがみ、揺れはじめた。

「くそ」男が言った。声が耳元で聞こえた。息にアスピリンのにおいが混じっていた。汚れた包帯の甘ったるい腐敗臭もする。男の汗が滴って、彼女の眼に入った。「くそ」

男の体が浮きはじめているせいだ。そんな感じがした。上に少しずつ離れていっているようだった。弱い風で灰が飛ばされるように、あれだけあった重みが何グラムかずつ減っていた。男は負けずにしがみつこうとしていた。震える体と、どんよりした眼で。シャーロットの片腕がほんの少し動くようになった。何を探せばいい？　わからない。銃は男の腰に差してある。いや、化粧台に置いていた。かなり賢い。

少しずつ、はがれるように、男が上に離れていき、喉にかかる力が弱まった。熱がぶり返しているのだ。それでも離れ方は足りず、時間がかかりすぎた。シャーロットはまだ息ができなかった。

探っている手がどこかに入った――ポケット。スーツの上着のポケットだった。なめらかな木製の持ち手に触れた。その先に針のように細くて鋭い金属の軸があった。人差し指の腹に、尖った先端がちくりと当たった。

シャーロットは持ち手を握りしめ、残る生命力のすべてを振り絞ってそのアイスピックを男の体の横に突き刺した。腹？　腿？　あばらのあいだ？　わからない。相手が気づいたのかすら、わからなかった。男の呼吸がわずかに速くなったが、たんに熱のせいかもしれない。

すると、首をつかむ力が弱まった。男はシャーロットの上からずり落ち、横向きにだらりと倒れて、腕に頭をのせた。生きているのか死んでいるのかも不明だった。腹の下に黒い染みが広がっていなければ、いま昼寝から目覚め、あくびをしているところに見えたかもしれない。

シャーロットはベッドから転がりおりて、よろめきながら立った。喉が焼けつくようだった。呼吸のしかたを思い出さなければならなかった。吸って、吐く。わたしは生きている。ようやくはっきりと確信した。

ハンドバッグを見つけると、フランクの部屋から出てドアを閉めた。どこかの時点で、たぶん近いうちに、このことすべてに打ちのめされるだろう。どんな黒魔術を使ってパニックや恐怖やおぞましさを遠ざけようとしても、雷鳴とともにたちまち効き目がなくなり、そのあと押し寄せる洪水に呑みこまれて、何時間も、何日も漂う。自分の名前を思い出すことも、足を一歩まえに進めることもできなくなる。

近いうちに。だが、まだだ。

32

ギドリーは努めて制限速度を守った。規則は破らない。車線にしたがい、曲がるまえにはかならずウインカーを出した。気持ちがはやらないように抑えた。焦るな。全体を見ろ。何も見落とすな。

エドの家のまわりには何もなかった。好都合だ。詮索好きな隣人も、おしゃべりをしにきたり、砂糖を分けてもらいに寄ったりする客もいない。シンディの友人たちが警察に通報することもないだろう。彼らは以前からあそこにいて、世界がどう動くのかを理解している。まだ逃げていないとしても、自分たちが置かれた厄介な状況に気づけば、散り散りになるだろう。

だから、ギドリーにはまだ時間があった。エドのハウスキーパーが出勤して死体を見つけるのは、明日の朝だ。それとも、ハウスキーパーは雇っていないのか。レオが床にモップをかけ、トイレを磨き、排水口から若者の金髪を取り除いていたのかもしれない。その屈辱に耐えかね、エドに歯向かって成功のチャンスをつかもうとしたのか？

ギドリーは恨みに思わなかった。レオはチャンスを見つけ、飛びついたのだ。とはいえ、レオがまえもって報酬の交渉をしていたのかどうかは知りたかった。衝動に駆られて行動し、引き金を引いたのならいいが、そうでなければ……。

レオは誰かにおれのことを話しただろうか。〈アシエンダ〉にいるという秘密をもらしただろうか。金のガチョウを持っていることを証明するために、誠意の証《あかし》として？

いや。レオはそんなことをしない。ギドリーの居場所を明かした時点で、彼は用ずみになってしまう。自分のほうから取引をおりるわけがない。そうであってほしかった。

ギドリーはスピードメーターを確認した。針がじわじわ上がりはじめていた。ほら、落ち着け。〈アシエンダ〉まであと十分。シャーロットと娘たちに荷造りをさせるのも入れて二十分。みなを車に乗せ、道路に戻る。エドの書斎の床に広がった血が冷めて乾くまえに、タイヤの下で道路が歌いだす。

ヴェガスから出なければならなかった。離れすぎてもいけない。乾ききった砂漠のなか、９０号線沿いにヘビの抜け殻のように捨てられた小さな町のひとつにあるモーテル。一日がすぎるのを安全に待つことができる場所へ。

一日でいいのだ。エドは死んだが、堕落したギャンブラーのブッチ・トリヴァー大佐はまだ生きている。明日の夜七時、大佐の飛行機は、ギドリーとシャーロットと娘たちを乗せてネリス基地を発つ。

発たない理由があるか？　ブッチ大佐は先に金をもらっているだろう。エドのゴーサインを待っているわけではない。エドは仲介人を使って準備をしたはずだ。おそらくブッチ大佐は、どこから報酬が出ているのかも知らない。

ギドリーは助手席のマニラ封筒をちらっと見た。一時間前、書類に抜かりはなかった。運がよければそのままだ。

今夜はここに泊まっていけ。そのほうが安全だ。

エドの最後のことば。いままでこれについてあまり考えていなかった。どういう意味だったのか。たぶんセラフィーヌが〈アシエンダ〉に迫っているということだ。いますぐ車をUターンさせなければ、時間切れになってしまうのかもしれない。

ギドリーはUターンしなかった。娘たちはもう寝ているだろう。十時半になるところだ。両側にひとりずつ抱えて車に乗せる。フラッグスタッフの最初の夜にそうしたように。ギドリーはまだふたりの深い温もりを憶えていた。ローズマリーの柔らかい頬が彼の荒れた頬に触れ、ジョアンの息が首にかかった。あのときのシャーロットの姿もいまだに眼に浮かぶ。階段のいちばん上から、こちらに微笑んでいた。

ギドリーは、初めてシャーロットが彼に微笑んだときのことを憶えていた。初めて彼女を笑わせたときのことを。サンタマリアのダイナー。ジュークボックスから流れるパット・ブーン。彼がずる賢い計画を立てて間もないころだった。まずシャーロットの眼が笑い、その最初の輝きのなかに、ギドリーは彼女の初めから終わりまでを垣間見た。彼女の過去と、現在と、未来を。幼い女の子だった彼女と、いつか老女になる彼女を。

これはうまくいく、と思ったのを憶えていた。うまくいってほしい、と。

自分はどんな父親になるのだろう。どんな夫になる？　ろくでもない父親で、夫だ。それは正直に認めざるをえない。父親や夫になることに関しては何も知らない。だが、持てるものすべてを注ぎこむつもりだった。すべてを。それだけの代価を払う準備はできていた。

誰にわかる？　いまから二十年、三十年、四十年たって、昔の自分を振り返れば、しゃれた服を着てニューオーリンズの〈ホテル・モンテレオーネ〉の〈カルーセル・バー〉に坐っていた男は、とても同じ人間とは思えないだろう。名前を思い出せない昔の顔見知りか何かのように。

ラスヴェガス・ブルヴァードの南端。眼のまえにはマッカラン空港の滑走路灯があった。通りを挟んだその向かいには、カウボーイを象《かたど》った〈アシエンダ〉のネオンが立ち、脚を跳ね上げた馬にまたがって、こんにちは、さようなら、こんにちは、さようなら、と手を振っている。ギドリーは、できるだけネオンから遠い、もっとも暗くて人気《ひとけ》のない駐車場の一画に車を駐めた。

今夜はここに泊まっていけ。そのほうが安全だ。

ギドリーは自分の勘ちがいに気づいた。あれはエドの最後のことばではない。エドの最後のことばは、**レオ！　何をぼんやりしてる！**　だった。

娘たちが後部座席にディズニーの本を忘れていた。暗闇でひそかに巧みに行動する生き物たちを取り上げた『トゥルー・ライフ・アドベンチャーズ』の一巻、『隠れた世界の秘密』。

ギドリーはエドの銃をグローブボックスにしまい、まっすぐシャーロットの部屋に向かった。軽くノックした。こんな夜遅くに大あわてで出発するのを、どうすれば納得してもらえるだろう。

もう一度ノックした。気持ちを鎮めるために、サイゴンで自分たちが住む場所を思い描いた。クリーム色のタウンハウスで、縦長のアーチ窓と、鉄柵に装飾のほどこされたバルコニーがある。ヤシの木が影を落とす敷石の小径《こみち》に面している。サイゴンの通りが敷石かどうかは知らないし、想像した家はニューオーリンズのエスプラネード・アベニューに立つタウンハウスとどこか似ていた。ただ、インドシナはフランスの植民地だったのではないか？　たぶんそうだ。

裏庭では娘たちが本を読んだり、遊んだり、ブランケットを広げてピクニックができたりする。小さな噴水から水が湧き、石の壁にはビールジョッキの縁からこぼれた泡のようにブーゲンビリアが垂れている。

ギドリーはドアノブを動かしてみた。鍵はかかっていない。まわすのはやめておいた。ドアを開けて部屋に入り、明かりをつけて、誰もいないベッドを、何もかかっていないハンガーを、スーツケースがなくなっているのをわが眼で見ないかぎり、シャーロットと娘たちはまだいると信じていられる。

だが、彼女たちがいないのはわかっていた。いるわけがない。あの最後のキス。**さよなら、フランク**。あのとき状況は悟ったが、信じたくなかった。シャーロットはまちがいなく別れを告げていた。じっと待っているには、自分のような男をもう一度信用するには、賢すぎた。そもそもそれがシャーロットに惚れた理由のひとつなのだ。

もしかすると、ローズマリーが眠れなくなり、三人でクッキーと温かいミルクを求めて階下のカフェに行っているのかもしれない。ちょうどいま戻ってくる途中で……。

ああ、自己欺瞞《ぎまん》の力。なんという超人的な強み、なんと大胆なこじつけだろう。

ギドリーはドアを開け、明かりをつけた。ベッドは空《から》、ハンガーも裸で、スーツケースはなくなっていた。もちろんシャーロットと娘たちはいない。当然だった。

この苦しみへの心構えはできているつもりだったが、ちがった。まったくできていなかった。想像していたのは、殴られ、吹き飛ばされ、引き裂かれるような苦しみだった。しゃがみこんで、暴風雨が通りすぎるまでじっと耐えるつもりだった。ところが実際の苦しみは、じわじわと満ちる黒い潮のようだった。食い止めることはできず、人生の崖っぷちに立たされるしかなかった。

自分の部屋に戻ろうとは思わなかった。歯ブラシは新しいのを買えばいい。シャーロットがメモを残しているとしても、読みたくなかった。

ロビーでベルボーイがギドリーに気づいた。

「ミスター・ウェインライト」ベルボーイは言った。「どこにいらっしゃるのかと思っていました。三十分前、奥様たちがバスターミナルに行くとおっしゃるので、タクシーにお乗せしました。かなり急いでいて。あなたも……」

そこでベルボーイは、当然の計算をした。しまった。哀れなウェインライト氏は捨てられたのだ、といま気づいた。

「ああ、すみません、ミスター・ウェインライト」ベルボーイが言った。「ただ、あの……」

「心配するな、ジョニー。向こうで会うことになってる」ギドリーは微笑んで、気の毒な若者を安心させた。「人生は最高さ」

ギドリーは駐車場を歩いた。車に着くまでずっと笑顔を保っていると、苦しみの潮がますます満ちてきた。

「フランク」

影のなかから男が現れた。顔があまりに白く、光を発しているのかと思うほどだった。

幽霊。やはりシンディの来世の話は正しかったのかもしれない。

「人ちがいだ、ご友人」ギドリーは言った。

幽霊はギドリーから三メートルほどのところで止まり、銃を上げた。ギドリーは、恐怖ではなく安堵を覚えた。シャーロットと娘たちは無事だ。ぎりぎりのタイミングでおれから逃げた。おれだけがひとりで死ぬのだ。神や宇宙にどんな不満を抱いていたとしても、それは即座に消え去った。

「車」幽霊が言った。

意味がわからなかった。「なんだと?」

「車」

「車が欲しいのか?」ギドリーは言った。「勝手に乗っていけ」

「乗れ。運転はおまえだ」

ようやくギドリーは理解した。砂漠のどこかに穴が掘ってある——自分の墓が用意されているのだ。殺し屋への協力を拒んだとしても赦したまえ。

「あきらめろ」ギドリーは言った。「おれはどこにも行かない」

幽霊はゆっくり動いて、助手席側へまわった。呼吸、前進。呼吸、前進。最初、ギドリーは、この幽霊には右手がないと思ったが、ちがう、上着のボタンのあいだに入っているだけだった。幽霊は自分の体を抱え、腹痛でも起こしたように屈んでいるものの、銃はギドリーに向けたままだった。

「カルロスの依頼か？」ギドリーは言った。

「どうだろうな」

「おまえは誰に殺された？」

「なんだと？」

「幽霊に見える」

幽霊はどうにか助手席のドアを開けた。ルームランプがついて、彼を照らした。幽霊どころではない。体に血が一滴でも残っているとは思えなかった。

「ポール・バローネか？」ギドリーは言った。

「どうだろうな。乗れ」

狭い車のなかなら銃を奪い取れるかもしれない。あるいは、グローブボックスに入っているエドの銃を取れるかもしれない。だが、なんのために？

「言ったろ。おまえを乗せてどこかへ行くつもりはない」

「ニューオーリンズ」バローネが言った。

「なんだと？」

「乗れ。運転はおまえだ」

「ニューオーリンズまで運転しろと？」

意味不明だった。バローネは車に乗りこもうとして足をすべらせ、膝をついた。体を起こそうとしたとき、また足をすべらせて銃を落とした。今度は膝をついたまま動かず、祈りを捧げるように頭を垂れていた。

ギドリーは車の反対側にまわった。銃を蹴り飛ばした。バローネのシャツの下半分が血で濡れていた。上着のフラップポケットも濡れ、ズボンも股のあたりまで濡れている。

本当に片手がない。初めギドリーはそう思った。血みどろの手のつけ根がドアのハンドルに引っかかっていると。しかし、つけ根ではなく血みどろの包帯を巻いた手だった。その先から、爪が血に染まった指が突き出ていた。

バローネはうつむいたままだった。呼吸の音は、枯れ葉が風に吹かれて歩道を走るときのようだった。

「あの女を殺す」バローネは言った。

ギドリーは、シャーロットと娘たちをどれだけ火に近づけてしまったか、改めて考えた。とうてい赦されることではない。そんなことをした自分が赦せなかった。

「もう遅い」ギドリーは言った。「おまえの運は尽きた」

「あの女がおまえに情報をもらした」バローネが言った。

ギドリーは、バローネの声がよく聞こえるようにしゃがんだ。しかし距離は保っていた。これがバローネか、バローネに類する人物なら、最後の手段を残しているかもしれない。

「なんだって？」

「あの女がヒューストンでおまえに情報をもらした」バローネが言った。「ここでもだ」

「誰が？」

「あの女は全部わかってた。くそ女《あま》め。最初からずっとな」

ギドリーは、バローネが話しているのはセラフィーヌのことにちがいないと思った。この男は頭がいかれている。「セラフィーヌはおれにひと言も話してないぞ。ここでも、ヒューストンでも」

「あの女を殺す」

「おまえはこの駐車場から出ることすらできない」

バローネはわかっているようだった。頭をますます垂れ、苦しげな音をたててどうにか呼吸していた。「カルロスはおまえを見つける。いつもそうだ」

「探すのに時間がかかることを祈るよ」ギドリーは言った。

「おまえを見つけられなかったら、カルロスはあの女を追う。どうすればおまえが苦しむか、もうわかってる」

この十日ほど、セラフィーヌはギドリーを殺そうとしていた。セラフィーヌに同情するのはむずかしい。

「セラフィーヌはどうでもいい」ギドリーは言った。「おれは気にしない」

「セラフィーヌじゃない」

「なら誰だ?」

ようやくバローネは顔を上げて、ギドリーを見た。数リットルの血が戻れば、かつてギドリーと外国で軍務についた男たちの半分と変わらない。ニューオーリンズにいる男たちの半分と変わらなかった。カルロスの部下にもこういう男がよくいる。おそらくギドリーはこれまで何度も彼と出会っている。

「あの女だ」バローネは言った。「それに子供たち。カルロスはどうすればおまえが苦しむか、わかってる」

一瞬、ギドリーの肺に空気が入らなくなった。心臓が鼓動しなくなった。体内の機能がすべて止まったように感じられた。ベルトが裂け、歯車が軋んだ。

シャーロット。娘たち。

バローネはギドリーを追って〈アシエンダ〉に来た。そしてシャーロットと娘たちを見かけた。つまり、たぶんカルロスに彼女たちのことを伝えている。

「カルロスはおれを苦しめられない」ギドリーは言った。

「カルロスは負けるのが嫌いだ。知ってるだろ」バローネは言った。警告でも脅しでもなかった。ふたりにとっては単純明快な事実であり、口に出すまでもないことだった。「立つのを手伝え」

「あの女なんかどうでもいい」

「立つのを手伝え」バローネは言った。「車に乗れ。運転はおまえだ。ニューオーリンズ」

「カルロスは彼女たちを見つけられない」ギドリーは言った。「名前を知らないから。おまえも知らないだろ。彼女たちは無事でいられる」

バローネは返事をしなかった。ついに死んだ。血だらけの指を一本ずつドアハンドルから離し、地面に崩れ落ちた。


その夜、ギドリーは、ラスヴェガスから南へ三十分のヘンダーソンにある、ボーリング場つきのモーテルに泊まった。彼の部屋とボーリング場は、壁を一枚隔てているだけだった。ベッドに横たわり、ボールがゴトンとレーンに落ちる音と、数秒後にセラミックのピンが弾け飛ぶ鋭い音を聞いた。**ゴトン！　パカン！**　何度も、何度も。

しかし、真夜中すぎまで起きていたのは、その音のせいではなかった。音のあいだに流れる静寂のせい、またそろそろ音が鳴るだろうと待ってしまうせいだった。

ゴトン。

シャーロットと娘たちは無事でいられる。カルロスには三人を見つけ出すすべがない。たしかに〈アシエンダ〉に誰かを送りこみ、嗅ぎまわらせるにちがいないが、どの従業員も、シャーロットの苗字はウェインライトだと思っている。

パカン！

ゴトン。

ベルボーイは、シャーロットがタクシーに乗ってバスターミナルへ向かったことを知っている。バスターミナルの切符売りも彼女を憶えているかもしれない。魅力的な女性が、行儀のいい幼い娘をふたり連れて、ロサンジェルス行きの夜行バスの切符を買ったことを。

パカン！

ゴトン。

だが、それがどうした？　ロサンジェルスは西海岸でもっとも大きな藁の山で、シャーロットはそのなかの一本の針だ。彼女がラスヴェガスとロサンジェルスのダウンタウンのバスターミナルにいたことに、誰かが気づく可能性はあるが……。

パカン！

眠りが訪れた。夢がいくつも訪れた。そのひとつは、あまりおかしなことが起きない点で、おかしな夢だった。ギドリーは〈モンテレオーネ〉で昔なじみのマッキー・パガーノと話していた。現実に起きたのと同じ会話だった。

困ってるんだ、フランキー。**本気でまずい**。

すまない、マック。

新しい夢が古い夢に流れこんだ。ギドリーはまた子供になっていた。十五歳。年齢が正確にわかるのは、セント・アマントにあるみすぼらしい小さな家で、床木がたわんだポーチに立ち、アネットに別れを告げているからだ。ギドリーが家を出てニューオーリンズに向かったとき、妹は十一歳だった。二カ月後のクリスマス・イブ、父親はいつもより酔っ払い、いつもより卑劣になって、暖炉の火かき棒でアネットを死ぬまで叩いた。それまで火かき棒を振り上げる相手はギドリーだったが、彼はもういなかった――大都会へ行き、命拾いしたのだ。

どうして行くの、フリック？

ごめんな、フラック。大きい立派な家が手に入ったら、呼んでやるから。

それから二十二年間、ギドリーは来る日も来る日もあの瞬間に立ち戻った。時計の針を戻し、やり直せるとしたら？　夢のなかでやり直せればよかったが、そんな夢ではなかった。

じゃあね、フリック。

じゃあな、ベイビー。

ギドリーは次の日――火曜、出発の日――を大過なくすごした。朝寝坊して、隣のボーリング場に行き、ハンバーガーとビール二本の食事をした。**ゴトン。パカン！**　朝刊を読んだ。ケネディ暗殺をめぐる騒動は続いていた――〝真実を解明せよ！〟。ニューオーリンズではカルロスが怒り狂っている。ウォーレン委員会に対して。ギドリーに対して。

六時、ギドリーはネリス空軍基地でタクシーからおりた。ゲートで伍長《ごちょう》に入場許可証を渡した。許可証は正式に見えた。たぶんそうなのだろう。伍長は受話器を上げた。二、三語口にしたが、ギドリーには何を言っているのかわからなかった。伍長は受話器を置き、帳簿に何か書いた。いつまでも書きつづけた。軍警察がギドリーを逮捕しようと待ち伏せているのなら、ケーキから飛び出してくるのはいまだ。

伍長は書き終えると、入場許可証をギドリーに返した。「行き方はわかりますか？」

「今晩、トリヴァー大佐の機に乗せてもらう」ギドリーは言った。「大佐の居場所はわかるか？」

「BOQに行ってみてください。独身幹部宿舎《バチェラー・オフィサー・クオーターズ》。まっすぐ進んで、左手のいちばん奥です」

「ありがとう」

ギドリーは許可証をポケットに戻した。ゲートを通過すれば、飛行機に乗って滑走路から飛び立てば、自由の身だ。

カルロスはシャーロットと娘たちを追うだろうか。三人を見つけて殺すだろうか。もっとひどいことをする？　彼女たちにギドリーの罪を償わせるだろうか。

わからない。わかる必要もない。何千キロも離れたヴェトナムでは、ふたたび自由の身になる。何であろうと自分の信じたいものを信じればいい。

伍長には、突っ立っているギドリーを見ることより大事な仕事があった。「何か問題でもありますか？」

ギドリーはその質問について考えた。そして首を振った。「いや」

33

西から近づきながら、一面真っ青な空から下降して雲のなかへ入った。最初は綿毛のようにぽつぽつと浮いているだけだった雲が、厚みを増して何層も重なった。密度が濃く、水気が多いので、飛行機が通り抜けるのもひと苦労らしく、蠟引きの灰色の帆布をなまくらのナイフで切ろうとしているようだった。

ヴェトナムはニューオーリンズよりさらに暑くて、じめじめしているらしい。ギドリーはどこかでそう聞いた。暑くてじめじめしたところに戻るのが愉しみだった。砂漠にいたときには、空気があまりにも薄く、乾いていて、それだけで死にそうだった。あれでは意味のある生活は送れない。慣れ親しんだ生息地に戻るのがうれしかった。

下降を続け、着陸装置が定位置に動いた。雲を抜けると、眼下には緑に茂る熱帯植物のパッチワークが見え、淡い午後の光のなか、その縫い目のように小川や沼や運河が銀色に輝いていた。

ギドリーは、まずどこかに寄って手早く食事をしようと考えた。〈セントラル・グロサリー〉のマファレッタ（イタリアパンにサラミ、ハム、オリーブ、チーズなどを挟んだサンドイッチ）か〈フランクス〉のマファレッタ？　ミッドシティの〈ボーゾーズ〉のガンボか〈ユーグルシッチズ〉のガンボか、ほかの……なんてこった。どこのガンボにする？　とても選べなかった。決めようとすると動けなくなる。車を取りに行き、バーボン・ストリートの〈フェイマス・ドア〉へまっすぐ向かった。

　ディキシーランド・ジャズが流れるにはまだ時間が早すぎたが、数年前に、このナイトクラブのオーナーが、厨房《ちゅうぼう》を無理やり備えつけて、奥の部屋を招待制の社交クラブに改装した。オーナーはそこを〈ザ・スポット〉と名づけた。会員はならず者とチンピラさまに限定、ご利用ありがとうございます。水曜には、オーナーの妻がトマトソースを使った評判のブラチオーレ（パセリ、チーズ、パン粉などを豚肉や牛肉で巻いて煮込んだイタリア料理）を作り、クラブじゅうが活気づく。大食いの街の大食いチャンピオンであるカルロスは、フレンチ・クォーターがまるごと火事で焼け落ちても、水曜のブラチオーレを食べ損ねることはない。

　カルロスはいつもの席に坐り、その右にはセラフィーヌ、左にはフレンチー・ブルイエットがいた。フレンチーはべらべらしゃべって、食事中のカルロスを愉しませている。ボディガードはいない。カルロスがこの街でボディガードをつけることはまずない。つけてなんの意味がある？　ニューオーリンズでカルロスに挑めば、彼より先に自分が地面に叩きつけられる。

まずフレンチーがギドリーに気づき、椅子から落ちそうになった。セラフィーヌは煙草を吸っていたが、一瞬煙をため、鼻から出した。それが彼女の〝椅子から落ちそうになった〟だ。上品な小さめのセータードレスを着ていた。ミントグリーンで、ウエストにギャザー、スカートにプリーツが入っている。その上から白いカーディガンをはおり、髪にはカールをかけ、うしろはポニーテールにして、ドレスと同じ色のヘアバンドで留めている。一九五四年にアラバマ州の高校の人種差別と闘った活動家のようだった。

カルロスは視線をちょっと上げたが、食べつづけた。「フレンチー」彼は言った。

「え?」フレンチーが言った。「ああ」

フレンチーはそそくさと出ていった。ギドリーはカルロスの向かいに坐った。

「おまえも食うか?」カルロスが言った。

「いらない」ギドリーは〈ザ・スポット〉のブラチオーレが好きではあったが、みながそれほど夢中になるのは理解できなかった。イタリア系の人間は、もっと美味しく感じるのかもしれない。「フレンチーのワインの残りをもらおう、もし彼がよければ」

「飲め」カルロスが言った。

セラフィーヌが横目でギドリーを見た。これほど緊張している彼女は見たことがなかった。ギドリーが生き延びるために、彼女について何を話すか、気にしているのだ。

バローネは、セラフィーヌがギドリーに情報をもらしたと言っていた。ヴェガスから飛行機で来るあいだ、ギドリーはそのことをじっくり考えた。セラフィーヌとの最後の会話を思い出した。ヒューストンでエルドラドを運河に捨てた直後、ラ・ポルテのガソリンスタンドの電話ボックスから連絡したときだった。

今夜は〈ライス・ホテル〉に泊まるでしょ？

あの余計なひと言が引っかかった。どうしてあんなことを訊く？　セラフィーヌはおれが〈ライス〉に泊まることを知っていたのに。

だが、余計なひと言ではなかったとしたら？　セラフィーヌが口をすべらせることなどありえない。彼女はギドリーのなかに猜疑心《さいぎしん》の豊かな土壌があることを知っている。わざと疑いの種をまいたのだ。そして彼の命を救った。たぶんヴェガスでも命を救ってくれたのだ、こちらはそれに気づきもしなかったが。

カルロスは突き刺し、口に押しこみ、嚙んだ。厚いリネンのナプキンを襟元にかけているのは、見映えのためだけではない。「おまえは死んでるはずだぞ、フランク」カルロスが言った。

「わかってる」ギドリーは言った。

「猫みたいだな」とカルロス。「命が五つある」

「九つだ」

「それを当てにするなよ」

すでに、部屋にいる誰もが見て見ぬふりをしていた。オーナーの妻でさえ、厨房でニンニクを刻みながら、料理の渡し口から様子をうかがっているだけだった。どんな終わり方をするにせよ、これからずっと人々がこの話を語り継ぐと思うと、ギドリーは気分がよかった。

やつはまっすぐ部屋に入った。

いや、ちがう。

カルロスの向かいに坐った。

ちがう。おまえ、全部見たのか？

おれはあの場にいたよ。

カルロスは、残っていたトマトソースをフランスパンの皮でぬぐった。セラフィーヌはまだひと言も話していない。新しい煙草に火をつけると、マッチの炎がそれまでより揺らめいた。

「で、何が望みだ、フランク？」カルロスが言った。「なぜここに来た？」

ギドリーは赤ワインのボトルを取り、自分のグラスに注いだ。「取引がしたい」

「なるほど」

「おれから手を引け。そしたら、おれもあんたから手を引く」ギドリーは言った。「やられたらやり返す。お互いさまだ」

カルロスは笑みを浮かべた。彼が笑みを浮かべるのは殺意を抱いたときだけだ。「おれから手を引く？　おまえは根っからのコメディアンだな、フランク。忘れてたよ」

「おれから手を引け。さもないとＦＢＩに行く」ギドリーは告げた。「やつらにおれの知ってることを話す。バローネがくたばるまえに言ったことも、全部。いやまったく、バローネはぞっとするようなことを言ってたぞ。ＦＢＩにも、新聞社にも、アール・ウォーレンにも話す。ウォーレンが耳を貸すならな。貸すに決まってる。おれたちの関係が良好で、やましいこともないなら、あんたを売ることなんて考えなかった。あんたのほうから、おれの紐を切ろうとしなければ」

　幸いカルロスは食事を終えていた。でなければ喉を詰まらせたかもしれない。彼の眼の下のたるみがどす黒くなってきた。けっこう。ギドリーはカルロスを激怒させたかった。世界でギドリー以外の人間を忘れてしまうほど、怒らせたかった。

　いまやセラフィーヌもあからさまにギドリーを見つめていた。不信の表情。ギドリーは彼女のほうを向いた。

「きみの考えだったのか、ダーリン？」とセラフィーヌに訊いた。「親愛なるフランク・ギドリーをゴミ箱に捨てるのは。そうか、くたばれ。おれがこのゴスペルを広めたら、きみはカルロスとちがって、残りの人生をレブンワースやグアテマラの刑務所ですごすどころか、あの世行きだ。静かに揺れよ《スウィング・ロウ》、激しく揺れよ《スウィング・ハイ》、愛しい《スウィート》セラフィーヌ（故郷への思いを歌う『静かに揺れ

よ、懐かしのチャリオット』）」という黒人霊歌のもじり

信じられるか？

あの場にいた？　本当に？

本当さ、ベイビー。ことばは聞き取れなくても、感じた。わかるか？　あのときクラブにいた全員の神経が焼け焦げそうだった。

「取引するか？」ギドリーはカルロスに訊いた。

カルロスはナプキンを引っ張って襟元からはずした。ナプキンに視線を落とし、これを使っていまこの場でギドリーを絞め殺せるだろうかと考えている。

「取引するのか、しないのか」ギドリーは言った。

「する」カルロスは微笑んだ。立ち上がり、ナプキンをテーブルに放って出ていった。彼がセラフィーヌに目配せし、彼女がわずかに顎を引いて了解したのを、ほかの人間なら見逃したかもしれないが、ギドリーはそれを待っていた。

カルロスがいなくなると、セラフィーヌはコンパクトを取り出し、口紅を塗り直した。

「ありがとう」彼女は言った。

「きみにはひとつ借りがあった」ギドリーは言った。「だろう？　ひとつどころじゃないかもしれない」

「あの決定には賛成できなかったの」

「けど、おれのために闘ったわけでもなかった。いいんだ。おれだって闘わない」

「あなた、何をしてるの、フランク」セラフィーヌは言った。その声はほとんど聞き取れないほど小さかった。そして見よ、こんなことがありうるのか。彼女の柔らかいピンク色の下まぶたの端が濡れて光っていた。涙が湧きかけている？　たぶんちがう。だが、男は夢を見るものだ。

「何をしてるかはわかってるだろ」

「どうしてこんなことを？」

「たんに時間の問題だ。おれは現実主義者なんだ。カルロスはいずれおれを捕まえる。きみもおれを捕まえる。こうしたほうが、きみたちにとって手っ取り早くて簡単だ。おれのためにもな」

セラフィーヌは信じていなかった。かといって、ほかにギドリーの行動を説明するものも思いつかない。仕事仲間、友人、恋人としての長いつき合いで、セラフィーヌは初めてギドリーのことが理解できなかった。ギドリーの内面にあった予想外の深み――隠れた世界の秘密――に驚いていた。

己の命と引き換えにシャーロットと娘たちを守ることに決めたとギドリーが言えば、セラフィーヌは心から戸惑うだろう。茫然として、この見知らぬ男は何者と言わんばかりに彼を見つめるだろう。

「おれのために、手っ取り早く簡単にしてくれ」ギドリーはくり返した。「いいな？　そこは念を押しとく」

「あなたは馬鹿よ」

「約束だぞ」ギドリーは言った。「昔なじみのために最後にひとつ、いいことをしてくれ」

「馬鹿」セラフィーヌが言った。

「準備にどのくらいかかる？　二時間か？」

彼女は答えないかもしれないとギドリーは思った。しかし、コンパクトを閉じてハンドバッグにしまうと、言った。「そうね」

ギドリーは立ち上がった。「よし。公園を散歩したい気分だ。動物園の裏の土手は知ってるな？　川の眺めがよくて、人目につかない。落ち着いて考えるのにはちょうどいい。きみには十回以上そこの話をしたはずだ。きみはおれがそこへ行くと踏んだ」

セラフィーヌは落ち着きを取り戻していた――そもそも失っていたとすればだが。そして支払いをした。「さよなら、モン・シェール」彼女は振り返ることなく出ていった。

ギドリーは路面電車の線路沿いを通ってアップタウンに向かい、ロヨラ大学の向かいに車を駐めた。正面入口にあるイエスの聖心像が懇願していた。両手を高く上げ、ギドリーにこいねがっている……何を？　最後まであきらめるな？　背を向けて逃げろ？

冬の黄昏時の公園は、いつも薄気味悪くなる。人はあまりおらず、オークの木々はスパニッシュモスの屍衣《しい》をまとって、その影が遊歩道の上に次々と伸び、絡まり、抱き合っている。ギドリーは、シャーロットが撮った写真をついに一度も見なかったのが残念だった。おかしな話だ、ちがうか？　シャーロットのもとには、彼の影の写真――フラッグスタッフの赤煉瓦の歩道に細く伸びる影――はあるが、彼自身の写真はない。

動物園はもう閉まっていた。ギドリーはリバー・ドライブを渡り、土手に上がった。人の姿はどこにもなかった。草の生えた心地よい場所を見つけ、ニューメキシコで買った千鳥格子柄の不恰好なジャケットを広げた。

もうひとつ残念なのは、自分のアパートメントに寄らなかったので、服を着替えられなかったことだった。とはいえ、どのスーツを着ればいい？　ガンボと同じように、選ぶのは不可能だ。こんな服装でタイムズ＝ピカユーン紙の写真にのりたくなかった。汚名返上は永遠にできない。

ギドリーはジャケットの上に腰をおろした。フレンチ・クォーターから車で二十分走り、公園のなかを三十分歩いた。セラフィーヌの手の者がまともなら、ウォルナット・ストリートの行き止まりまで車で走り、歩く時間を短縮するはずだ。

死ぬことに不安はなかった。もちろん死は怖いが、さらに怖いのは、ひどい死に方をすることだ。カルロスに逆らったじつに多くの連中が、そうやって死んでいった。ただ、それに関しては、セラフィーヌを信用していた。手っ取り早く簡単にすませれば、彼女にとっていちばん都合がよく、それはギドリーにとっても同じだった。

川の眺めは本当によかった。水面に立つさざ波。艀や引き船が放つ陽気な光。

死ぬ間際には人生が閃光のように輝くという。だろう？　時の流れが遅くなり、引き延ばされて、最後にヒナギクのなかを歩く。ギドリーはそれでかまわなかった。ああ、赤毛たち、ブルネットたち、ブロンドたち。それとも、来世に持っていく荷物は軽くしなければならないのか。工場が閉鎖されるとき、その先の永遠のために取っておけるのは、頭に浮かんだ最後の記憶だけなのかもしれない。運よくこれから起きることがわかっていれば、残す記憶を選ぶことができる。そう思いたかった。

数分後、うしろから足音が聞こえた。

ギドリーは眼を閉じ、待った。

2003

エピローグ

じつのところ、彼女は人生を愛している。朝食のときに息子が彼女の存在を認めようとしない今日のような日でさえ（息子は春休みを、父親と、スポーティ・スパイス（イギリスのポップグループ〈スパイス・ガールズ〉のメンバー、メラニー・Cの愛称）といっしょにハワイのハナですごしたがっているが、ローズマリーは断じて許可しないし、元夫のガールフレンドを断じて本名では呼ばない。**ずいぶん嫌いなんだね、ママ、あきれるよ**、と言われようがかまわない）。娘が学校に行く途中で、大学なんて詐欺だ、ネズミ講だ、資本主義の末期的な何々だ、と主張する今日のような日でさえ（**あのね、この手であなたを引きずることになっても、大学には行ってもらいますからね**）。会う脚本家がみな、主人公に妙ちきりんなパートナーをあてがって、殺人事件を解決したり、強盗を働いたり、デイケア・センターを開いたりさせようとした今日のような日でさえ。

ローズマリーは人生を愛している！　ふたりの子供は健康で賢く、やさしく、ときどきすばらしく、いつも手がかかって、少しも退屈ではない。彼女は大手映画会社の製作部長だ（そんな女性がハリウッドに何人いる？）。赤ん坊を切り刻んで石灰に埋めることすら無条件で手伝ってくれそうな親友たちもいる。四十六歳だが、三十代なかばから後半に見える。遺伝的に肌がきれいなうえ、生まれてこのかた砂浜と煙草を避けてきたおかげだ。いまだに業界の基準では、三十代なかばをすぎると年寄りだが、どうでもいい。去年はハーフマラソンを走った。元夫はいい父親だし、悪い人でもない。

いわば月並みな人生だ。多くの点からそう言える。けれど、そうでない人なんているのだろうか。少なくともローズマリーは月並みな人生を選び、喜んでそこに身を置いている。

「別に彼と結婚しなくてもいいんだから」ジョアンが話している。「最初のデートよ。いっしょにお酒を飲むの。そしてどう思うか、様子を見る。彼はあなたが好きなタイプよ」

ジョアンは車で峡谷を走っているにちがいない。声が途切れるし、やたらと震える。ジョアンの言いたいことはわかる。ジョアン自身は医学部で恋に落ち、そのガールフレンドと人生の半分近くをすごしてきた。ローズマリーが心の友を見つけられないまま歳をとり、ひとりで死ぬことになるのを怖れているのだ。

「製作会社を立ち上げて、その経営をわたしにまかせたいって言ってる人がいるの。誰だと思う？」ローズマリーは言う。

「わからない」とジョアン。

「世界的に有名なスター」

「わからない」

ジョアンはハリウッド的なあらゆることに頑《かたく》ななほど無関心だが、ローズマリーはそんなところがとても好きだ。ジョアンはロサンジェルスで育ち、ロサンジェルスに住んでいる。妹はいま映画会社で働き、母親もさまざまな映画会社の広報部門で二十五年間働いたというのに、ジョアンは、ニコール・キッドマンが自分の診察室に入ってきても、「あら、あなたの話し方すてきね。オーストラリア出身？」などと平気で言ってしまいそうだ。

「いまやっていることが好きなの」ローズマリーは言う。「変化は愉しいでしょうけど、冒険でもある。ハリウッドで第二幕を迎えられるのは四十前までよ。この歳で階段から落ちるわけにもいかない」

「だったらいまの場所にとどまりなさい」

「それともこう言う？〝いいえ、ローズマリー。歳をとりすぎてはいない。階段から落ちることなんてないわ〟」

「もうすぐそっちに着くけど、あなたは着いてる？」

「ねえ、ジョアン」

「何？」

「わたしたち、姉妹じゃなくても友だちになってたと思う？」

「いいえ」

ローズマリーはジョアンのこんなところも好きだ。ジョアンは決して控えめな言い方をしない。ローズマリーは自分も同じだと思う。

墓地でふたりは腕を組んで小径を歩く。幼いころ、学校からの帰り道でしたように。ローズマリーはヒナギクとヒエンソウを、ジョアンはグラジオラスを持ってきた。ローズマリーは手がけた最新映画の半券も持ってきている。予想以上の成績をあげたラブコメディだ。それをヒエンソウのなかに挟みこむ。母はローズマリーの映画をひとつ残らず見た。最後は、病院ですべての脚本を読んだ。そしてローズマリーにメモを渡した。驚いたことに。

ジョアンは、にこやかに笑う七、八歳のアフリカ系アメリカ人の少女の小さな写真を置いていく。母はジョアンに会うたびに、「今日はどんな人の命を救ったの、小鳥さん？」と訊いたものだ。ジョアンがひとりでもふたりでも命を救っていれば、母はそのすべてをくわしく聞きたがった。

「昔、ママがわたしになんて言ったか知ってる？」ローズマリーが言って、ジョアンをちらっと見る。ジョアンは静かに、表情を変えずに泣いている。彼女の数ある才能のうちのひとつだ。「あなたにも言ったと思うけど」

「何？」

「若いころには写真家になりたかったって。つまり、本物の写真家に。アニー・リーボヴイッツみたいな写真家かな。わからないけど」

「知ってる」ジョアンが言う。

「やっぱりね」

「物置に写真の入った箱がいくつもある。いつか見てみないとね」

「業界じゅうどこへ行っても、誰かが近づいてきて言うの」とローズマリー。「〝おい、〈ワーナー〉できみの母さんと仕事をしたぞ〟って。〝ねえ、〈パラマウント〉であなたのお母さんと仕事をしたわ〟〝いつだって彼女が職場でいちばん賢かった〟〝いつだって彼女が職場でいちばんタフだった〟」

涙がジョアンの頬を伝い、口の端で止まる。ローズマリーはハンドバッグからポケットティッシュを取り出す。自分用に二枚取り、残りを袋ごとジョアンに渡す。ローズマリーは職場や家では決して泣かない。泣くのはジョアンとここにいるときだけだ。

「ママが死んで、もう四年もたってるって信じられる？」ローズマリーが言う。

ジョアンは考える。

「訊くまでもない質問だったわ、ジョアン」

ジョアンが鼻をかむ。「このまえの夜、ラッキーの夢を見たの」

昔飼っていた犬。小学生から中学生のころまで、ずっとふたりの信頼できる仲間だった。

「憶えてる？……わたしの思いちがいかもしれないけど」ジョアンが言う。「どこかのモーテルで、たぶんママはラッキーをこっそり連れこまなきゃいけなかった。犬は禁止だったから」

そのころのローズマリーの記憶はあやふやだ。オクラホマからカリフォルニアに来た旅は、ほとんどぼんやりしている。それはジョアンも同じだ。ふたりで憶えていることを確かめ合ってきた。ジョアンは、湖で乗ったボートと、ラスヴェガスのホテルを憶えている。ローズマリーは、グランドキャニオンと、トランプの手品を見せてくれた男を憶えている。『オズの魔法使い』の案山子に会ったことも——憶えていると思うんだけど。そうよ、ジョアン、まちがいない。

車が壊れてニューメキシコで足止めを食らったことは、ふたりとも憶えていない。ローズマリーは、ラスヴェガスまで車に乗せてくれた親切な人を憶えている。名前はなんだっけ？　それにしても、知らない男の車をヒッチハイクしてカリフォルニアまで行こうとしたなんて、いったいママは何を考えてたの？　いまより人を信じられる時代だったのだ、とローズマリーは思う。ハリウッドもまだ、ちぐはぐな組み合わせの連続殺人者が無力なヒッチハイカーを殺すスリラーをさほど作っていなかった。

ローズマリーは、あの親切な人の名前はパット・ブーンだったと言いたいが、正しいわけがない。笑顔がすてきだったのは確かだ。

「わたしがはっきり憶えてること、わかる？」ローズマリーが言う。「あの日のこと」

ジョアンは鼻をかんで微笑む。「ええ」

それは、カリフォルニアに着いてからローズマリーがはっきり憶えている最初のことだ。そのまま完全に保存されている。彼女たちは一、二カ月だけマルゲリート大おばのところに滞在した。アイダホ・アベニューにある小さな平屋で、五区画先は海だった。父とおじ――父の兄――がオクラホマから会いにきた。父はローズマリーとジョアンを埠頭《ふとう》に連れていき、みんなでメリーゴーラウンドに乗った。

家に戻ると、母とおじがまだリビングルームに坐っていた。母はソファに、おじは深紅とクリーム色の縞柄のサテン地の椅子に。ローズマリーとジョアンは、廊下からアーチ形のドア枠越しに見ていた。母とおじには、娘たちが入ってきた音が聞こえていなかった。父はまだ外。車を駐めていたのかもしれない。

「チャーリー、もう一度警告しておく」おじの顔が椅子の色――深紅とクリーム色――に変わっていた。「金を払えるだけ払ってドゥーリーに最高の弁護士をつける。ふたりないますぐわれわれと帰らなければ、きみは人生を賭けて闘うことになるぞ」

そのときのママ。なんと、彼女たちのママは、落ち着き払った様子で、愉しそうに微笑んでいた。どのアイシャドウの色がいちばん似合うか、女友だちとおしゃべりしていたかのように。

「あら、それなら、覚悟しておいたほうがよさそうね」ママは言い返した。

霧雨が降りはじめている。六月のサンタモニカのどんよりした天気だ。ローズマリーも鼻をかむ。

「ママは自然児だったよね」とローズマリー。

「死んだのが四年もまえだとは思えない」ジョアンがつぶやく。「でも遠い昔のようにも感じる」

「そうね」

「ママを忘れたくない」

「馬鹿なこと言わないで、ジョアン」ローズマリーが言う。

「だよね」ジョアンが言う。

謝辞

私のすばらしい幸運は、エージェントがシェーン・サレルノだということだ。彼はクライアントを猛烈に思いやり、代理人として情熱的に働く。昼夜を問わずいつでも私の力になって、正しい答えと正しい問いを与えてくれた。シェーンに引き合わせてくれたドン・ウィンズロウ、スティーヴ・ハミルトン、メグ・ガーディナーにも感謝する。

編集者のエミリー・クランプは、怖ろしく聡明で才能があるだけでなく、いっしょに働いてこの上なく愉しい人だ。発行人のライエイト・シュテーリクにも感謝する。リン・グレイディ、カーラ・パーカー、ダニエル・バートレット、モーリーン・サグデン、ケイトリン・ハーリ、ジュリア・エリオットにも謝意を表する。ウィリアム・モロー社とハーパーコリンズ社には、すばらしい人たちが大勢いる。その多くとは個人的な知り合いではないが、私のためにどれだけ多くのことをしてくれたかは知っている。その協力に深謝する。

友人たちと家族にもお礼を言いたい。彼らは私にはもったいない。とりわけ何人かは、ここに名前をあげなければならない。エレン・バーニー、セイラ・クリンゲンバーグ、ローレン・クリンゲンバーグ、トマス・クーニー、バド・エルダー、エレン・ナイト、クリス・ホクストラ、トリッシュ・デイリー、ボブ・ブレッドソー、ミサ・シュフォード、アレクシス・ペルシコ、エリザベス・フレミング（そして、毎日執筆のための快適な場所を提供してくれた、ディーフェンダーファー家の皆さん）。

犯罪小説家であることの最大の美点は、犯罪小説家コミュニティの一員になれることだ。すべての作家、読者、批評家、ブロガー、マーケター、書店に感謝したい。あなたがたには計り知れないほど励まされ、助けられた。

この本は、わが妻クリスティーンのものだ——すべての本がそうであり、これからもそうであるように。

訳者あとがき

犯罪小説であり、恋愛小説であり、非常にアメリカ的な小説……バーニーは現役の犯罪小説家のなかでもずば抜けた才能の持ち主だ。

——ミーガン・アボット

この本を手に取っておられるかたは、おそらくルー・バーニーをご存じで、新作を愉しみに待っておられたのではないかと思う。恥ずかしながら、私は今回の仕事の話をいただくまで、この作家について何も知らなかった。ただ、『ガットショット・ストレート』というデビュー作の印象的なタイトルは、かすかに記憶に残っていた。さっそく読んでみると、これがひっくり返るほどおもしろい。出所後まもない自動車泥棒シェイクと、彼が救った女性ジーナを主人公とするエルモア・レナード風のクライムノベルだが、この種の小説の定型を巧みにはずしていて、意外な話の展開にしろ、登場人物の魅力や、粋な会話や、全体のスピード感にしろ、文句なしのハイレベルだった。個人的にはレナードより好み

（カール・ハイアセンと肩を並べる）で、もちろん翻訳を引き受けない手はなかった。本書『11月に去りし者（原題：*November Road*）』はそのバーニーの長篇四作目にあたる。二作目*Whiplash River*は『ガットショット・ストレート』の続篇だ。中米ベリーズでレストランを経営していたシェイクが、店内で命を狙われた客を救ったことで、地元の麻薬王や暗殺者やＦＢＩ捜査官に追われることになる。三作目*The Long and Faraway Gone*は単独作。オクラホマ・シティで起きた二件の未解決事件の関係者ふたりが、二十数年後に事件の真相を探る話で、二〇一六年のエドガー賞（ベスト・ペイパーバック・オリジナル部門）、アンソニー賞、マカヴィティ賞、バリー賞など、海外ミステリーの主要な賞を軒並み獲得した。

作家としての円熟期に入ったのか、この『11月に去りし者』も発表当初から評価が高く、すでに本年のハメット賞を受賞している。あらすじを軽く紹介しておこう。一九六三年十一月二十二日、テキサス州ダラスでジョン・Ｆ・ケネディ大統領が暗殺される。ニューオーリンズで人生を謳歌していたギャングの若手幹部ギドリーは、事件直後からまわりの様子がおかしいことに気づく。じつは暗殺の数日前に、ボスのカルロス・マルチェロ（実在したギャングのボスで、ケネディ暗殺の黒幕という説もある）に命じられて、ダラスで仕事をしていたのだ。ボスはケネディがらみの証拠を完全に消すために、事件にかかわった者たちを次々と殺しているのかもしれない。身の危険を感じたギドリーは一路西へ逃走する。

同じころ、オクラホマの田舎町で自堕落な夫に耐えられなくなった妻シャーロットが、愛娘ふたりを連れて家出し、新しい生活を始めようとカリフォルニアをめざす。やがてギドリーとシャーロットたちの道行きがニューメキシコ州（の歴史的に有名な国道66号線）で交わり、そこにギドリーを追ってきた殺し屋が加わって……。

こういう設定で予想されるプロットはいくつかあるが、ここでもバーニーは定型に陥らない。読者もやがて、ありがちな展開にはならないことに気づくはずだ。シャーロットの幼い娘たちや、マルチェロの側近の女性、殺し屋の道連れになる黒人の少年に至るまで、すべての登場人物が生き生きと動き、とりわけシャーロットには、男たちの影を薄くするほどの輝きがある。『ガットショット・ストレート』のジーナにしろ、シャーロットにしろ、この作家は女性の描き方が格別にうまいと思うのだが、いかがだろう。そして、すべてが終わったあとのあのなんとも切ないエピローグ！

本書の刊行に際して、『犬の力』、『ザ・ボーダー』などの作者ドン・ウィンズロウと、ルー・バーニーがおこなった興味深い対談がある。[1] それによると、バーニーが作家になろうと思ったきっかけは、大学院時代にレナードの『スティック』を読んだことだという（さもありなん）。『11月に去りし者』では、ギドリー、シャーロット、殺し屋というまったく性格の異なる三人に、似たような体験をさせた——自力ではどうしようもない出来事のせいで人生が狂い、それによっておのおの〝変わる〟チャンスを与えられるのだ。三人がどう変わるか（あるいは変わらないか）は、書き終えるまで作者自身にもわからなかった。シャーロットのモデルは、バーニーの苦労人の母親で、世界じゅうから「ノー」と言われても「イエス」と言い返す粘り強さと賢さを兼ね備えた人だったらしい。

別のインタビューでは、執筆秘話のようなものが語られている。[2] 本作は当初、一九六八年の時代設定で、乱暴な殺し屋が田舎に身を隠し、娘ふたりと酔いどれの夫、てんかん性の犬と暮らしているその地の女性と恋に落ちる話だったようだ。なかなか筆が進まなかったが、著作権エージェントから設定を一九六三年にしてはどうかと助言されて、いまの作品になった。

バーニーの母親は、ケネディが暗殺された日にルーを身ごもったと言っていたらしいが、計算上はどうも怪しい。バーニーは出身地のオクラホマ・シティからロヨラ大学ニューオーリンズ校、マサチューセッツ大学アマースト校大学院へと進学。二十四歳のときに短篇小説をニューヨーカー誌に送って採用され、有名編集者の手引きで短篇集 *The Road to Bobby Joe and Other Stories* を上梓したものの、その後十九年間、書いた小説はすべて出版社に拒まれた。サンフランシスコで文芸創作を教えたり、ハリウッドの脚本を書いたりして生活していたが、父親の介護のために妻とオクラホマ・シティに帰ったのを機に、犯罪小説を書きはじめた。「読んだ人が現実から逃避するように、自分自身も現実から逃避できるようなものを書こうと決めた」ことで生まれたのが、『ガットショット・ストレート』と*Whiplash River*だった。さらに、*The Long and Faraway Gone*と*November Road*で「文学作品も犯罪小説も書けそうだということがわかった。そのことを発見するのに三十年かかったよ」と言っている。

周辺情報はさておき、本作が抜群のエンターテインメントであることはまちがいない。これほどすぐれた（しかも愉しい）作品と作家を紹介してもらったことに改めて感謝し、読者も同じくらい愉しんでいただけることを切に願っている。結婚をテーマとしたサイコ・サスペンスだという、執筆中の次作にも期待したい。

二〇一九年八月

＊1　https://thenerdybookfairy.com/2018/10/lou-berney-don-winslow-talk-november-road-and-more/

＊2　https://www.wsj.com/articles/for-crime-novelist-lou-berney-a-winding-path-led-to-november-road-1539006129

訳者紹介　加賀山卓朗

愛媛県生まれ。翻訳家。主な訳書にルヘイン『過ぎ去りし世界』『あなたを愛してから』、ル・カレ『地下道の鳩：ジョン・ル・カレ回想録』『スパイたちの遺産』、ハリス『レッド・ドラゴン』（以上、早川書房）、フォースター『モーリス』（光文社）などがある。

ハーパーBOOKS

11月《がつ》に去《さ》りし者《もの》

2019年9月20日発行　第1刷
2024年4月25日発行　第4刷

著　者　ルー・バーニー
訳　者　加賀山卓朗《かがやまたくろう》
発行人　鈴木幸辰
発行所　株式会社ハーパーコリンズ・ジャパン
東京都千代田区大手町1-5-1
04-2951-2000（注文）
0570-008091（読者サービス係）
印刷・製本　中央精版印刷株式会社

定価はカバーに表示してあります。

ISBN978-4-596-54122-2